カズオ・イシグロの視線

Kazuo Ishiguro

記憶・想像・郷愁

荘中孝之　三村尚央　森川慎也 編

作品社

カズオ・イシグロの視線

記憶・想像・郷愁

目次

凡例

一、イシグロの作品からの引用は、原則として早川書房から公刊されている訳書（ハヤカワepi文庫）を用いた。引用後に丸括弧内に表記した漢数字は、訳書の該当頁を指す。ただし執筆者によって、既訳を一部変更したり、すべて試訳を提示している場合もあるが、本文ないしは註でその旨を明記している。

二、作品に言及する場合、訳書の邦題を用い、初出のみ丸括弧内に原題と出版年を表記した。

三、固有名詞は、原語の発音と異なる場合でも、訳書に従った。読みやすさを考慮して、原語は表記していない。

四、英語文献から引用する場合、該当頁は丸括弧内にアラビア数字で表記した。訳はすべて執筆者による。

まえがき

一九五四年に長崎で生まれて五歳でイギリスに渡り、その後英語で執筆する小説家となったカズオ・イシグロは、二〇一七年十月、六十二歳でのノーベル文学賞受賞によって作家としての地位を不動のものとした。そのキャリアの初期には、日本とイギリスという自らの文化的出自に焦点を当てる作品で注目を集めたが、その後は国際性や社会の多文化化を題材とするものへと作品世界を拡張していった。ノーベル賞の授賞理由が「人と世界のつながりという幻想の下に口を開けた暗い深淵を、感情豊かにうったえる作品群で暴いてきた」（「朝日新聞デジタル」二〇一七年十月五日付）というものであったのは、彼の創作活動の意義がその特異な文化的立場に限定されるものではないことをよく表わしている。

だがノーベル賞受賞を追い風にしてその名を眼にする機会も多くなり、新しい読者を増やす一方で、「カズオ・イシグロの何がそんなに優れているのか」あるいはもっと直截《ちょくせつ》に「イシグロの何がそんなに面白いのか？」という問いが投げかけられることも増えているように思われる。本論集はそのような問いかけに各論者が応答を試みるものである。

本書のタイトルは『カズオ・イシグロの視線——記憶・想像・郷愁』である。デビュー作の書名

『遠い山なみの光』（原題 *A Pale View of Hills*）にもその語が見られるように、イシグロは遠くを見晴るかす眺め（view）に強く惹かれている。そしてそこに向けられる視線が、物理的に離れた場所だけでなく、時間的な隔たりの彼方にある過去をもとらえようとするものであることは、彼の作品群の随所から理解されるであろう。その原点にあるのが、五歳の時に離れながらもつねに彼とともにあり続けた日本であることは明らかだが、自分自身でしばしば強調するように、懐かしく回想される日本は記憶と想像の入り交じった、独特の世界なのである。本書の各執筆者はそのようなイシグロのテクストに寄り添いながら、彼の視線とその先にあるものをとらえなおそうとしている。ここでは多岐にわたる本書の論点を統合するというよりも、読者が考察を深めていく一助として、各論考の議論を簡単に紹介する。本論集は各論者がとらえた「イシグロ像《イメージ》」のコレクションでもあるが、読者諸賢にとってのイシグロ像とも響き合いながら、論考同士の関連性やさらなる拡がりを感じ取ってもらえるならば幸いである。

本書の構成は大きく二つに分けられている。はじめの八編は作品の各論として、これまでに刊行された七つの長篇と一つの短篇集のそれぞれを出版年順に取り上げて論じている。各論考で注目される論点は作品の中心的テーマとなっているだけでなく、イシグロの作品群全体とも関わるものが多いので、読者がさらなる分析を進めるきっかけにもなってくれるだろう。そして後半では個々の作品を超えた作家イシグロの全体像、あるいは日本とイギリスの中間的存在としてのイシグロが双方の文化的文脈の中で持つ意味、そして文学作品を用いた人文学教育の題材としての可能性にも眼を向けている。

まずはイシグロの各長篇および短篇集を扱う八編を紹介しよう。

荘中孝之「記憶の奥底に横たわるもの――『遠い山なみの光』における湿地」は長篇第一作で重要な出来事の舞台となる川辺の湿地というモチーフの働きを考察する。そこに住む佐知子と万里子母娘が醸し出す雰囲気と相まって、湿地は不気味さを際だたせているが、荘中は文学作品で湿地が果たす役割についての研究を援用して、行き場のない女性たちにとってはそれが安らぎの避難所でもある可能性を指摘する。つまり本作での湿地は単なる背景ではなく、人を不安にさせつつ安心させる、不気味で魅惑的な中間地帯《バッファー・ゾーン》として作品を支えていることを明らかにする。

池園宏「芸術と家族を巡る葛藤――『浮世の画家』における主従関係」は長篇第二作の主人公小野益次が結ぶ主従関係を分析するものであるが、このモチーフはイシグロ自身が三部作《トリロジー》とさえ呼ぶ、本作も含めた初期作品に通底する主要テーマである。本稿は小野自身が弟子であった頃と、師匠と呼ばれる立場になった頃の主従関係に対する態度のあいだの矛盾（あるいは断絶）に焦点を当てて、戦前と戦後での小野の変化という作品のテーマとの関連性も浮き彫りにしている。また、同じく初期作品の主要テーマである、一人称の語りによって表現される肥大した自己認識と現実の凡庸さとのあいだの断絶《ギャップ》にも目を向けている。

斎藤兆史「『日の名残り』というテクストのからくり」はブッカー賞を受賞した長篇第三作の語りの構造を分析している。イシグロの作品を「信用できない語り」と評することは一つの定番となっているが、その叙述構造を正面から取り上げる論考は意外に多くなかった。斎藤は肝心なところが明らかにされない『日の名残り』の文体上の特徴を、語り手とその周囲の登場人物および地の文との食い違いから解きほぐしており、このような語りの戦略をとらざるをえなかったスティーブンスの心情の理解を深めてくれる。

三村尚央「『充たされざる者』をシティズンシップ小説として読み解く」は、国民・国家《ナショナル》的な体制からは自由なコスモポリタン的理念を体現していると論じられることの多い、長篇第四作の主人公であるピアニストのライダーを、執筆当時の一九九〇年代のイギリスで活発だったはずの、シティズンシップをめぐる議論と関連づけて読解する試みである。二十世紀後半の多文化化を受けて活発となった「英国市民《シティズン》としてあるべき姿」をめぐる議論は、複数の異なるシティズンシップの定義を生みだし、人々を翻弄した。拙稿は『充たされざる者』にも当時のこのような混乱が反映されている可能性を読み取る試みである。

菅野素子「二十世紀を駆け抜けて――『わたしたちが孤児だったころ』における語り手の世界と『混雑』した時代の表象」は、長篇第五作の舞台となる二十世紀前半の上海に、小説が執筆されていた一九九〇年代の社会についてのイシグロの認識が書き込まれている可能性を考察する。すなわち、作品中の一九三〇年代の上海で繰り返し言及される世界の混乱や危機が、二十世紀末のヨーロッパをおおう危機感をも指している可能性である。菅野は前作『充たされざる者』との表現上の類似を蝶番《ちょうつがい》として、ベルリンの壁崩壊後のヨーロッパの混乱についての意識が本作にも流れていることを指摘する。

長柄裕美「『愛は死を相殺することができる』のか――『忘れられた巨人』から『わたしを離さないで』を振り返る」は長篇第六作『わたしを離さないで』で提示され、長篇第七作『忘れられた巨人』にも引き継がれている、「愛の力」に真正面から取り組んでいる。その影響はキャシーとトミーとの恋愛関係あるいは、キャシーとルースとのあいだでの同性愛的親密さを超えた実存的な働きにおよんでいる。「死」に取り囲まれた我々を束の間守ってくれる「愛」は、結局のところ「死を相殺する」ことはできないが、その生をまっとうすることが、すでにそれに対する「猶予」となっていることを他の作品とも関連づけながら立体的に論証している。

荘中孝之「『夜想曲集』における透明な言語」は、イシグロ唯一の短篇集である『夜想曲集』の語りが全編滑らかな英語で行われていることの、「不自然なまでの自然さ」を考察している。英語が母語でない人物の会話までが違和感なく英語で伝達されているのは、英語という単一言語で記述されていることを考えれば一見何気ない現象である。だがそれは、初期作品で日本とイギリスのあいだで引き裂かれる断絶を基盤としていたイシグロにとっては、見過ごせない移行であることを指摘する。

中嶋彩佳「記憶と忘却の狭間で――『忘れられた巨人』における集団的記憶喪失と雌竜クエリグ」は同作の中心テーマでありながらこれまで議論が不十分だった、雌竜の息によって引き起こされる集団的忘却の働きを分析している。六世紀のブリテン島を舞台に展開されるファンタジー仕立ての舞台設定は、読者たちがさまざまな社会や歴史を当てはめて読めるようにすることを狙ったものである。それに加えて、人びとのあいだでこのように「正史」として流通・伝達される集合的記憶は、半ば意識的かつ選択的に行われる集団的忘却と共犯関係にあることを示す。

次に、日本とイギリスの中間的存在および国際作家としてのイシグロの全体像や、より大きな文化的文脈の中で彼が持つ意味に目を向けた四編を紹介する。

武富利亜「カズオ・イシグロと日本の巨匠――小津安二郎、成瀬巳喜男、川端康成」は、イシグロが公言する小津映画の影響を詳細に分析している。構想されてはいたが完成までに至らなかったもう一つの『遠い山なみの光』の姿に着目して、その躓《つまず》きの石となっていた、当時のイシグロが英語に移すことのできなかった「日本独特のもの」に目を向けている。多くの英語圏の人々が英語で親しむ、日本を舞台とするイシグロ作品や小津映画の喚起する日本のイメージを、当時の日本の団地の成立状況を取り上げて架橋している。

金子幸男「執事、風景、カントリーハウスの黄昏――『日の名残り』におけるホームとイングリッシュネス」は、同作についてしばしば言及される「イギリスらしさ」（イングリッシュネス）を扱っている。『日の名残り』をとりまくイギリス的雰囲気を「風景」や「カントリーハウス」から手際よく腑分けしている。カントリー「ハウス」の衰退が、そこに根ざすイギリス人アイデンティティの「ホーム」の感覚の衰退と不可分であることを、先行研究の綿密な分析にもとづきながら議論を深めている。

五十嵐博久「英語の授業で読む『遠い山なみの光』――ネガティブ・ケイパビリティーを養う教材として」は文学作品の一編としてイシグロをどのように授業に用いることができるかを検証しているが、文学を読む効用をただ提唱するのではなく、異質なものへの許容力である「ネガティブ・ケイパビリティー」（ジョン・キーツ）を鍵語にして考察を展開している。シェイクスピアの専門家としての見識にもとづいた深い作品理解と指導技術にもとづきながら展開される授業は、語学教育に留まらない、思考力を育成する教養教育の可能性を具体的に示してくれている。

森川慎也「カズオ・イシグロの運命観」は『わたしを離さないで』のクローンたちが運命に対してあまりに従順であることへの批判をはじめに取り上げているが、運命の外に出ようとしない、諦念とさえ見える姿勢は実はイシグロの作品群全体を通じて醸成されてきたものであることを、作品とイシグロのこれまでのインタビューを丁寧に読み解くことで導き出している。森川はその過程で「運命」という茫漠とした語がイシグロ作品群で持つはたらきを、「限定された視点」や「パースペクティブの欠如」、「人生をコントロールすることの不可能性」と関連づけながら分析している。

そして巻末には詳細な作品紹介や年譜、およびインタビューや研究書を含めた文献案内も付しているので、本論集はすでに研究者として活動する方にとっての資料としてのみならず、これからイシグロを読んでみよう、あるいは作品をより深く知りたいと思っている読者へのガイドとしても活用できるだろう。本論集がイシグロの読者層の拡張と、日本国内でのイシグロ研究の深化へとつながることを願っている。

三村尚央

編者を代表して

記憶の奥底に横たわるもの

『遠い山なみの光』における湿地

荘中孝之

はじめに

イシグロの長編第一作『遠い山なみの光』(*A Pale View of Hills*, 1982)は、語りの現在においてイギリスの片田舎に一人で暮らす主人公の悦子が、ロンドンに離れて住んでいる娘のニキの来訪をきっかけに、昔長崎にいたころの数週間を思い出すというものである。ここでまず現在と過去、そしてイギリスと日本が対置されているのだが、その一方の舞台である過去の長崎をもう少し子細に検討すると、さらに別の対置関係が見えてくる。その一つが多くの批評家も指摘する、主人公悦子と回想される当時はまだ彼女の腹のなかにいたはずの娘景子、そして悦子がそのころ知り合った佐知子とその娘万里子という二組の母娘の関係であるのは言うまでもない。[▼1] イシグロ自身も述べているように、悦子は他人の物語を語ることで、間接的に自分の過去と向かい合っている。[▼2] しかしそれだけでなく物語にはこれまで看過されてきたように思われる、もう一つの要素が対置されている。それは乾と湿、高と低、つまり湿度と高度に関わることであり、この両方に関連するある場所が作品中で特に大きな意味を持っているように考えられるのだ。その場所とはタイトルが示す小高い山々ではなく、主人公悦子の足元に広がる広大な湿地である。本論では、多くの場面が展開されるこの陰鬱な湿地を、物語のなかで特に重要な役割を果たす象徴的な場所であると解釈してみたい。

囚われのヒロイン

この物語の主人公悦子は回想される当時、夫と二人でいわゆる団地に暮らしており、妊娠三、四カ月であった。そして、「アパートの住人たちはみんなわたしたちと似たりよったりの若夫婦で、夫たちは拡張をつづける会社に勤めていて景気がよかった。〔……〕狭いものだから、夏の数カ月は暑くてやや苦労したけれども、住人たちはだいたい満足しているようだった」（一一―一二）と述べられるように、彼女は一見幸せそうに見える。しかし物語のなかで一度目に、彼女の母親の親友であった女性に会いに行ったときの場面で、次のような会話がある。

藤原さんはそのまま何秒かわたしを見ていた。「悦子さん、今日はすこし疲れているみたいよ」
「そうらしいわ」わたしはちょっと笑った。「でも、あたりまえなんじゃないかしら」

「それはそうよ」藤原さんは、まだわたしの顔を見ている。「でも、ちょっと――辛そうに見えるんだけど」「辛そう？　そんなことぜんぜんありませんわ。ちょっと疲れてはいますけど、それ以外は、こんなに幸せだった時はないんですもの」　（三〇）

ここでこの女性の言葉をきっぱりと否定する悦子の態度を見る限り、彼女の心配はただの思い過ごしのように思われる。しかし次にもう一度彼女と会う場面でも、このような箇所が見られる。「藤原さんはまじまじとわたしを見た。『悦子さん、あなたの人生はこれからなのよ。何をそんなに苦にしているの』『苦に？　わたしは何も苦になんかしてませんけど』彼女がまだじっと見ているので、わたしはきまりが悪くなって笑い出した」（一〇九）。ここで我々は次第に、この女性主人公が本当に幸せなのだろうかと疑問に思わざるをえなくなってくる。

むしろ次の場面にも見られるように、彼女は必死で幸せそうに振る舞っているだけなのだ。悦子は当時友人であった佐知子と一緒に、長崎の街を見おろす稲佐山へ行楽に出かける。

佐知子はうなずいて、笑顔を向けた。「今日はとても元気ね、悦子さん」

「だって、ここへ来られてほんとうに嬉しいんですもの。今日は楽天家でいようと決心していたの。ぜったい幸せになろうと思うのよ。藤原さんはいつでも、将来に希望を持たなくちゃいけないって言ってるけど、そのとおりよ。みんながそうしなかったら、こういうところも」

――とわたしはまた景色を指さした――「こういうところだって、いまだにみんな焼け跡なん

（一五五）

ですもの」

悦子の過去に何があったのかはっきりとは語られない。[3] しかし恐らく彼女は家族を全員原爆で亡くしている。それだけでなく、まだ結婚までは決まっていなかったとはいえ、自分の恋人をも失っているのだ。そして彼女は知り合いの男性に引き取られて、彼の息子と結婚することになる。しかし第二章の始めで、「当時のわたしは、また中川の辺りへ戻ることがあると、あいかわらず悲しみとも喜びともつかない複雑な気持ちに襲われた。その辺りは坂が多いのだが、両側にごちゃごちゃと家が建っている急な狭い道をまた登っていくと、心の奥に虚しさをおぼえずにはいられなかったのだ」（一八）と語られるように、当然のことながら彼女はまだ十分に心の整理がついていない。

また悦子は初めて友人の娘万里子と出会ったとき、警戒するような子供の反応に当惑してしまう。彼女は次のように語る。「たしかに、わたしは子供の反応にややどぎまぎしていた。そのころのわたしは、こういう小さな子を見ると、母親になることが不安でたまらなくなったのだ。何も気にすることはない、とわたしは自分に言い聞かせた」（一九）。さらに妊娠中の彼女があまり幸せではなく、母親になることに不安を覚えているのは、その不幸な過去の出来事のためだけでなく、現在の夫二郎との関係にも原因があるように思われる。彼は初め次のように描写される。

いま二郎のことを考えると、むずかしい顔の、小柄でずんぐりした男が目にうかぶ。夫はいつも身なりにうるさくて、家にいるときでさえしじゅうワイシャツにネクタイをしめていた。居間の畳に座って、前かがみになって朝ごはんや夕飯を食べていた姿が、今でも目に見えるようだ。彼には立っているときでも歩いているときでも――ボクサーとは大ちがいなのだが――前かがみになる癖があった。（三六）

このように堅苦しく神経質な夫は「仕事から帰ってくると疲れていて、話もしてくれないことがしじゅうだった」（三六）のであり、彼女たち夫婦の間柄も込み入ったことを「はっきり口に出して話し合うようなものではなかった」（一七九）のである。

それだけでなく、夫の二郎はかなり男尊女卑的な態度をとる。彼の勤め先の会社で重要な仕事がある日の朝、夫婦の間で次のようなやり取りが交わされる。

「今日は黒いシルクのネクタイをするつもりだったんだが、きみがどっかへやったろう。ぼくのネクタイはいじらないでくれよ」
「黒のネクタイ？　ほかのといっしょに掛かってますよ」
「いま見たんだが、なかったよ。しじゅうあそこをかきまわすのはやめてくれよ」
「黒いのはあそこにあります。一昨日アイロンをかけたのよ、今日お使いになるだろうと思って。でもちゃんと元へ戻しておいたわ。ほんとうにないの？」

夫は不機嫌なため息をつくと、また新聞に目を落とした。「……」「何をやってるんだ。いつまでものんびりしてられやしないんだぞ」夫は湯飲み茶碗を突き出している。

（一八六―一八七）

読者はこうした二郎の態度に接するとき、彼の部下が一度家を訪ねてきて「ありがたいことですが、この人にはこき使われています。会社じゃ息子さんは暴君で通ってましてね。自分じゃ何もしないで、われわれを奴隷みたいにこき使うもんですから」（八五）と言った言葉が、ただの冗談ではなかったのだと思わせられる。

つまり悦子は一見幸せそうに見えるが、実はまったくそうではない。むしろ彼女は神経質で横暴な夫のもと、過去のトラウマと団地という狭いコンクリートの建物に囚《とら》われた哀れな存在である。▼4その建物は初めこのように描写されていた。「すでに復興が始まっていて、やがて、それぞれが四十世帯位を収容できるコンクリート住宅が、四つ建った。わたしたちが住んでいたのはこの四つのうちのいちばん最後に建ったもので、復興計画はそこまでで一応終わりだった……」（一一）。ここで日本の文化において「死」を連想させる不吉な数字「四」が執拗に繰り返されているのも、ただの偶然ではないのかもしれない。このように考えてみると、この団地という建物が彼女にとって、不気味な監獄のような存在として立ち現れてくるだろう。

不気味で魅惑的な場所

彼女が囚われているこの監獄のような団地の前には、さらに薄気味悪い場所が拡がっている。

この建物と川のあいだはどぶと土埃《つちぼこり》ばかりの、何千坪という空き地だった。この空き地は健康に悪いという苦情がたえず、事実その排水状態はひどいものだった。あちこちの穴には一年中水が溜《たま》っていて、夏の数カ月はものすごい蚊に悩まされた。ときどき思い出したように役人がやってきては、その辺を歩いて測量をしたりメモを取ったりしている姿が見えたけれども、何カ月たっても、何の手も打たれなかった。（一一）

この空き地の陰湿さは、乾燥との対比でさらに強められる。物語の現在における悦子のもとに娘のニキが会いに来たときは、「四月だった。まだ寒い日がつづいていて、よく雨が降った」（七）とあるように、彼女の五日間の滞在中、ほとんどじめじめとした雨天が続いている。それと対置される昔の長崎は、「ちょうど六月の梅雨が終わって太陽がかっと照りはじめたころで、雨を吸いこんだ煉瓦やコンクリートも乾きはじめていた」（一三）と語られている通り、暑く乾燥している。このように湿ったイギリスと乾いた長崎が対置され、さらにその乾いた長崎のなかで湿った空き地が強調される。それは例えば次のような描写においてである。「夏の暑さがつのってくるにつれ、アパートのまわりの空地はいよいよ耐えがたくなってきた。土の部分はからからになってひび割れ、深いどぶや穴には梅雨に増えた水がそのまま溜っていた。ありとあらゆる虫が湧いたが、とくに蚊となると、いない所はない気がした」（一三九）。

この湿地ともいうべき場所はまた、徹底的に不気味な存在として描かれている。次に引用するのは、悦子が友人の佐知子とともに、彼女の娘万里子を探して湿地の奥へ行く場面である。「向こう岸へ行ったのは初めてだった。地面がやわらかくて、足元はぬかるみと言ってもよかった。そこに立ったときひやりと不安な気持ちがしたのは、単なる妄想だったのかもしれない。しかし、わたしは虫の知らせのようなものを感じて、またせかせかと目の前の真っ暗な林へ急いだ」(五三)。ここで薄暗がりのなか湿地を進む彼女は、視覚を半ば失うかわりに、触知性の感覚と不吉な予感に頼っている。そのことを物語の現在において思い出す悦子は、続けて次のように語る。

こういう記憶もいずれはあいまいになって、いま思い出せることは事実と違っていたということになる時が来るかもしれない。だが暗くなってきた中で土手のやや下手に転がっているもののほうを二人で見ていたときの、呪いに掛かったような不気味な気持ちは、かなりはっきりおぼえている。やがてその呪いがとけると、二人はそろって走り出した。(五五)

その先にあるのは、我々読者の予想を裏切るかのように、軽傷を負っただけでぬかるみに横たわっている万里子の姿なのだが、この場所が不気味な存在であるのはブライアン・W・シェイファー(Brian W. Shaffer)も一部指摘する通り疑いない。彼はその著*Understanding Kazuo Ishiguro*(一九九八)のなかで、ギリシャ神話と心理学を援用し、この湿地の奥に流れる川を、ギリシャ神話のステュクス、三途の川の隠喩であるとし、生と死の世界を分断するものと捉えている。つまりそれを渡ることは死を意味し、そして川へ引き寄せられることは、フロイト流に解釈すれば死の欲動を表していという。このようにシェイファーは特に湿地を流れる川に注目し、それを死と関連する不気味なものとみなしている▼5（Shaffer, 27-34）。そのほかにも、川向うから来ると万里子が言う正体不明の女性や、東京で佐知子母娘が目撃した、掘割の水に浸けて子供を溺死させる女の姿と重なるように描かれる、万里子の愛猫を箱に入れて湿地を流れる川に沈める佐知子の様子など、この場所に関わるのはもっぱら不吉な存在や出来事ばかりのように思われる。

しかし本当にこの湿地はただ不気味なだけの存在なのであろうか。悦子が一度佐知子に頼まれて万里子の面倒を見ていたとき、家を飛び出したこの少女のあとを追って彼女は外へ出る。

今のわたしには、あの晩万里子を見つけるのにどれだけ時間がかかったのか、はっきりとは思い出せない。もしかすると、かなりかかったのかもしれない。そのころのわたしはお腹もかなり大きくなっていたので、急いで歩くわけにはいかなかったからだ。それにいざ外へ出てみると、川のほとりを歩くのはふしぎに気持ちがよかったのだ。土手には一箇所、とても丈の高い草の生えているところがあった。（一一七）

ここで彼女ははっきりと「川のほとりを歩くのはふしぎに気持ちがよかったのだ」と述べている。このあとさらに、佐知子が長崎を離れるときに、悦子はもう一度万里子を探しに湿地の奥を流れる川まで歩いてゆく。

やがて、前方の土手にあの小さな木の橋が見えてきた。橋を渡る途中でわたしはちょっと立ちどまり、夜空を見上げた。そのとき橋の上で、ふしぎな静かな気持ちに襲われたことは今でも忘れられない。わずかな間だったがわたしは手すりにもたれて、下を流れている川の音に聴き入った。そしてまたふりかえってみると、提灯《ちょうちん》の明かりを浴びた自分の影が橋の板の上に向こう側まで伸びていた。（二四四）

ここでも彼女は「橋の上で、ふしぎな静かな気持ちに襲われたことは今でも忘れられない」と回想している。このまったく別々の場面で不気味に繰り返されるのは、足に絡《から》まった紐を解いて手に持つ悦子の姿に怯《おび》える万里子の様子である。またその紐が、のちに首つり自殺をすることになる娘景子の死に関連するものであることは言うまでもない。[▼6] さらに二つ目の場面では、二人の会話がまるで景子との間で交わされたものであるかのように薄気味悪く描かれている。このように湿地が陰湿で不気味な存在であるのは疑いえないが、悦子にとってそれは一時の心の安らぎを与えてくれる場所でもあるのだ。

女の避難所としての湿地

この不気味な湿地が悦子にとって安息の場所でもあるのは、先述したように、彼女が団地という狭いコンクリートの建物に囚われた奴隷、あるいは囚人のような存在であるからに他ならない。デイヴィッド・C・ミラー（David C. Miller）はその著、『ダーク・エデン――19世紀アメリカ文化のなかの沼地』（*Dark Eden: The Swamp in Nineteenth-Century American Culture*, 1989）のなかで、アメリカ南部の沼地に多くの逃亡奴隷が逃げ込んだ事実を指摘し、また沼地に向かう感性や実際の行動を、強制力を持つ伝統的な規範や行動のパターンからの解放の手段であり、その存在が文化的想像力を押し広げるうえで積極的な役割を果たしたことを、多くの絵画や文学作品、その他の資料から明らかにしている。▼7 専制君主的な主人に仕える悦子にとっては、この陰鬱な湿地こそが危険であると同時に安心をも与えてくれるところなのだ。

それは彼女に限らず、友人の佐知子にとっても同じである。東京にいるときに、おそらく戦争で夫を亡くした彼女は、娘の万里子を連れて義父を頼りに長崎へやって来るのであるが、何らかの事情でその家をも出ることになった彼女は、湿地に建つ一軒家に越してくる。作品の冒頭近くで、「戦災にも役所のブルドーザーにも壊されなかった木造の家が、一軒だけ残っていた。その家はわが家の窓からも見えて、あのだだっぴろい空地の外れの、川岸といってもいい場所にポツンと建っていた。田舎でよく見かけるような作りで、瓦葺きの屋根が地面すれすれのところまでかぶさっている。わたしは暇があると窓ぎわに立って、よくこの家を眺めていた」（一二）と述べられているように、悦子は早くからこの建物の存在を意識している。そしてのちに佐知子と知り合ってから、初めてこの家に招じ入れられたときの印象を彼女は次のように語る。「家の中はきちんと片付いていたけれども、何となく寒々していた。天井の梁《はり》は古くてたよりないし、家中にかすかな湿気た臭いが漂っている。庭に面した側の部屋は広々としていて縁側から陽が射しているのに、全体に陰気くさいのだった」（二〇）。このように陰湿な雰囲気の場所として描かれているが、この建物と湿地全体が、日陰でもがきながらも何とか生きていこうとする佐知子の姿を象徴するものであり、またそれが行き場のない彼女にとっての避難所となっていることもたしかなのである。

そしてこの湿地はさらに、佐知子の娘万里子にとっても必要不可欠な場所である。それはもちろん母親との仮の住まいがある場所というだけではない。悦子が初めて万里子と出会ったとき、この少女はほかの子どもとけんかをして、湿地の奥を流れる川べりへと逃げ込む。また万里子の姿が見えなくなって、母親の佐知子とともにその行方を探しに行く場面でも、怪我をした彼女は湿地の奥で死んだように横たわっているところを発見されるのである。その他の場面も含めて再三湿地のなかへと走り去る万里子の行動を捉えて、ワイ＝チュウ・シム（Wai-chew Sim）も「万里子は母親と喧嘩したり退屈したりすると、彼女の家の近くの藪や木々で覆われた場所へと逃げ込む癖がある」（*Kazuo Ishiguro*, 30）と指摘するように、この場所は不安定な状態に置かれたまだ幼い彼女にとっても同じく、物理的には危険であるかもしれないが、精神的には安息を与えてくれる一種の避難所なのである。

そしてまたこの湿地が基本的に女の領域であることにも注意を払っておきたい。万里子の行方が分からなくなり、佐知子が悦子のもとを訪ねてきたとき、夫の二郎と緒方さんは警察に届けることを提案したりはするものの、家を出て湿地のほうへ一緒に探しに出かけるようなことはない。空き地のなかのあばら家に住むのは佐知子と万里子の母娘であり、またそれが喪服を着てこの家を訪ねた佐知子の親戚の女性と同一人物であるのかどうかは定かではないが、ここにときおり現れると万里子が言う人物も女性である。たしかに佐知子の愛人であるフランクがこのあばら家を訪れたと思《おぼ》しき場面は二度ほど見られるが、その姿がはっきりと描かれることはない。この湿地はいつも女だけの領域であり、男性がそのなかに足を踏み入れることはほとんどない。それに対して主人公の悦子は回想される当時の夏、「しじゅうこの空地を通って佐知子の家まででかけていった」（一三九）のである。

そしてこの湿地は、物語の現在においてイギリスに住み、長崎時代を回想する悦子にとっても、精神的な避難所となっている。長崎にいたころ、彼女は川沿いの低地のはるか向こうに見える景色に安らぎを見出していた。

> わたしは――それからも毎年同じことをくりかえすようになったのだが――しじゅうアパートの窓からぼんやりと外を眺めていた。晴れている日には、川の向こう岸の木立よりもっと遠くに、雲を背にしたほの白い山々の形が見えた。なかなか美しい眺めで、時にはそうしていると、めずらしくアパート暮らしのうつろな午後の長さも忘れて、ほっとすることもあった。
> （一四〇）

この山々の美しい眺めこそ作品のタイトルそのものであり、悦子の長崎時代に関する記憶のなかに鮮やかに刻まれているものである。またそれは同時に彼女の薄れゆく遠い過去の記憶を象徴している。悦子が友人の佐知子母娘と一緒にその山頂の公園に出かけるくだりは、全体的に陰鬱な雰囲気のこの作品のなかで、一気に視界が開かれるような印象深いシーンである。イシグロ自身は物語にこの場面を挿入したことについて、次のように語っている。「稲佐山のシーンはテクニック上必要だと考えて書きました。彼女を丘の上に立たせて、もっと広い世界があるのだということを確認させる必要があった。言い換えれば、丘に登ることで文字通り広い視野を得させたかったんです」（濱、八四）。作者自身が述べている通り、この場面は物語のなかで主人公の目を開かせるという重要な役割を果たしている。だがこの小高い山の存在が特に印象的なのは、その美しい眺めと作品内での役割によるだけでなく、悦子が暮らす団地の前に広がる陰湿な低地との対比によってでもある。

彼女の回想は、その奥に逃げ込む万里子のようにつねに湿地へと向かう。そしてそこで出会うのは佐知子と万里子の母娘なのである。悦子はこの親子の姿を通して、自分と娘の景子との物語を語ろうとしているのだが、それは自己の内面の探求であり、彼女は過去を思い出し、語りなおすことで、何とかその過去の過ちと折り合いをつけようとしている。その中心にあるのは印象的な稲佐の山ではなくほの暗い湿地であり、その奥へと分け入ること、つまりそれを思い出すことは彼女にとって、痛ましいものであると同時に必要不可欠な行為なのである。また長崎時代の悦子にとって湿地が厄介で危険な存在であったのと同時に、ひと時の心の平穏を与えてくれる避難所でもあったことをすでに確認したように、現在の彼女は遠い過去の記憶を辿《たど》ることで、かろうじて平静を保つことができるのだ。

その奥に横たわるもの

この湿地のなかにあるものこそ、悦子の心の奥深くに眠る、愛おしくて壊れやすい、物語の核となるものである。物語の現在においてイギリスに住む彼女は、何度もあるものを探して湿地のなかへ分け入ったことを回想する。例えば本論でもすでにふれた、本作第二章終わりから第三章にかけての場面をもう一度振り返ってみよう。「佐知子はわたしの腕をつかんで引きとめた。その視線の先をたどると、土手のすこし下手になる川っぷちぎりぎりの草の上に、荷物のようなものが転がっていた。周囲の地面よりわずかに黒っぽいので、闇の中でもかろうじて見分けがついたのだった。とっさにわたしは駆け寄ろうとしたが、ふと見ると佐知子はじっと佇《たたず》んだまままそれを見ていた」（五三―五四）。湿地の奥に転がるこの黒っぽい荷物のようなものこそ、悦子の心の重荷になっているると同時に、はかなく大切な何かである。この第二章の終わりは第三章冒頭にかけて次のように続く。

近づいてみると、万里子は身を丸めた姿勢で膝をまげ、こちらに背中を向けて横に倒れていた。わたしは妊娠しているせいで思うように走れないものだから、すこし先になった佐知子にやっと追いついたときには、彼女は子供の前に立っていた。万里子が目をあけているのを見て、わたしははじめ死んでいるのかと思った。そのとき目が動くと、妙にうつろな表情でわたしたち

を見上げた。　（五五）

ここで妊娠中のため思うように走れない悦子の前を行く佐知子は、愛人のフランクとアメリカに渡ることを夢見ており、娘の万里子を十分に顧みることがない。その姿は娘を生んだのち離婚して、別の男性とイギリスに渡ることになる悦子の未来を先取りしている。つまりここで文字通り悦子の前を行く佐知子は、彼女自身の将来の姿でもあるのだ。そしてこの佐知子の娘万里子は、このとき悦子の腹のなかにいるはずの、のちに生まれてくる景子の姿の先触れでもある。[8] その少女はイギリスに渡ってから精神の安定を失い、自宅の部屋に引きこもったあと、家を出て一人暮らしの自室で首をつって自殺した景子の姿と重なってくるのだ。

ここで万里子はまるで子宮のなかの胎児のように、「身を丸めた姿勢で膝をまげ」て湿地の奥のぬかるみに傷を負って横たわっている。それは過去のトラウマと横暴な夫に囚われ、監獄のような団地に住んで虚《うつ》ろな日々を過ごす、悦子の胎内にいる景子の姿でもある。その彼女を何度も何度も助け出そうとすることこそ、悦子の回想の目的でもあるのだ。結局のところ彼女は他人の娘である万里子を救い出すことはできず、また自分の娘景子がその後自殺してしまったように、その試みは最終的に失敗してしまう。しかし物語は執拗なまでにその行為を反復し、そこに拘泥《こうでい》してしまう。ここに作者イシグロ自身の体内回帰願望を読み取ることも不可能ではないだろうが、むしろここでは主人公悦子自身のそれとして解釈してみたい。

悦子が何度もその奥へ分け入るぬかるんだ空き地は、原爆によって蹂躙《じゅうりん》された混沌とした場所である。しかしそこはまた不気味でありながらも草が繁茂し、さまざまな虫が飛び交う、力強い生命力に満ちた土地でもあった。それはまた本論で考察したように、女たちの領域であり、彼女たちの避難所でもある。つまりこの場所は、戦争によって深い心の傷を負いながらも、過酷な環境で何とか生きていこうとする女たちそのものの姿を象徴している。あるいはそれを女性の体内にある子宮の隠喩と捉えることもできるだろう。そう仮定するならば、草むらをかき分けてぬかるみのなかを進む悦子の姿は、彼女自身の体内回帰願望を表しているように思える。だからこそ彼女は本論で確認したように、囚われの身からの束の間の解放のためだけでなく、そのなかへ進むことで何度も安息を覚えるのである。そしてその奥に横たわるのは、傷ついた娘景子であると同時に、自分自身の痛ましい姿でもあるのだ。つまり物語の表面上は、回想のなかで友人の娘万里子を助け出そうとする行為が、比喩的に自分の娘景子を救おうとすることでもあり、またそれは自分自身を救出しようとする試みでもあるのだ。

悦子はその際に紐を手に持っている。それは草むらを歩いているときに彼女の足に絡まったものであり、それを見て万里子は警戒するような態度を見せるのであるが、その紐がのちに首つり自殺をすることになる景子の死と関連するものであることはすでに述べた。しかしこれは別の見方をすれば、悦子自身の自殺願望、あるいは自分自身をむなしくしようとする意識の表れであるように考えられる。原爆で家族全員、そして恋人をも失った彼女は、一度目の結婚に失敗し、娘の景子を連れてイギリスに渡る。しかしその娘は自殺し、二番目の夫とも死別する。彼女は自分自身の人生の選択が、間違ったものであったのではないかと煩悶《はんもん》している。それだけでなく彼女は自分がこの世に生を受けたことですら、間違ったものであったのではないかと考えているかもしれない。つまり悦子は自分自身の母の胎内に戻ることで安息を覚え、それと同時に、そこに横たわっている自分自身を無きものにしてしまいたいと願っているのではないだろうか。

作品の終わりで悦子は、ロンドンに帰るという次女のニキとともに、家の周りを散策する。そこもまた「いたるところぬかるんでいた」（二五七）のであり、二人は「くねくね曲がった狭い道」（二五七）を進んでいく。彼女は野原に二頭の仔馬を見る。「楓のそばに、いつのまにか仔馬が二頭立っていた。一瞬だったが、じっと並んでいる仔馬を陽が照らした。［……］二頭の仔馬は、ゆっくりと木立の陰にかくれた」（二五九）。この二頭の仔馬は、万里子と景子であり、また景子と自分自身の幼い姿のように思われる。その姿が「ゆっくりと木立の陰に」かくれて視界から消えるということは、この世からあの世への旅立ちを象徴しているのかもしれない。

おわりに

本稿冒頭で述べたように、この作品はイギリスの片田舎に住む悦子のもとへ次女のニキが訪ねてきたことをきっかけに、昔長崎にいたころの数週間を思い出すというものであった。そのこと自体を「ニキは、今年の初めにわたしに会いにきた。四月だった。まだ寒い日がつづいていて、よく雨が降った。［……］ニキは五日で帰った」（七―八）と語るように、彼女はあとになってからその全体を思い出している。そして「二郎と緒方さんが将棋をさしているところへ夫の酔っぱらった同僚が二人やってきた晩のことは、すでにかなりくわしく書いておいた」（一七八）などと語る通り、悦子はこれらのことをわざわざ意識的に述懐している。その理由は定かではないが、次の場面にそのヒントが求められるだろう。彼女は作品の終わりで、ロンドンに帰る直前の娘ニキに次のように打ち明ける。


「このあいだ考えたんだけどね」とわたしは言った。

「もうこの家は売ったほうがいいんじゃないかしら」

「売る？」

「ええ。どこかもっとこぢんまりした所へ越すのよ。まだかんがえてるだけだけど」

「この家を売るの？」娘は不安な顔をした。「でも、とてもいい家よ」

「でも、今じゃ広すぎるわ」


（二六〇—二六一）

これはもちろん死に支度ということであり、彼女はこのときすでに遠からず迎えるであろう自らの死を予見している。それがどのような形で訪れるにせよ、そのときに彼女の意識が帰っていくのは、生まれ故郷の長崎であり、その光景のなかには淡い山々の眺めだけでなく、本稿で考察したあの茫漠とした湿地も含まれるにちがいない。そしてその奥には、湿地が象徴する母の胎内に横たわる娘景子と自分自身の姿もあるのではないだろうか。

註

▼1　例えばシンシア・F・ウォン（Cynthia F. Wong）は悦子と佐知子の関係について、「重要なのは、イシグロが悦子と佐知子の関係を想像によるものなのか、超自然的なものなのか示していないということである。むしろ彼は読者が混乱することを期待しているのだ」（32）と述べている。

▼2　イシグロは一九八六年にグレゴリー・メイソン（Gregory Mason）によって行われたインタヴューで、悦子が佐知子とその娘万里子との思い出を語ることについて、次のように述べている。「佐知子とその娘に起こったことについて何が事実であれ、彼女らは悦子にとって今や重要であるのです。なぜなら彼女は自分自身について語るために彼女らを利用することができるからです」（5）。

▼3　マシュー・ビーダム（Matthew Beedham）もさまざまな批評を概観したうえで、「批評家の関心を引くこの小説の語りのある側面は、その寡黙さである」（13）と指摘しているように、「語られない」ことがこの作品の特徴でもある。

▼4　ただし二郎は、悦子が次のように語る通り、ただ横暴なだけの人間ではなかった。「彼は家族のために一所懸命働き、わたしにも同じことを期待していた。彼は彼なりに誠実な夫だったのだ。そればかりか、娘と暮らした七年間は、娘にとってもいい父親だったのである」（一二八）。

▼5　ここにガストン・バシュラール（Gaston Bachelard）が『水と夢——物質的想像力試論』の第三章で考察する、「カロン・コンプレックス」を見出すことができるかもしれない。それは二〇一五年に発表された『忘れられた巨人』（*The Buried Giant*）の終わりでも見られる。

▼6　バリー・ルイス（Barry Lewis）は、悦子が見たブランコに乗った少女も合わせて、ロープが結ぶ出来事を次のように指摘している。「そのロープは文字通り『遠い山なみの光』のいくつかの異なった要素——悦子の罪悪感、ブランコに乗った小さな女の子の夢、万里子に対する育児放棄、景子の自殺——を束ねている」（35）。ここに第七章冒頭で語られる、昔長崎で起きた、木から吊るされた状態で死んでいるのを発見された幼女の殺人事件も加えることができるだろう。

▶7　特に第七章参照。ミラーはここで、曖昧な領域としての沼地があらゆる二極分化を否定すると述べている。本作における湿地も、文明と非文明、生と死、意識と無意識といったさまざまな領域の境界として機能している。

▶8　ペネロピ・ライブリー（Penelope Lively）は万里子の象徴的な役割について、次のように述べている。「そして万里子という十歳の女の子が物語の内と外を行ったり来たりする。彼女にとっていくつかの不気味な運命が示唆される。そしてまた彼女はある薄気味悪い方法で、悦子自身のまだ生まれていない、そして最後には自ら首を吊ることになる娘の予兆ともなっているように思われる」(90)。

参考文献

Beedham, Matthew. *The Novels of Kazuo Ishiguro: A Reader's Guide to Essential Criticism.* Palgrave Macmillan, 2010.

Drąg, Wojciech. *Revisiting Loss: Memory, Trauma and Nostalgia in the Novels of Kazuo Ishiguro.* Cambridge Scholars Publishing, 2014.

Ishiguro, Kazuo. *A Pale View of Hills*. Faber and Faber, 1982.

———. *The Buried Giant*. Faber and Faber, 2015.

Lewis, Barry. *Kazuo Ishiguro.* Manchester UP, 2000.

Lively, Penelope. "Backwards & Forwards: Recent Fiction." *Encounter*, vol. 58, no. 6, 1982, pp. 86-91.

Mason, Gregory. "An Interview with Kazuo Ishiguro." *Conversations with Kazuo Ishiguro*, edited by Brian W. Shaffer and Cynthia F. Wong, UP of Mississippi, 2008, pp. 3-14.

Miller, David C. *Dark Eden: The Swamp in Nineteenth-Century American Culture.* Cambridge UP, 1989.

Shaffer, Brian W. *Understanding Kazuo Ishiguro.* U of South Carolina P, 1998.

Sim, Wai-chew. *Globalization and Dislocation in the Novels of Kazuo Ishiguro.* Edwin Mellen Press, 2006.

———. *Kazuo Ishiguro*. Routledge, 2010.
Teo, Yugin. *Kazuo Ishiguro and Memory*. Palgrave Macmillan, 2014.
Wang, Ching-chih. *Homeless Strangers in the Novels of Kazuo Ishiguro: Floating Characters in a Floating World*. Edwin Mellen Press, 2008.
Wong, Cynthia F. *Kazuo Ishiguro*. 2nd ed. Northcote, 2005.
バシュラール、ガストン『水と夢——物質的想像力試論』及川馥訳、法政大学出版局、二〇〇八年。
濱美雪「カズオ・イシグロ　A Long Way Home——もうひとつの丘へ」、「スイッチ」第八巻六号（一九九一年一月号）、七六—一〇二頁。

芸術と家族を巡る葛藤

『浮世の画家』における主従関係

池園宏

序

一九八二年に『遠い山なみの光』(*A Pale View of Hills*)で長編デビューしたカズオ・イシグロは、一九八六年に第二作『浮世の画家』(*An Artist of the Floating World*)を世に出した。いずれも英国では出版当初から評価が高く、前者は王立文学協会よりウィニフレッド・ホルトビー賞を贈られ、後者はウィットブレッド賞を受賞している。三作目の『日の名残り』(*The Remains of the Day*、一九八九)が英国で最も権威あるブッカー賞を受賞し、イシグロの知名度を世界的なものにしたことはよく知られているが、既にその三年前に『浮世の画家』が同賞の最終候補にノミネートされていた事実は、本作品の価値や重要性を知る上で記憶されるべき点であろう。イシグロの才能は初期の段階より開花し、文壇に認められていたのである。

第一作と同様に、『浮世の画家』では第二次世界大戦後の日本が主要舞台の一つとしてクローズアップされ、主人公が一人称の語り手として現在と過去の数々を物語っていく。本作品の主人公は画家の小野益次である。かつて戦争画家として愛国的プロパガンダ活動を行った小野は、戦後訪れた社会の様々な変動の中で、戦前や戦中における自己の体験を回想する。その回想の中心をなすのは、自らが帰属あるいは主導した複数の画家集団における人間模様である。

イシグロはこの小説で描きたかったこととして、指導的立場にある人間とその従属下にある人間との主従関係や葛藤の有様を挙げている。

『浮世の画家』において私は、指導者的な人物が従属下にある人間に対し、こうした信じがたいほどの心理的影響を及ぼす現世のことを描き出す必要があった。そして、従属下にある人間がそこから脱するためには、著しい決意を表明せねばならなかったのである。(Mason, 8)

この作品で主として前景化されるのは、小野を中心とする絵画の師匠と弟子という芸術家の主従関係である。画家としての人生を歩む小野は、生涯で二人の人間に師事し、やがて自らが複数の弟子たちを指導する立場に至る。彼はこれらの人間関係を巡る喜びや苦悩、絆や亀裂などを克明に物語る。これに加え、この小説における主従関係を考える上で重要だと考えられるのは、小野の家族関係である。物語の現在における彼の関心の中心は、次女紀子の縁談の成否にある。小野の画家としての過去はこの縁談のプロセスを契機として浮き彫りとなっていくが、その際に、彼の家父長としての姿勢が同時並行的に描き出されている。シンシア・F・ウォン（Cynthia F. Wong）は「イシグロは師弟関係をかなり家父長的な関係として入念に描いている」（47）と述べているが、このような家父長的色彩を帯びた画家の師弟関係と、家父長としての小野の家族関係には密接な関係があると考えられる。本稿では、これら二つの側面を照らし合わせながら小野の生き方や人間像を分析することにより、この小説に内包された主従関係の主題、ひいては作品全体の意義について探究してみたい。

主従関係への反抗と自己の非凡さへの自負

論を始めるにあたりまず考察すべき点は、従来小野には主従関係に抗《あらが》う性質が備わっているという事実である。この性質は、彼の少年時代にルーツがあると考えられる。基本的に小野の回想は実家を離れて画業に専心する青年時代以降の諸エピソードに向けられているが、小説中には一箇所のみ自らの少年時代を思い出す場面が登場する。小野が十二歳になったとき、彼は父から家の客間への入室を初めて許可される。父の目的は、家業の商売について跡取り息子に伝授することにあった。当時の小野は、ほぼ理解不能の状態にありながらも、厳格で家父長的な父の教えへの恭順を余儀なくされる。この従順な姿勢に変化が訪れるのは十五歳のときである。父は、息子が画業を職にしようと考えているようだという知らせを妻から受け、それを阻止するため、有無を言わさぬ調子で小野を説得する。その晩、小野は何かが焦げる臭いに気づく。自分の絵を父が燃やしているのだと察知した彼は、母に向かって、「お父さんが燃やすのに成功したのは、ぼくの野心だけだ」（七二）、「ぼくが野心と言ったのは、ああいう生活を乗り越えたいって意味なんだ」（七二）、「お父さんが火をつけたのはぼくの野心なんだ」（七二）[1] と言い放ち、父の言いなりになる生き方を放棄する宣言を行う。ここには、低い立場の者を絶対的権威で支配する人間に対する嫌悪と拒否が表明されている。小説中にはこのエピソード以外に父への言及はないが、この事実もまた、少年時代に生じた父に対する反発姿勢の強さを裏書きしていると言えるだろう。このように、主従関係に抗う小野の性質は、家族関係の亀裂に端を発しているのである。ここで興味深いのは、権威主義的な父との精神的決別の発端が、絵画を巡る親子の考えの対立にあったという点である。ここには、親子の上下関係と、縦の関係が重視される画家の師弟関係という二つの主従関係の関連性が、間接的な形で示唆されているように思われる。先の引用で着目したいのは、三度も繰り返される「野心（ambition, ambitious）[2]」、ならびに「乗り越える（rise above…）」という表現である。以下に詳しく論じるように、上昇志向や超越志向を表すこれらの言葉は、画家としての小野の発言の中に繰り返し登場している。

では、画家としての小野が主従関係にどのような姿勢を示しているかについて考察してみよう。小野は武田会長と森山誠治（モリさん）という二人の画家に順に師事するが、いずれも時を経て決別するというパターンを繰り返す。武田会長が主催する武田工房は描いた絵画を外国人向けに売っていたが、そこで大事なのは、芸者や桜や鯉や寺社などを題材としたそれらの絵をいかにも日本風に見せることだった。このような芸術姿勢に飽き足らぬ小野は、やがて工房を去り、彼が「ほんものの芸術家」（一〇五、強調は原著者による）と判断した森山先生のもとへ行く決意をする。後年、小野は自分の弟子たちに対し、「武田工房にお世話になったおかげで〔……〕人生の初期に大事な教訓を与えられたよ。師匠をうやまうのは当然のことだが、師匠の権威（authority）を疑ってかかるのも常に大切なことだ」（二〇九）と述べる。武田工房で得たこの教訓が、かつて父との決別時に抱いた反発心の延長上にあることは想像に難《かた》くない。このことは、小野が工房を去る際、同僚のカメさんに行動を共にするよう誘う際の言葉からも明らかである。この同僚は本名を中原康成といったが、絵画を仕上げるスピードが遅いため、周囲からカメさんというあだ名で呼ばれていた。小野のカメさんに対する説得の言葉は、「おれたちみたいに真剣な野心を抱いている者は、方向転換を計るべきだ」（二〇六）というものであった。父からの離反の際に強調されていた「野心」という言葉が、ここでも用いられているのは注目に値する。小野にとって、主従関係に抗う際、「野心」は重要なファクターとなっているのだ。

武田会長の現実路線的な画風に対して、「現代の歌麿」（二〇七）と称される森山先生の絵は「浮《う》世《き》《よ》」（二一三）の芸術である。小説のタイトルにも使用されているこの言葉は夜の歓楽や酒の世界を意味し、そこに漂う微細な美を捉えることが、彼の一派の描く絵画の基調をなしている。当初はその画風に心酔していた小野であったが、森山先生に師事して長年経った後、「先生、ぼくの良心は、ぼくがいつまでも〈浮世の画家〉でいることを許さないのです」（二六七）と恩師に決別宣言をすることになる。この宣言に至る要因は、愛国主義的な絵画を支持奨励する岡田信源協会のメンバー松田知州にある。松田に接触を受けた小野は彼の思想に影響され、森山先生の画風とは相容れない絵画に着手していく。小野の絵の異変に気づいたカメさんは異を唱えるが、その数日前、彼に対して小野は、「教えてほしいね、カメさん。きみはいつかほんとうに重要な美術作品を生み出したいという野心を持っていないのか」（二四二）と力説していた。小野の言う美術作品とは、国家の戦意を高揚する愛国主義的な絵である。師匠の画風からの離反を示唆するこの場面で、再度「野心」という言葉が用いられているのは決して偶然ではない。カメさんはこの主張に同調しないが、小野はこの後に森山先生からも新たな画風の不適切さを指摘され、彼のもとを去ることになる。

以上のような小野の上昇志向や超越志向の要因は、単に芸術的思想を巡る師との相克ばかりではない。さらに根本にあると考えられるのは、自己の非凡な才能に対する自覚と自負である。回想の中で小野は、森山先生からは「最も優秀な弟子」（二六七）、松田からは「並外れた才能の持ち主」（二五七）と称賛されたことに触れている。この小説は小野の一人称の語りによって成り立っているため、彼の才能の是非について明確な判断はしがたいところがあるが、この点については後に改めて詳しく論じることとする。ここで重要なのは、彼が自己の非凡さに関して高い誇りを抱いているという点である。周囲から才能を称えられ、自らもそれを意識する小野にとって、対照的に、遅鈍なカメさんのような人間の凡庸さは蔑《さげす》むべき対象となる。それを顕著に示す小野の告白を見てみよう。

大まかに言うと、わたしは世の中のカメさんたちをあまり尊敬していないようだ。［……］カメさんたちは、いくら野心を抱いても、また、ある原理を信じるといっても、そのためにイチかバチかの冒険をする気がないので、人々は結局彼らの消極性を軽蔑するのだと思う。こういうカメさん族は、例えば杉村明が川辺公園の計画で経験したような、壮大な破局を味わうことは絶対にない。その反面彼らは、時には学校教員やなにかとして小さな尊敬を受けることはあるにしても、凡庸さ（the mediocre）を越えるものを達成することなど決してあるまい。

（二三六）

ここで着目したいのは、「凡庸さ」の性質と「野心」を実現する意志の欠如とが小野の中では結びついているという点である。先に、カメさんへの説得の際に「野心」というキーワードが繰り返し使用されていることを指摘したが、その背後にはカメさんの「凡庸さ」に対するネガティブな認識が存在しているのだ。

引用中に言及されていた杉村明とは、一九二〇年か二一年頃、人の寄りつかぬ川辺公園を市の文化拠点へと改良する事業に着手した人物である。この事業は結果的に頓挫したが、小野は杉村を高く評価している。彼は杉村が「きわめて野心的な川辺公園改造計画を立てた」（一九六）、「すべてはまぎれもなく巨大な野心の産物であった」（一九六）と述べ、その野心家ぶりを強調するのだ。これに続く小野の賛辞は以下の通りである。

だれであれ、凡庸さを乗り越える（rise above the mediocre）こと、平凡な（ordinary）人物以上になることにあこがれる者は、たとえ最後に挫折し、その野心のせいで財産を失ったとしても、十分尊敬に値する。だから、杉村明は不幸な人間となって死んだのではない、というのがわたしの信念だ。杉村の失敗はごく平凡な人生のみっともない失敗とは似ても似つかぬものであったし、杉村明ほどの人物なら、そのことをよく知っていたことだろう。（一九七）

ここにも再び「凡庸さ」と「野心」との関係が表明されているが、さらに注目したいのは冒頭の「凡庸さを乗り越える」という表現である。ここで我々は、「乗り越える」という同じ表現が父と決別する場面でも用いられていたことを想起する必要がある。その場面では、父の課す人生を「乗り越える」ことが小野の決意だったわけだが、その先には画家としての人生が見据えられていた。そして後年、画家としての非凡さを自負する小野が、少年時代と同じ表現を用いて「凡庸さを乗り越える」ことの重要性を主張しているのだ。小説中にはさらにもう一箇所まったく同じ表現が登場する。先の引用と同じくカメさんのような人間たちを揶揄する文脈で、小野は「あの手の人間には、凡庸さを乗り越えるためにすべてを賭けることがなにを意味するか、わかっていない」（三〇四）と言明する。これは、一九三八年に名誉ある「重田財団賞」（三〇一）を受賞した数日後、十六年ぶりに森山先生の別荘へ凱旋訪問を試み、その建物を目の前にして勝利感と満足感に浸る場面で漏らした感慨である。自負心を大いにくすぐられる栄誉を与えられた日に、再度「凡庸さを乗り越える」ことの意義を強調する小野の心情の背後には、自己の非凡さへの誇りと確信がある。

以上考察してきたように、小野の中には野心への執着と自己の才能の非凡さに対する自負とが分かちがたく結びついた形で存在し、それが権威ある師たちへの反骨意識の重要なバックボーンをなしている。そしてこの結びつきは、少年時代に起きた家族関係の破綻にその萌芽が認められる。だが以下に述べるように、主従関係に関する小野の姿勢や行動は矛盾を孕《はら》んでいる。親や師匠を超越せんとする野心的な姿勢の一方で、彼は自分が彼らと同じ立場に立つと、これとは対照的な反応を示すのだ。こうした小野の矛盾の意味について次に考察する。

主従関係への執着と他者の非凡さの抑圧

小説中には、小野が親や師匠となった後のエピソードも数多く描かれている。彼の矛盾点は、そのような指導者的立場に立つと、まるでそれまでの姿勢を翻したかのように、配下にある人間の超越行為を阻《はば》もうとすることにある。彼は自分が従属的立場にいる際には主従関係を転覆させようと試みるが、逆に支配的立場に立つとそれに拘泥《こうでい》し、権威に対する執着を示し、ひいては上下関係の固定化を志向する。このような矛盾する姿勢は、彼の家族関係ならびに師弟関係においてどのように描写されているのだろうか。

小野の権威主義的姿勢は、次女の紀子との対話によって浮き彫りにされている。二人の娘たちは、年老いて隠居した父親への配慮や心配から、様々な助言や苦言を発する。とりわけ紀子は、姉の節子が結婚して家を出た後、小野と同居し身辺の世話をする唯一の人間であるという立場もあって、紀事あるごとに彼の欠点について言及する。たとえば、姉妹が初めて登場する小説冒頭の場面で、紀子は父に、節子は「暴君ぶりを発揮して、みんなをあごで使っていたころのお父さましか知らない」(一八)と述べ、あれこれと命令を下していたその高圧的な父親像を指摘している。また、庭木の剪定のやり方を巡って小野と紀子が議論する場面では、彼の「権威」然とした姿勢が明らかにされる。紀子から剪定の不備を非難された小野は、「おまえは最初から芸術的な直観というものを持っていなかった」（一六〇）と反駁《はんばく》し、さらに、彼女のみならず節子や亡き妻の芸術性の欠如をも批判する。これに対して紀子は、「お父さまは植木の手入れについてそれほどの権威だったの。ちっとも知らなかったわ」（一六〇）、「じゃ、お父さまは、ご自分の絵についても例外なく正しい判断を下していたってわけね」（一六〇―一六一）と、自信に満ちた彼の発言を揶揄するのだ。小野の自信の根底に、画家としての自己の非凡さへの自負心が透けて見えるのは注目に値する。この事実は、同じ場面での「いいか、紀子、世間では概してわたしの名前を悪趣味と結びつけはしなかったはずだぞ」（一五九）、「趣味が悪いととがめられて少々驚いただけだ。わたしの場合、そいつは異例の批判だからな。それだけのことさ」（一六〇）という、自己の芸術的趣味に対する世間の評価を確信する発言によっても裏書きされている。家族の主従関係が浮き彫りとなる場面に、小野の画家としての優越意識が重ねられているという点は重要である。これまでも考察してきたように、両者には密接な関係が認められるのだ。

芸術家としての観点から見た場合、師匠の立場に登りつめた小野の主従意識はさらに深刻である。彼は弟子たちから称賛されると、しきりに卑下しながらも内心では大いなる喜びと満足感を覚えている。だが逆に、弟子が自分と考えを異にする、あるいは自分を超越する可能性を察知すると、彼はその存在を抑圧、排除しようと試みるのだ。そこには、門下生に対して「師匠の権威を疑ってかかる」ことの意義を唱えていた小野の偽善的性質が浮かび上がる。弟子の一人の信太郎に対する姿勢はその一例である。かつての師匠である小野のことを、「こんな寛大な有力者のご恩にあずかるなんて、おれたちはたいへんな幸せ者だぞ」（三〇）と持ち上げて慕った信太郎とは戦後も交流が続いていたが、それは戦後になって自分への世間の評価が一変しても、この弟子が抱く師匠への敬意は変わらなかったからである。

まったくの話、信太郎は世間の影響などまるで受けていないかのようだ。彼はいまでもわたしの直弟子であるかのように礼儀正しくあいさつをする。夜がふけるにつれて、どんなに酔いが回っても、必ずわたしを「先生」と呼び、最大の敬意を示しつづける。時には修行中の若者のような熱意を込めて、技術や様式について質問することさえある。（三一）

ところが、信太郎が高校教員の職に応募する際、過去の関係について任用審議会宛の釈明文を書いてほしいと小野に願い出ると、小野の態度は豹変する。信太郎は審議会に認められるため、かつて日中戦争当時、軍国主義的ポスター制作に関して自分が師匠の小野に「疑問」（一五三）を抱き、「不同意」（一五二、一五三）を表明していた事実を訴える必要があったのだ。師への嘆願の途中、信太郎は「なんといっても占領軍当局を納得させなければ……」（一五三）とも漏らす。この言葉は、戦後になり、彼の従うべき権威の対象が小野ではなく、戦勝国としての権限を持ったアメリカへと移ったことを暗示していると解釈できよう。[▼3] このエピソード以降、小野は信太郎との関係を断ち、たまに言及することはあっても、「信太郎の性格の裏側には（かつてのわたしの目には触れなかったけれども）最初からずるがしこい面があった」（一八八）と批判したり、「カメさんのような、あるいは信太郎のような」（三〇四）連中というように軽蔑の対象だったカメさんと同列に並べたりと、最後までネガティブな反応を示し続ける。

このような小野の主従関係への拘泥がさらに顕著かつ残酷な形で表れるのは、別の弟子の黒田との関係においてである。小野の記憶によれば、黒田はかつて、「先生の名声はいよいよ高まり、何年かのちわれわれが人々に、かの小野益次先生の門弟であったと告げることは、われわれの最高の誇り、最高の名誉になるに違いない」（三六）と師匠礼賛の言葉を発していたという。しかし小野は最終的にこの弟子を破滅させることになる。開戦前年の冬、当時「非国民活動統制委員会の顧問」（二七〇）の任務に就いていた小野は、反戦的な思想に転じていた黒田に注意を促すため、彼を当局に通報する。これがきっかけとなり、結果的に黒田は警官に逮捕され、彼の絵は焼却されてしまう。小野が黒田を破滅に追いやった要因としては、まず自分の思想とは異なる行動をした弟子の告発が挙げられよう。だがもっと重要な点は黒田の非凡さにある。小野は彼について、「わたしが主催する洋画塾のエリートたち」（三五）の一人であったと述懐している。黒田は信太郎よりもはるかに画才に秀でており、小野はそのことを作品中で一度ならず言及している。己の非凡さを自認する小野だからこそ、自分を「乗り越える」可能性を秘めた非凡な弟子に対して、凡庸な信太郎以上に厳しい態度を取らざるをえなくなるのは自明である。黒田が警察に連行され、絵が燃やされた現実を目の当たりにして小野は衝撃を受けた様子を見せるが、それらを実現させたのはまぎれもなく師匠としての彼自身の意向なのだ。その行動の背景には、「自らの弟子が芸術的経歴で自分をはるかに凌駕したことに対する小野の嫉妬心」（Wong, 46）が存在している。

さて、絵の焼却というエピソードは非常に象徴的である。小野自身が少年時代に父から同じ仕打ちを受けていたことに加え、作品中には他にも絵の焼却に関する言及がある。それは、森山先生の「一番弟子」（二〇六）だった佐々木に関するエピソードである。この優秀な弟子は、他の者の絵が森山先生の流儀に反している事実を察知するとそれを公にほのめかし、その結果、こうした絵は放棄、焼却されることとなった。ところが、やがて佐々木自身が師匠に背くようになり、破門される羽目になる。佐々木の絵が焼かれる描写は作品中にはないが、読み手は前後関係によってその可能性を容易に推測しうる。絵の焼却と主従関係との結びつきに関して、ブライアン・W・シェイファー（Brian W. Shaffer）は以下のように指摘している。

> 興味深いことに、従属する人々を親不孝な不忠やそれに付随する堕落ぶりという理由で非難し、その後彼らの絵を焼却する小説中の一連の権威的人物たちは、小野の父親から小野自身にまで広がり、その途上に*先生の*モリさんを含むものとなっている。（50、強調は原著者による）

この中で用いられている「親不孝な」という言葉は、師弟関係と親子関係の家父長的つながりを改めて想起させるものである。従属下にある人間の絵を指導的立場の人間が焼却し、その非凡に思える才能を葬り去るというパターンは、小野の父に始まり、森山先生を経て、小野自身が受け継ぐことになるのだ。この継承のパターンは、小野の人生において一見矛盾するように思える。主従関係に抗う傾向を示す一方で、このように先達の抑圧行為を受け継ぐ小野の姿勢は何を意味するのだろうか。ここには主従関係に関する小野の複雑な心理を理解する鍵があると考えられる。

　小野は師匠から弟子への継承について幾度も言及している。とりわけ、森山先生から自身への影響については、「自分の癖の一部［……］が、実はもともと旧師であるモリさんから受け継がれたものであることを自覚している」（二〇二）、「わたし独特の口調と見なされるようになったものの多くは、ほかならぬモリさんから受け継いだものである」（二二三）といったように繰り返し述べられている。あるとき小野は、森山先生が彼を破門する直前に「ずいぶん不思議な道を探っているようだな」（二六三）と述べ、小野の画風の変質について釘を刺していたことを思い起こす。同時に小野は、これが後年同じ場所で自分が黒田に発した言葉だったかもしれないと思い、「これもまた、旧師から受け継いだ特徴のひとつなのだろう」（二六四）と師弟の継承性に言及する。小野が黒田に対して同じ言葉を発していたとすれば、それはすなわち、彼がこの弟子を破門したという事実を暗に物語っている。師匠から弟子への継承行為には、このように負の遺産の伝授も含まれているのだ。そして小野はこのような負の継承行為を自覚的、意識的に行っている。彼は森山先生から破門された際、師匠の冷淡な言葉を不当に意地悪なものだと感じながらも、以下のように述べる。

> だが、考えてみると、ある画家が特定の弟子のために多大の時間と財産とを投じ、そのうえ、公《おおやけ》の場でその弟子の名を自分の名前と並べて出すことを許してやった場合には、その弟子の離反に際して、一時的にバランス感覚を失い、あとで悔やむような言動に出たとしても、それは

――全面的には許せないとしても――理解できることだろう。そして、問題の作品を取り上げたモリさんのやり口はたしかに卑劣に見えるだろうが、絵の具をはじめ画材のほとんどを自費で買い与えてやった教師が、そういう機会に、弟子にも自己の作品に対する権利があるという事実を一瞬忘れたとしても、理解できることだと思う。　（二六八―二六九）

ここには、従属的立場の小野の超越志向と、将来指導者的立場に立つことになる小野の抑圧志向との心理のせめぎあいが見受けられる。師匠から様々な世話を受けた後、弟子が彼と肩を並べるようになったり、弟子が独自の作品に権利を主張したりする現象が提示される一方で、その現象を前にして自制心を失い、弟子の権利を失念してしまう師匠に対する共感が示される。引用中には「理解できる（understandable）」という言葉が二回繰り返されているが、ここには、自分に抗う非凡な弟子を抑圧したいと考える師匠の立場に寄り添った小野の心理が認められる。さらに言えば、小野は森山先生を弁護しているように見えて、実は優秀な黒田を破門にしたことに対する自己弁護を行っているとも解釈できる。その証拠に、黒田の逮捕と絵の焼却のエピソードは、この引用文の直後に語られているのだ。

以上考察してきたように、小野には、主従関係に抗う性質を元来持ちながらも、その関係の利点を継承、利用して、それに抗う非凡な従属的立場の人間を、指導的立場から抑圧しようとする複雑な精神構造が見出せる。反抗の対象であるべき恩師の資質のうち、彼は自己に都合のいい部分を吸収しつつ、これを言わば従属的に受け継ぎ適用しているのだ。小野の主従関係に対する姿勢は一見矛盾しているようにも思えるが、実は、超越と抑圧という相反する志向性が複雑に絡《から》まりあってできていると言えよう。小野は主従関係の破壊者でもあり構築者でもあるのだ。

非凡さの実態

以上のような心理構造の上に築き上げられた小野と周囲との主従関係は、戦後の変動する価値観の中でことごとく覆される。軍国主義的絵画の制作と奨励に関与したことで、小野は弟子たちからも親族たちからも一定の距離を置かれる。前述のように、信太郎は戦後、日中戦争時のポスター制作を巡って小野に釈明文を求めてくる。また、戦後に小野が黒田の家を訪れた際、黒田の弟子の円地は、あたかも不在中の師匠の代弁者のごとく小野を非難する。円地は、逮捕され虐待された黒田が当局から「国賊」（一七〇）と蔑まれた事実を告げた後、「しかしいま、だれがほんものの国賊か、みんなちゃんと知ってますよ」（一七〇）、「いまではだれがほんものの国賊か、みんなちゃんとわかってます。そういう裏切り者の多くが、いまでも大手を振って歩いているんだ」（一七〇）と、「ほんものの国賊」の一人である小野を繰り返し責め立てる。円地の非難の口調は、節子の夫である素一から発せられる非難のそれと近似している点に着目しよう。素一はかつて礼儀正しく控えめな青年であったが、戦後は打って変わって義父に反抗する姿勢を見せる。素一の憤りの理由は、若者を戦死に導いた画家としての小野の戦争責任にある――「勇敢な若者はばかげた目的のために命を奪われ、ほんものの犯罪人はまだのうのうと生きている。自分の正体を見せることを恐れ、責任を認めることを恐れている」（八七）。「ほんものの犯罪人」という表現と、円地の「ほんものの国賊」という表現が呼応する関係にあるのは明白であろう。素一の態度には権威的立場にあった小野の無責任ぶりに対する義憤が認められ、またそこには、義理の父と息子という親子関係における立場の逆転現象が顕著な形で表れている。

ここで我々は、この主従意識の根底にあった小野の非凡さの是非について改めて検証する必要があるだろう。戦後の社会的価値観の変動に伴って小野の評価が下落したとすれば、それは彼の思想的側面のゆえであり、その才能自体のすべてが否定されるべきものではない。だが小説中には、戦後、小野の非凡な才能が誤用されたこと自体を惜しむ声は聞かれない。むしろ、その非凡さの存在自体を疑問視する言説が周囲から発せられるほどなのである。ここで重要なのは、小野が自らを非凡であると自認しているのは確かだとしても、それはおおむね彼の自己評価によるものであり、周囲から客観的に認知されているかどうかは疑問が残るという点である。前述した森山先生による「最も優秀な弟子」、ならびに松田による「並外れた才能の持ち主」という称賛の言葉について再考してみよう。仮に戦前における両者の発言が事実だったとしても、それぞれの文脈を考えれば、森山先生のそれは流派の画風に反した弟子を思い止まらせる際に出たものであったし、松田の場合は小野を自分の愛国思想に誘い入れるための甘言だったという解釈が可能である。小野は彼らの言葉をそのまま鵜呑みにし、それを都合よく自己評価の中に組み入れていたとも十分に考えられるのだ。

また、小野が誇らしげに語る重田財団賞受賞についても、その評価基準や価値は疑わしい。受賞の年が第二次世界大戦開戦の前年であった点、そして受賞の同じ週に「新日本精神運動」（三〇一）を大成功のもとに終わらせていたという小野の告白を考え合わせると、この賞は、彼の非凡な芸術性というよりも、むしろその愛国的戦意高揚活動に対して与えられたものだと解釈できるだろう。このように小野の非凡さにはもとより疑念の余地が多々見出せるわけだが、これが戦後になると、彼の自己評価と周囲の人々の発言との間には、それまで彼自身が経験したことのないような乖離があることが露呈する。そうした周囲の人々は、非凡さに関する小野の思い入れや思い違いの現実を示唆し、ひいては彼が非凡であるという事実自体を覆すという役目を担っていると考えられる。もし小野の非凡さが疑問視されるのであれば、それはすなわち、その自認の上に築かれた彼の主従意識の価値も大きく揺るがされることになる。小野の非凡さに疑問が投げかけられる場面として、紀子の二度目の縁談ならびに松田との最後の対話の二つを見てみよう。

紀子の縁談の前に、小野は節子から、一回目の縁談の失敗を繰り返さぬために「慎重な手順」(七四)を踏まえたほうがよいと忠告されていた。これは、縁談の相手方に彼の戦前戦中の過失に関する誤解を生じさせぬよう、前もってしかるべき措置をとるというものだった。そこで小野は、紀子のためを思い、松田や黒田を言い含めようと各々の家に出向いていた。縁談の最中、黒田の話題が出たことをきっかけに、不安に駆られた小野はかつての自己の過ちについて声高に認める発言をする。小野の思いからすれば、自己の非凡さと高名な画家としての知名度に対する自負ゆえに、発言の意味は縁談の相手方に即座に理解されるはずであった。しかし相手方の反応は鈍く、縁談相手の父で美術関係者である斎藤太郎博士の顔には「戸惑いの表情」(一八五)が浮かぶ。小野の記憶によれば斎藤博士とは十六年も既知の仲であったはずだが、後に節子は博士が小野の画家としての経歴についてよく知らなかったようだと述べる。そればかりか、彼女は「慎重な手順」に関する忠告などした記憶はないとも言う。作品中では節子の話の真偽も小野の語りの真偽も明らかにはされず、読み手はどこまでが真実なのか判断することはできない。この点については批評家たちも種々の解釈を施しているが、いずれも可能性の域を出ていない。ただしここで一つ重要だと思われるのは、このように食い違う意見を主張する節子が、同じ文脈上で小野の凡庸さについて触れていることである。「わたしも多少の影響力を持った人間として、悲惨な結果をもたらした目的のためにその影響力を行使したことだけは、すなおに認めたい」（二八七）と自己の力量を強調する小野に対し、節子は以下のように反駁する。

でも、お父さまのお仕事は、わたしたちが問題にしているような、あの大きな事柄とはほとんど関係がなかったでしょ。お父さまは画家にすぎなかったんですから。大きな過ちを犯したなんて、もう考えてはだめよ。（二八七）

節子は小野が単なる一介の画家だったと断定し、彼が自負するような影響力の存在を否定している。マーガレット・スキャンラン（Margaret Scanlan）は、「この発言で節子は、多数の読者が小野の言葉通りに鵜呑みにしていたであろう一点、すなわち、自分のプロパガンダ的絵画が日本を軍国化するのに重要な役割を担ったという見解を根底から崩している」（151）と述べ、この発言が小野の語りの信憑性を揺さぶる役割を果たしていることを指摘している。さらに、節子が先の発言の直前に、「差し出がましいことを言うようだけど、ものごとを広い視野（perspective）で見ることが大切だと思うの」（二八七）と訴えている点は非常に重要だと考えられる。この言葉に関連して、イシグロは小野の「偏狭な視野」ならびに凡庸さについて以下のように言及している。

この偏狭な視野の問題はかなり本作品の中核をなしていて、私はそれを物語全体の中に構築しようと試みた。同時に、私が示唆しているのは、小野はごく普通だということである。我々のたいていは同じような偏狭な視野を持っている。[4]それゆえ、本作品は主として、普通の人間は自分の身近な周囲以上のものを見通すことはできないのだという点に関わっており、またこのために、人はすぐ周りのこの世界がこうだと示すものに翻弄されてしまうのだ。（Mason, 9）

イシグロは別のインタビューでも、小野について、「周囲の世界が実際は彼の行為を中心に展開していたわけではないこと、彼がただの小さく平凡な人間に過ぎなかったことを理解するのだ」（Sexton, 32）と述べている。作者のこれらの発言を踏まえると、先の節子の主張は信頼しうるものだと考えても差し支えないだろう。これにより明らかになるのは、小野の非凡さは自身が築き上げた幻想に過ぎず、彼はそれを過信し、自己を過大評価していたという事実である。小野の物語は「一種の誇大妄想」（Sim, 42）と言えるのだ。

小野の凡庸さは、松田との最後の対話においてもクローズアップされる。松田が死ぬ一カ月ほど前に、小野は彼のもとを訪問する。穏やかな雰囲気の中、二人は戦前戦中の自分たちについて振り返る。松田は「ふたりとも十分に広い視野なんか持ち合わせていなかったらしい」(二九七)と自分たちの視野の狭さを指摘し、さらに、「結局おれたちは平凡な人間であることを思い知らされた。特別な洞察力など授かっていない平凡な人間だ。ああいう時代に平凡な人間であったのは、おれたちの運が悪かっただけさ」(二九七)、「しかし、おれたちの仲間がやることはいつもたかが知れていた。きみやおれみたいなのが昔やったことを問題にする人間なんてどこにもいない」(三〇〇)と、自分たちの凡庸さや卑小さを繰り返し嘆じる。松田の最初の言葉に対し、小野が「だがあのころのぼくは、物事をあまりはっきり見ることができなかった。きみの言うとおり、画家の狭い視野だな」(二九七)と同意を示している点は重要だろう。これは文字通り、軍国主義に傾倒したことに対する省察の言葉である。だがその一方で、小野が周囲から崇拝される自分の才能の一つとして、「百万人に反対されようとも、自分の頭で考え、独自の判断を下すという能力」(二〇三)を自賛していた点を看過することはできない。周囲の反対に逆らうのはまさに小野の元来の資質であるが、そのような反抗姿勢を伴ってでも独自の思考判断力こそが自己の非凡な才能の重要な一部だと自負していたわけである。ところが、その自負とは裏腹に、彼は軍国主義という大きな時代の流れに飲み込まれることで、まさにその能力が欠如していることを証明してしまう羽目になるのだ。巨大な影響力を持つ国家の体制や思想に恭順し加担した事実は、他ならぬ小野の凡庸さを示すものだと解釈できるだろう。またそれは、国家対個人という圧倒的な差のある主従関係を前にして、無批判に屈した彼の人間的限界を浮き彫りにしている。松田の言葉は確かに小野の才能自体をすべて否定しているわけではない。しかしそれは、小野の資質が容易に時勢に流されるもので、彼が真の普遍性を持つ絵を描き出すことができなかった事実を指摘しており、結果としてその凡庸さを強調するものとなっているのだ。

過去への前向きな姿勢

しかし、小野にとって凡庸さを認めることは自己の人生を否定することにつながる。非凡さへの自認を精神的基盤として、主従関係を転覆させたり、逆にそれを堅固なものにしたりすることこそが、彼の生き方の根幹をなしているからだ。ゆえに、小野は自己正当化や自己保身に頑固に執着する姿勢を見せる。そこには、周囲からの評価が変化しても容易に変わらない、あるいは変わりえない人間の悲哀が見て取れる。その典型的な例が、やはり紀子の縁談の席と松田との最後の対話、つまり凡庸さの暴露に関わる場面で見られる点は非常に興味深い。以下に、自己の非は承知の上で、それを逆手にとって、開き直りに似た形で過去の影響力や地位に固執しようとする小野の頑《かたく》なな姿勢を見てみよう。

紀子の縁談の席で、過去の戦争責任について声高に認めた小野の発言は以下の通りである。

わたし自身に関する限り、多くの過ちを犯したことを素直に認めます。わたしが行なったことの多くが、究極的にはわが国にとって有害であったことを、また、国民に対して筆舌に尽くし難い苦難をもたらした一連の社会的影響力にわたしも加担していたことを、否定いたしません。

そのことをはっきり認めます。申し上げておきますが、斎藤先生、わたしはこうしたことを事実としてきわめて素直に認めております。　（一八五）

この発言の中に「認める（admit）」という語が三度繰り返されている点に着目したい。さらに小野は、この直後の発言でも二度まったく同じ言葉を用いている。彼はなぜこの言葉を繰り返すのであろうか。さらに少し先に書かれている小野の考えを見てみよう。

ついでに言っておきたいが、自尊心を重んじる人々のなかに、自分の過去の行為に対する責任からいつまでも逃げ回ろうとする手合いがいるとは、わたしにはとても信じられない。過去の責任をとることは必ずしも容易なことではないが、人生行路のあちこちで犯した自分の過ちを堂々と直視すれば、確実に満足が得られ、尊厳が高まるはずだ。とにかく、強固な信念のゆえに犯してしまった過ちなら、そう深く恥じ入るにも及ぶまい。むしろ、そういう過ちを自分では認められない、あるいは認めたくないというほうが、よほど恥ずかしいことに違いない。　（一八七）

この引用でも小野は過失を積極的に認知[5]しているが、ここで問題にすべきは、その行為に伴う理由あるいは小野の心理である。引用中の「責任」は、素一が小野を批判する際に用いていた「責任を認める」というフレーズの反映だと解釈できるだろう。そしてその「責任を認める」ことは、小野の中で「自尊心」や「満足」や「尊厳」が存在すること、あるいは「恥」が存在しないことと大きく関わっている。ここで問題なのは、小野が責任を「認める」のが、自らの過去の過ちによって被害を受けた多くの人間に対して謝罪と懺悔を表明するためというよりも、むしろ自尊心や自己満足といった内向的要素を土台とした保身意識によるものだという点である。彼にとっては、自己の体面を保つことのほうが、他者に与えた被害を鑑みることよりもはるかに優先される問題となっているのだ。さらに、この認知行為は小野の主従意識とも結びついている。マイク・ペトリー（Mike Petry）は次のように指摘する。

> 小野は懸命に自らの不品行を隠そうとする一方で、懸命にそれらを告白しようともする。虚栄心があり、娘のために自らにふたをする行為は別にして、個人的には無名でいるよりも有名でいたほうがいいと考える。そして物語を通して流れているのは、自身が与えた影響力や受けた敬意に対し、彼がしばしば驚く様子を見せるという主題である。（76）

小説中には、戦後になって見出す機会を失っていた自己の影響力や周囲からの敬意をたまに再発見したとき、小野が驚きの混じった喜びを表明する場面が幾度か登場する。小野は、過去の人間として忘れ去られるよりも、自らの虚栄心のため、たとえネガティブな形ではあっても名を残し力を維持したいと考えているのだ。そこには、過失責任をあえて「認める」ことによって、逆説的に、過去に築き上げた地位や権威に拘泥しようとする小野の深層意識が表れている。

このような姿勢は、松田との最後の対話の際にも再度表面化している。松田と話し終えた小野は、紀子の縁談のときと同じように、自己弁護的に自分たちの過去を総括する。

なぜなら、彼自身が言っていたとおり、松田やわたしのような人間は、どんなことであれ、その時には強固な信念のゆえに実行したという自覚を持ち、そこに満足を感じているからだ。もちろん、われわれは何度か冒険的なことをしたし、しばしばあまりにも馬車馬的に突っ走った。しかしそれは、意欲や勇気が欠けているために、自分の確信を実行できるかどうか試してもみない態度よりはよほどましだろう。だれでも確信を十分に深めれば、これ以上ぐずぐずしているのは恥ずかしいという心境に達するはずである。（三〇〇）

引用中の「満足（satisfaction）」という語にまず着目しよう。これは紀子の縁談の際にも用いられていた重要なキーワードの一つであった。実は、これは小野が最も好んで使う言葉の一つで、作品中には十回以上も登場している。さらに、紀子の縁談に関わって言及されていた「強固な信念のゆえに（in the best of faith）」という表現も再び登場している。「信念」という語は、直後に二回繰り返される「確信（convictions）」とも意味的に響き合う。小野は、自分が「信念」を持って行ったことは、たとえそれが結果的に誤りであっても、優柔不断に踏み止まるよりははるかにましだという考えを持っている。その開き直りに似た考えがあるからこそ、過ちを犯したと認知しながらも、依然として「満足」を覚えることができるのだ。紀子の縁談のときと同様に、この認知には深い反省や贖罪意識が伴われているわけではない。小野は、認めること自体を自己の免罪符とし、自らの体面や自尊心を保ちたいと欲しているのだ。そしてこの総括的発言の背後には、やはりかつての栄光を保持あるいは誇示し続けたいという小野の権威意識や主従意識が読み取れる。

未来への後ろ向きな姿勢

小説の最後で、小野は若いサラリーマンたちを見つめ、戦後の若者世代へのエールを送っている。これまで考察してきた主従関係に対する姿勢や過去の栄光への執着ぶりから考えると、彼のこの楽天的な調子はあたかも主従関係の逆転を認める発言のようで奇妙に見える。イシグロは結末部における小野の状況について、「彼の世界は終わり、できることと言えば若い世代の前途に祝福あれと祈る（wish…well）ことのみだが、彼はその世界の一部ではないのである」（Mason, 11）と解説している。小説中には、「こっちはもう隠居の身だぞ。最近では縁故関係もなくなってしまった」（二八）、「わたしはもう引退したから、縁故者もあまりいないんだ」（三二）というように、自分の隠居ぶりを強調する小野の発言が何度も登場する。小野は一方で疎外感や孤立感を覚えているであろうが、同時に、「勤勉とその成果とはすでに過去のものと割り切って、気楽に自分のペースでゆっくり日を過ごすことができるのは、たしかに隠居した身の楽しみのひとつだ」（六一）と現在の状況を楽しむ姿勢も垣間見える。「勤勉とその成果」とは、戦前戦中の画家としての功績を指す。小野の言葉は一見それを過去のものとして忘れようとする姿勢を示しているかのように思えるが、これまでの考察で明らかなように、むしろ彼は過去の大切な記憶として自己の中に結晶化させようとしているると解釈できるのではないだろうか。つまり、周囲が激変を遂げる戦後の状況の中、小野は過去と未来を切り離し、もっぱら過去の栄光に固執しようとする姿勢を見せていると考えることができるのだ。このように捉えると、サラリーマンたちへのエールは、自分が変わりえない人間であることを自覚している小野が、世の変化や好転を、自分とは別次元に生きる若者世代に託していることの表れと言えるだろう。小説の最後は、「わが国は、過去にどんな過ちを犯したとしても、いまやあらゆる面でよりよい道を進む新たなチャンスを与えられているのだと思う。わたしなどはただ、あの若者たちの前途に祝福あれと祈るだけである」(三〇六)という言葉で締め括られている。後半の文には、イシグロの解説とまったく同じ表現が用いられていることがわかる。一方、前半の文の主語を「わが国」から「わたし」すなわち小野自身に変えれば、それはそのまま彼の過去と未来の状況を物語る言葉になりうると言えるだろう。しかし、小野は未来に対し自らがコミットする言葉を続けることはせず、ただ若者への期待を口にするだけなのだ。

その若者世代を代表する人物として、小説中では節子の夫の素一や紀子の夫の太郎らがクローズアップされている。戦後、素一は日本電気、太郎はKNCという会社でそれぞれ水を得た魚のように働いている。小野と太郎を交えた会話の中で、節子は夫が職場で「たいへん有能な上役」(二七五)に恵まれることになったことに言及する。それに追従するかのように、太郎は、自分たちが以前から「現代の世界にふさわしい、新鮮な発想のできる新しい指導者たち」(二七五)を必要としていたこと、そして今はそれが実現したことを誇らしげに語る。戦前戦中の小野に対する素一の批判を思い起こせば、ここで言及される「上役」や「指導者」が、小野のような旧世代の人間とは正反対のリーダー像であることは自明であろう。つまり、ここには戦後における主従関係の逆転現象が読み取れるのだ。この会話の中で、太郎や節子は「未来（将来）」という言葉を、期待を込めて何度も口にする。未来への楽観的姿勢を隠そうとしない太郎に対し、小野は後ろ向きの苦言をいくばくか発するが、それも叶わぬとわかると、ついには「きみたちの世代はすばらしい未来を迎えるに違いない。そしてきみたちは自信にあふれている。わたしはただ、きみたちの前途が最善であることを祈る（wish…the best）のみだ」（二七七）と相手に同調する。末尾の言葉が小説最後の言葉とオーバーラップしているのは容易に見て取れるだろう。この会話にも、未来については若者世代に手放しで委ね、自らは過去に留まろうとする小野の堅固な姿勢が顕著に見受けられるのだ。

未来の世代を代表する人物としてさらに注目したいのは、素一の息子の一郎である。一郎は小野の義理の息子たちよりも長く先の未来まで生きていく人間である。小野はこの可愛い孫に何かと世話を焼こうとするのだが、なかなかうまくいかない。幼い一郎と小野の間には、当然のことながら、素一とのようなイデオロギーを巡る対立は起きない。だがたとえば、アメリカのヒーロー、ローン・レンジャーの物まねに興じる一郎を見た小野が、それを日本の源義経か侍か何かのまねだと勘違いする場面には、単なる滑稽なジェネレーションギャップの描写以上の意味合いがある。一郎には、アメリカから入ってきた新たな価値観を担う、さらに次の世代の担い手としての役割が付与されているのだ。その一郎の描いた絵を小野が見ようとしたとき、一郎は執拗に反発しようとする。これをきこのエピソードは、主従関係の逆転という観点で見た場合、非常に象徴的だと言えよう。これをきっかけに、一郎は小野が有名な画家だったのかと質問し、小野が「おじいちゃんは引退したんだよ、一郎。だれでもある歳になると引退する。ごくまともなことさ。歳をとれば休む権利があるんだから」（四六―四七）と隠居を建前にした返答をすると、一郎は「パパはいってたよ、おじいちゃんはやめなきゃなんなかったって。にっぽんがせんそうにまけたから」（四七）（強調は訳者による）と、小野の触れられたくない過去をえぐり出してくるのだ。ここには、戦前戦中に功績を成した過去の人間と、戦後の未来を担う人間との対比が顕著な形で露呈されていると言える。さらに一郎は、将来は素一が勤める日本電気の社長になりたいと無邪気に言い放つ。それに対し小野は、「一郎がおとなになったら、さぞかし立派な人間になるだろう。もしかすると、ほんとに日本電気の社長になれるかもしれない。そうでなくても、同じくらい偉い人に」（二八一）と、未来のリーダーとしての一郎に期待する発言をした後、彼が寝つくのを静かに見守るのみである。可愛い孫に小野が期待を寄せていること自体は間違いないであろう。だがここには、イシグロの言葉の通り、自らの世界は終わったが、新たな世界の一部とは決してなりえない旧世代の抱く隔世感や寂寥感、そしてそれと表裏一体をなす過去への逃避姿勢が如実に滲み出ていると言えよう。

結び

以上、小野の主従意識という主題を中心に据え、彼の複雑な精神構造や言動の意味について考察してきた。小野は自己の非凡さへの自負を基盤に主従関係を周囲に構築していくが、その一方で浮き彫りとなるのは、彼の凡庸で閉鎖的とも言える人物像である。そして、時代の変化に取り残され、未来に居場所を見出せぬ彼は、周囲に権威的影響力を持っていたと自認する過去にあくまで固執しようとする。それは過ちに満ちた過去であるが、小野にとっては自己の人生の存在意義を支える最も重要なファクターとなっているのだ。栄枯盛衰を絵に描いたようなこうした小野の人生の歩みは、読み手に一種の憐れみすら感じさせるものであろう。ペトリーは、「小野」という名前の綴《つづ》り"Ono"が、"One"「人」と類似していることから、小野が真の「万人像」(65)の様相を帯びているという興味深い解釈を行っている。確かに、さながら我々人間一人ひとりの姿を映し出す鏡として、小野の人間像は一定の普遍的要素を備えていると言えるだろう。これに関連して、イシグロは、この小説で描き出した主従関係という現象が、舞台として設定した日本に限られたものではなく、世界に遍在する「人間の現象」(Mason, 10)であると述べている。この主張は、日本から英国へと舞台が移された次作『日の名残り』においても、屋敷の主人と執事という主従関係が物語の重要な要素として組み込まれ、有機的に機能しているという事実により裏づけられる。もちろん、この作品における主従関係の設定やその描かれ方は前作と同じではない。だが、主人公スティーブンスが執事としてのポジションに最後まで拘泥し、老境に至ってもなお自らの過去の価値に痛ましく固執し続ける姿は、小野のそれと少なからず重なり合うだろう。さらに、バリー・ルイス(Barry Lewis)が「小野とスティーブンスはどちらも平凡な人間である」(55)と述べ、本稿で議論してきた凡庸さに関して両主人公に共通性が見出せることを指摘している点も付け加えておきたい。ブッカー賞を受賞した『日の名残り』によってイシグロの評価は確固たるものとなったが、すでにその前作

『浮世の画家』において、彼の扱う主題や人間像の方向性は示されていると言えよう。そこには、イシグロの初期作品の特徴が顕著な形で認められるのである。

註

▼1　原著はKazuo Ishiguro, *An Artist of the Floating World* (Faber and Faber, 1986)、邦訳は飛田茂雄訳『浮世の画家』（早川書房、二〇〇六）に拠り、引用箇所には訳書のページ数を記した。なお、イシグロが繰り返し意図的に用いている語句など、原文の英語表現に解釈を施すために訳語の統一が必要だと判断される場合には、部分的に邦訳に改変を加えた。また、引用中の漢字や平仮名などは邦訳を尊重してそのままの表記としたが、論考中では文体統一のために異なる表記を用いている。登場人物の漢字表記については、「訳者あとがき」に記されている意向説明に従い、邦訳のままとした。

▼2　以降に出てくる邦訳中の訳語「野心」はすべて、原文では"ambition(s)""ambitious"という英語が用いられている。同様に、「乗り越える」、「権威」、「凡庸さ」、「平凡な」など、反復して特徴的に用いられているキーワードや複合語の訳語には、引用の初出箇所あるいはその近辺に原文の英語を付した。これらのような特定の訳語に関しては、参考文献からの引用の訳も含め、以降も基本的に原文の英語は同一である。

▼3　「占領軍当局」の英語は"the American authorities"で、"authority"の原義である「権威」、「権限」、「権力」を容易に連想させる。

▼4　原文の英語は"visions"、次のページで邦訳から引用した松田の言葉「視野」の英語は"view"と表記されている。いずれも"perspective"の類義語であるが、両方とも「見る」を意味するラテン語"videre"に由来し、各種英和辞書に「視野」という訳語が記載されている。

▼5　原文の英語は"acknowledge"であるが、文脈的に、類義語である"admit"と同じ意図やニュアンスで

用いられていると解釈できるので、邦訳のまま引用した。直後に出てくる素一の言葉「責任を認める」では“admit”が用いられている。

参考文献

Ishiguro, Kazuo. *An Artist of the Floating World*. Faber and Faber, 1986.

Lewis, Barry. *Kazuo Ishiguro*. Manchester UP, 2000.

Mason, Gregory. “An Interview with Kazuo Ishiguro.” Shaffer and Wong, pp. 3-14.

Petry, Mike. *Narratives of Memory and Identity: The Novels of Kazuo Ishiguro*. Peter Lang, 1999.

Scanlan, Margaret. “Mistaken Identities: First-Person Narration in Kazuo Ishiguro.” *Journal of Narrative and Life History*, vol. 3, no. 2-3, 1993, pp. 139-54.

Sexton, David. “Interview: David Sexton Meets Kazuo Ishiguro.” Shaffer and Wong, pp. 27-34.

Shaffer, Brian W. *Understanding Kazuo Ishiguro*. U of South Carolina P, 1998.

Shaffer, Brian W., and Cynthia F. Wong, editors. *Conversations with Kazuo Ishiguro*. UP of Mississippi, 2008.

Sim, Wai-chew. *Kazuo Ishiguro*. Routledge, 2010.

Wong, Cynthia F. *Kazuo Ishiguro*. 2nd ed. Northcote House Publishers, 2005.

『日の名残り』というテクストのからくり

斎藤兆史

序

『日の名残り』(*The Remains of the Day*, 1989) は、イギリスの大邸宅で執事を務めるスティーブンスが自動車旅行の最中に語る追憶の物語である。彼は、外交に力のあった元の主人ダーリントン卿に仕えた日々を回想しながら旅を続けるのだが、その語りを聞きながら、読者はどうも彼が真実を語っていないのではないかとの疑念を持つに至る。そして彼が、主人を心から信頼し、誠実に勤務したと語りながらも、じつはダーリントン卿の外交上の選択に疑念を持っていたのではないか、ミス・ケントンをあくまで仕事上の同僚であると語りながら彼女を愛していたのではないか、さらには、自分が人生の選択を間違えたと感じているのではないかと疑うようになるのである。

デイヴィッド・ロッジ (Lodge, 1992) が新聞の読者を対象として小説技巧を解説した際に用いた表現によれば、スティーブンスは「信用できない語り手」(unreliable narrator)である。彼は語り手でありながら嘘をつく。ここまではほぼ定説だと言っていい。だが、一歩踏み込んで考えると、なぜ、あるいはどのようにして彼の嘘は読者にばれてしまうのだろうか。そこを明確に説明している批評家は少ない。ロッジにしても、すすり泣きの声の響くミス・ケントンの部屋の外でスティーブンスが立ち尽くしている一節を例として掲げ、その出来事に関する彼の回想の混乱と不自然さを指摘しているだけである。ロッジのことだからイシグロの文体技巧にも気付いているのだろうが、新聞の紙面と読者を意識してか、文体論的な分析にまでは踏み込んでいない。

やや先走った種明かしをしておけば、読者がスティーブンスの語りに不信感を抱くようになるのは、彼の地の文での語りとほかの登場人物が発する台詞《せりふ》の内容が食い違うからである。だが、さらに踏み込んで考えると、それでも説明がつかない問題がある。すなわち、スティーブンスが語り手である以上、ほかの登場人物の台詞もすべて彼が伝えているにもかかわらず、なぜ読者は会話描写だけを真実と信じ、それに照らして地の文における語りを疑うのかという問題である。これが説明できなければ、『日の名残り』の語りを理解したとは言いがたい。

『日の名残り』のテクストは、エッシャーのだまし絵に似ている。部分的にはリアリズムの法則にしたがって描かれていながら、全体として辻褄が合わない。その意味において、本作は見事なメタフィクションである。スティーブンスが、会話描写まで歪《ゆが》めて述懐する完璧な嘘つきであったとしたら、それは全体として一貫したフィクションにすぎない。だが、水路を通って流れ落ちたはずの水がまた一番高い地点に戻っているエッシャーの絵のように、スティーブンスの語りはひたすら自己矛盾を繰り返していく。ただ、エッシャーのだまし絵と『日の名残り』の語りに違いがあるとすれば、前者が永遠に自己矛盾を繰り返すのに対し、後者においては、最後の最後でその自己矛盾が、少なくとも読者に納得のいく形で解消する（かのように見える）点である。本稿では、イシグロが巧妙に仕組んだ語りの文体のからくりを読み解いていくことにする。

小説における語りの構造と視点

小説における語りの構造とは、どのような語り手が誰に対して語っているかということであり、視点は、語り手がどの視点から語っているかということである。語り手を選べば自動的に視点が決まると思いがちだが、じつはそれほど単純ではない。たしかに、登場人物を語り手として選んだ場合、視点は主としてその人物とともに移動する。一方、全知の語り手を選んだ場合、その語り手がつねにすべてを見通して語るとはかぎらない。ある特定の主人公の視点だけを取る場合もあれば、いくつかの視点を選択的に取る場合もある。また、ディケンズの『デイヴィッド・コパフィールド』（一八四九―五〇年）の語り手たる主人公デイヴィッドのように、人間でありながら、たとえば自分が生まれた日の母親の気分を語るときのように、場合によっては全知の視点を取る語り手もいる。語り手、視点、語りの構造の選択によって、語り方も千変万化する。

語り方を分ける際、一人称の語り、三人称の語りという用語が用いられることもあるが、この用語の使い方は正しくない。語りとは基本的に一人称でなされるもので、三人称の語りなどというものは本来存在しない。俗に「三人称の語り」と呼ばれる語り方においては、語り手が「私」と名乗らないだけのことである（斎藤、二〇〇〇年、一〇四、Saito, 2002参照）。本質的に一人称である語り手が物語の中にいて語るか、物語の外からすべてを見通して語るか、その違いとして区分したほうが説明しやすい。

「昔々あるところに……」という全知の語りはおとぎ話の原初的な形だが、イギリス小説の黎明期には『日の名残り』と同じ主人公による語りもよく現われる。ただし、小説冒頭にその主人公を紹介する外枠の口上があるのが十八世紀小説の特徴で、ダニエル・デフォーの『ロビンソン・クルーソー』（一七一九年）もジョナサン・スウィフトの『ガリバー旅行記』（一七二六年）もサミュエル・リチャードソンの『パミラ』（一七四〇—四一年）も、それぞれ主人公が語る物語でありながら、いずれも外枠に「編集者」、「出版者」といった、いわば「口上言い」が現われ、主人公による物語はすべて真実であるという前提で進行していく。一方、全知の語り手が語りを務める十八世紀小説においては、外枠に「序文」や「献辞」が置かれることもあるが、物語冒頭部に語り手本人の前口上が組み込まれることが多い。イギリス小説の黄金時代たる十九世紀に入ると、そのような前口上が影をひそめる一方で、物語全体に対する語り手の支配力が強大となる。そして、全知の語りであれ、登場人物による語りであれ、語り手の「脱権力化」（de-authorization：斎藤、二〇〇九年）が起こるのが二十世紀である。たとえば、「意識の流れ」小説において、語り手は自らの意見を述べるようなことはせず、その個性を完全に滅し去って、登場人物の意識の描写に徹する。「信用できない語り手」のはしりのようなものは、一八九八年に発表されたヘンリー・ジェイムズの『ねじの回転』にも現われるが、二十世紀後期になって、いよいよスティーブンスのように意識的に嘘をつく語り手が登場する。

一般的に言って、登場人物による語りは、語ることのできる内容に関して制限が多い。その人物が見ていないところで起こった出来事は伝聞でしか伝えることができず、また他人の意識を語ることはできない。全知の語り手に比べて語る内容が著しく限られていながら、たとえばJ・D・サリンジャーの『ライ麦畑の捕手』（一九五一年）の語り手たるホールデン・コールフィールドのように、自らの心情を目一杯吐露することで読者の共感を引くことができるという長所も持っている。『日の名残り』においてイシグロはその長所を完全に封印し、かならずしも真実を語る必要がないという、登場人物による語りのもう一つのメリットを十分に活用したのである。

イシグロの手になるもう一つの執事の物語

『日の名残り』は、イシグロの長編小説第三作目に当たる。日本を舞台とした最初の二作に対し、新境地の開拓を宣言した作品のように見られることがあるが、イシグロが執事をモデルにした物語を書いたのは、これがはじめてではない。一九八四年にイギリスのチャンネル4で放映されたテレビ・ドラマ「アーサー・J・メイソンの横顔」（'A Profile of Arthur J. Mason'）は、大きな屋敷に勤める執事の物語だが、このドラマの脚本を書いたのが他ならぬカズオ・イシグロなのである。メイソンは、三十六年ほど前に書いた、階級闘争をテーマとしているかのようにも読める小説の出版によって一躍脚光を浴びることになるのだが、創作の意図を決して語ることなく、最後まで執事としての仕事に満足しているかのように振舞う。本作はテレビ・ドラマであるため、主人公のメイソンはテレビ局の取材に応じる形で画面に登場する。『日の名残り』とは用いているメディアが違うとはいえ、テーマ、人物・状況設定、文体技巧などにおいて、本作がその母体であることを思わせる要素が散見する。

たとえば、ドラマの早い段階で、メイソンがテレビ局のレポーターの質問に答える形で「わたくしは、執事の家柄に生まれついたと申し上げることができるかもしれません」(You could say, I suppose, that I was born into my profession) と自らの生い立ちを語りはじめる場面がある。父親も祖父も執事であったというのだが、この語りの延長線上に『日の名残り』の文体があると考えることができる。また、この語りに合わせて映し出されるのは、メイソンが階段わきにずらりと並んだ肖像画の塵《ちり》を払っている映像であり、これは『日の名残り』冒頭で、ファラディ氏から旅行を勧められたときにスティーブンスが行なっていた作業である。もしかしたらイシグロは、肖像画の塵払いを大きな屋敷に務める執事の仕事の象徴と認識していたのかもしれない。さらに、*The August Passage* と題する小説は、ほんの一部だけメイソン本人によって朗読され、レポーターがその読後感を語るのみで、ほとんど正体がわからないのだが、物語の鍵を握る肝腎の言説の詳細が明らかにされないというモチーフは、『日の名残り』におけるベン夫人 (ミス・ケントン) からの手紙の扱い方にも表われている。

そして、主人公の語りの虚偽が周りの状況によって崩れ去るという構成こそ、両作品の最大の共通点である。ただし、「アーサー・J・メイソンの横顔」においてメイソンの語りを脅かすのは、実際に画面に現われる女性レポーターの発話であり、またそこに映し出される屋敷内のさまざまな状況だが、『日の名残り』においては、あくまですべての出来事がスティーブンスによって伝えられる。その一人の語りのなかで、どうやったらドラマと同じ矛盾を生み出すことができるか。もしかしたらイシグロはそう考えたのかもしれない。

『日の名残り』の文体分析

それでは、スティーブンスの語りの信頼性がどのように破綻していくのかを、次の五つの場面に即して見ていきたい。(一)支那人の置物をめぐる玉突き場でのスティーブンスとミス・ケントンの会話(旅の二日目の朝、ソールズベリーでの回想)、(二)父親が危篤であることを知りつつスティーブンスが給仕をする場面(同右)、(三)ミス・ケントンの部屋でのスティーブンスと彼女との会話(旅の三日目の夕刻、モスクムでの回想)、(四)テイラー家での会食時の会話(モスクムでの出来事)、(五)大きな会合が開かれる日の夕刻、ミス・ケントンが外出する直前のスティーブンスと彼女との会話(旅の四日目の夕刻、リトル・コンプトンでの回想)。

①パターンの下準備

物語が始まって間もなく、読者は語り手が執事であること、新しい主人たるファラディの勧めで旅行に出ようとしていることを知る。そして、実際に自動車旅行に出た語り手の回想まじりの語りのなかに引き込まれていく。イギリスの景色の偉大さ（greatness）に感動した彼は、その連想から「偉大なる執事」についての、それから自分と同じくずっと執事の職にあった父親についての回想に入り込んでいく。そして、物語のなかで最初に表われる本格的な会話が、父親と同じころに屋敷の使用人となったミス・ケントンと彼との会話である。父親の呼び方、ちり取りのしまい忘れに関するやり取りののち、二人が「支那人」（Chinaman）と呼ぶ置物に関する玉突き場でのやり取りが現われる。ミス・ケントンが言うには、玉突き場のドアの外にある「支那人」と階段の上りふちにある「支那人」がいつもと逆になっているらしい。ミス・ケントンがそれをスティーブンスに確認させようとしている場面を見てみよう。なお、これ以降に掲げる『日の名残り』の訳文は、すべて拙訳である。引用後の漢数字は邦訳書の該当頁を指す。


「スティーブンスさん、あれは違う支那人ですよね？」

「ケントンさん、私は忙しいんだ。一日中廊下に立っているよりほかにやることがないとは驚きですな」

「スティーブンスさん、あの支那人で正しいですか、間違っていますか？」

「ケントンさん、少し声を落としていただけませんか」

「それならお願いです、スティーブンスさん。振り向いて支那人を見てください」

「ケントンさん、お願いですから声を落としてください。下にいる使用人たちが何だと思うでしょう。私たちが声を荒らげて、正しい支那人か間違った支那人かと叫んでいたら」

「はっきり申し上げますとね、スティーブンスさん、この家中の支那人はしばらく汚れた状態だったのですよ！　それで今度は、間違った場所に置いてあるんです！」

「ケントンさん、今日はどうかしていらっしゃいますよ。さあ、通してください」

「スティーブンスさん、どうか支那人を見てくださいませんか？」

「そこまでおっしゃるなら、ケントンさん、私の背後にある支那人は置き間違えということでかまいません。とはいえ、どうして些細な間違いで騒いでいらっしゃるのか、さっぱり分かりませんな」

「こういう間違いは、それ自体は些細かもしれませんけどね、スティーブンスさん、もっと大事なことを示しているのだとご自身で気づいていただかないといけません」　（八一―八二）

この会話の前後で次第に明らかになってくるのは、先のちり取りの件も支那人の置き間違えの件も、どうやらスティーブンスの父親のミスであり、それ以外にも彼が高齢ゆえに本来の業務を正しく遂行し得ていないらしいということである。しかしながら、それはこの時点までのスティーブンスの語りからはまったく見えてこない。その前の章で語っていたのは、自分の父親が、超一流とは言わないまでも、自分の仕事をわきまえた品格ある執事であったということだけで、むしろ父親の衰えを認めたがらないかのようにも見える。支那人の置き違えに関する会話においても、彼は自分が忙しいと言っているが、その直前の語りを信じるとすれば、彼はただ玉突き場でダーリントン卿のトロフィーの手入れをしているのであり、振り向いてドアの外にある支那人を見るくらいの手間を惜しまなければならない理由はない。会話のなかで彼は、執拗に支那人の置き間違えを認めさせようとするミス・ケントンを責めるが、むしろ頑固な対応をしているのは彼のほうである。いずれにしても、この時点ではまだ読者はテクスト内におけるミス・ケントンの発話の機能を十分に理解していない。だが、すでにこの会話の前後に、のちに形成されることになるパターンの布石がいくつか置かれていることが見て取れる。そのパターンとは、以下のとおりである。

パターンその一。スティーブンス以外の登場人物の台詞が、彼にとって都合の悪い、あるいは彼の語りと食い違う情報を提示する。先の場面では、ミス・ケントンがスティーブンスの父親のミスを指摘している。

パターンその二。スティーブンスは、地の文のなかで自分の記憶違いの可能性を認める。先の場面が終わった直後、彼はミス・ケントンの最後の台詞に触れ、彼女が「こういう間違いは……ご自身で気づいていただかないといけません」(these errors may be trivial in themselves, but you must yourself realize their larger significance)とまではっきりとした物言いをしたとの確信がないという。もしかしたら、この台詞は、彼の父親が庭の芝生の上で転んだことに触れてダーリントン卿が発したもの(「こういう間違いは、それ自体は些細かもしれないが、スティーブンス、もっと大事なことを示しているのだと自分で気づいてもらわんといかん」〔八八〕)かもしれないというのである。

パターンその三。同じ内容の台詞が複数の人から発せられる。この場面では、スティーブンスの記憶が不確かであるとはいえ、同じ内容の言葉をミス・ケントンとダーリントン卿の二人が言ったことはたしかである。

この三つのパターンが、以下に見るような場面やエピソードを通じて形成されていくことになる。

②パターン一と三の組み合わせ。

ソールズベリーで迎えた旅の二日目の朝、スティーブンスは、かつてダーリントン・ホールで開かれた国際会議を思い出す。彼は接客に精を出すが、のちに開かれる大きな会合のときと同様、こういう時にかぎって個人的な不幸に見舞われる。この場面では父親が脳卒中で倒れ、そのまま危篤状態にあることを知りつつ、彼の語りを信じるかぎり執事らしく平然と給仕を行なっているのだが、ダーリントン卿の名付け子であるカーディナル氏、そしてダーリントン卿の台詞がその語りと食い違う情報を提示する。

振り向くとカーディナルの若旦那さまが私に向かってにっこりと微笑《ほほえ》んでいらっしゃいました。私も微笑み返して申し上げました。「魚ですか？」

「若いころは、あらゆる熱帯魚を飼っていたものだよ。ちょっとした水族館だったな。おい、スティーブンス、大丈夫か？」

私はまた微笑みました。「大丈夫でございます」

「まさに君の言うとおり、春になったら本当にまたここに来たいものだね。そのころになると、ダーリントン・ホールもだいぶきれいだろうな。前回ここに来たときも、たぶん冬だったと思うよ。おい、スティーブンス、本当に大丈夫か?」

「本当に大丈夫でございます」

「気分でも悪いんじゃないのか?」

「いいえ、まったく。失礼いたします」

それから私はほかのお客さまがたにポートワインを配って回りました。背後でどっと大きな笑い声が起こったかと思うと、ベルギーの牧師さまが「そりゃ異端だ! まったく異端だな!」と叫び、そして自分から大笑いされる声が聞こえてきました。何かがひじに当たり、振り向いてみるとそこにダーリントン卿が立っていらっしゃいました。

「スティーブンス、大丈夫か?」

「ええ、旦那さま。まったく問題ありません」

「泣いているみたいだぞ」


(一五二—一五三)

ここでは、カーディナル氏とダーリントン卿が発する「大丈夫か?」(Are you all right?) が、彼の尋常ならざる様子を暗示する。さらに、ダーリントン卿は「泣いているみたいだぞ」(You look as though you're crying) とつけ加える。一方で平然と給仕をしているようでいながら、他方で泣いているのかと思われるほど尋常ならざる様子をしている。これはエッシャーのだまし絵である。二次元のテクストでしか成立しない。事実、この場面は映画版のリアリズムでは描ききれず、アンソニー・ホプキンズ扮するスティーブンスはやや上の空といった、いわば原作での語りと会話描写の折衷案のような演じ方をしており、「泣いているみたいだぞ」というダーリントン卿の台詞も「風邪で具合でも悪いのか?」(You were coming down with a cold or something?)となっている。なお、「大丈夫か?」は、旅の四日目、リトル・コンプトンでの回想に現われる次の大きな会合の開催に際し、ふたたびカーディナル氏の台詞として出てくる。

③パターン一の強化

回想のなかで語られる物語のある時点から、スティーブンスは夕方ミス・ケントンの部屋に行き、ココアを飲みながら(彼の語りによれば)仕事の話をするようになる。しかしながら、そのようなココア会議の習慣に終止符を打ったのは、ひと月以上も先の接客に関する二人のやり取りである。

「申し訳ないが、ケントンさん、これ以上話しても意味がなさそうだ。話の重要性が分かっていらっしゃらないようだから」

「ごめんなさい、スティーブンスさん」彼女はそう言って少し身を起こした。「今夜はとても疲れているだけなんです」

「だいぶ疲れやすくなっているようですな、ケントンさん。以前はそんな言い訳をすることもなかったのに」

(二四七)

ここだけ読めば、スティーブンスの言い分にも理があるかに見えるが、これに続いて「驚いたことに、これに対してケントンさんは突然次のように激しく言い返してきた」（二四七）とあり、その発言内容に今度は読者のほうが驚かされる。

「スティーブンスさん、今週はとっても忙しかったんです。とっても疲れてるんです。それどころか、ここ三、四時間ほどずっと床に就きたかったんです。とっても、とっても疲れてるんです、スティーブンスさん。分かっていただけません？」（二四七）

ココアを飲みながらの打ち合わせと聞けば、せいぜいのところ三十分から長くても一時間程度のものだろうと判断するのが読者の「常識」というものではなかろうか。スティーブンスの言うとおり、大事なお客様をもてなすための大事な打ち合わせと言えば聞こえはいいが、ミス・ケントンの台詞から見えてくるのは、疲れた顔をしている相手を前に、ひと月以上も先の接客の話にかこつけて何時間もその部屋に居座るスティーブンスの姿である。このように、ミス・ケントンの台詞がスティーブンスにとって都合の悪い情報を提示する場合、そちらのほうが読者の「常識」に合致する点も重要である。

④意図的な記憶の操作

旅の三日目の夕刻、スティーブンスの乗った車がタビストックという町の近くのモスクムなる村に入ったところでガソリン切れとなり、彼はたまたま通りかかったテイラー氏の家で一夜を過ごすことになる。フォードに乗った紳士を迎え入れることを光栄と心得たかのように、テイラー夫妻は近所の人たちまで集めて食事を振舞う。この食事会でのスティーブンスの振舞いが「常識」的に考えて奇異である。他人の家に厄介になっているのだから、自分はどこの誰であり、けっして怪しいものではないと説明すればよさそうなところ、名前こそ名乗ったものの、あとは一座の人たちが彼をかなりの名士と誤解するままにしているのだ。もしかして国会議員のスティーブンスかと問われたのに対しても、彼は素性を明かすことなく、次のように答える。

「まさか」と私は笑いながら答えました。それで、どうしてそんなことを言ったものか分かりませんが、一言つけ加えました。申し上げられるのは、いつの間にか置かれてしまった状況のなかで、そう言わざるを得ないような気になったのでございます。それで、このように申し上げました。「じつを言うと、国政よりは国際的な問題に関わることが多かったですね。外交と言いましょうか」（二六八）

ここでは、品格を大事にしながら主人に忠実に仕える慎み深い執事という自画像を崩すのは、彼自身の台詞である。外交問題に深く関わったダーリントン卿に仕えていたという意味においては、あながち間違ってはいない。だが、そうならばそうと言えばいいものを、あたかも自分が外交問題を取り仕切っていたかのような発言をする。現在進行中の旅行のなかで起こった事柄に関して「どうしてそんなことを言ったものか分かりません」というのは、記憶の操作とも言える自己欺瞞的な語りである。彼の発言を唯一いぶかし気に聞いているのは村随一の知識人であるカーライル医師で、翌朝、ガソリンを分けてもらう約束で医師と再会したスティーブンスは、「どこかの使用人でいらっしゃるのですか」(二九六)と問われるままに自らの正体を告白する。それに対して医師は、「そうだと思いましたよ。ウィンストン・チャーチルに会ったことがあるとか、そんな話を聞かされればね。ふと、そうか、こいつはとんでもない大法螺吹《おおぼらふ》きか、さもなければと考えて――そこでひらめいたのがその単純な解釈だったのです」(二九六)と語る。イシグロ自身が意識していたかどうかは別にして、『日の名残り』を読んでいる読者は、食事会の席でスティーブンスの話をいぶかし気に聞いているカーライル医師と同じ立場に置かれている。彼はとんでもない嘘つきか、さもなければ……。読者はカーライル医師ほどはっきりとスティーブンスの正体を突き止めることはできないが、物語の最後に向かって、彼の語りや態度と読者の推測とが一つの像を結ぶようになる。

⑤パターン一のさらなる強化

先にも述べたとおり、回想のなかで語られる二度の大きな会合の際、スティーブンスはいずれも個人的な不幸に見舞われる。もっとも、二度目の会合の際に起こった出来事については、彼は口が裂けてもそれが自分にとっての不幸とは言わないので、彼の語りを尊重するかぎりは「困った事態」と称するのが妥当かもしれない。ミス・ケントンがデートに出かけるのである。しかもその相手からはすでに求婚の申し込みがあり、答えを求められているという。スティーブンスの語りによれば、ミス・ケントンの外出の予定を忘れていた彼があくまで人手不足のために困惑しているようだが、どうもそれだけではなさそうだ。結局、彼女の外出を認め、一見快く送り出したあとで、次の場面が現われる。

おそらく二十分くらい経ったころでしょうか、ふたたびケントンさんと出くわしましたが、このとき私は夕食の準備で忙しく立ち働いていました。事実、山盛りの盆を運んでいたところで、裏階段を半分くらい上がったあたりで、階下の床板に響く、怒ったような足音を聞いたのです。振り向くと階段の下からケントンさんがこちらをにらんでいました。

ここだけ読むと、ミス・ケントンの振舞いの意味が分からないが、次のやり取りが先に見たパターンに合致する。


「スティーブンスさん、今夜は屋敷に残って仕事をしてほしいということなのでしょうか？」

「いえいえ、ケントンさん。おっしゃるとおり、しばらく前にちゃんと申請していらっしゃるのですから」

「でも、私が出かけるのがお嫌のようだから」

「とんでもない、ケントンさん」

「台所でせわし気に動いてみたり、こんなふうに私の部屋の外を行ったり来たりバタバタ歩き

回って、それで私の気が変わるとでも思っていらっしゃるの?」（三一〇）

ここでは、スティーブンスの語りとミス・ケントンの台詞が食い違うが、すでにここまでのテクストのパターンを読み解いてきた読者は、落ち着きを失っているのはむしろスティーブンスのほうではないかと疑うことになる。

スティーブンスの人間像への収斂

詩人・批評家のジョン・ホロウェイ（Holloway, 1979）によれば、物語（narrative）とは出来事の集合体ではなく、「ある時点までに読んだ（あるいは聞いた）物語を表現している出来事の集合体」を集めた「集合体の集合体」（set of sets）だという。分かりやすく言い換えれば、読者は一つ一つの出来事に関する読みを個別に経験していくのではなくて、そのつど大きくなっていく読書体験を積み重ねるようにして読み進めていくことになる。『日の名残り』のテクストに即して言えば、読者はいままで見てきたようなテクストのパターンを認識し、そのつど読みを修正しながら次のエピソードを読むことになる。

では、『日の名残り』の読者のパターン認識はどのようなものだろうか。先に分析したような場面を読んできた読者は、それぞれを自らの「常識」と照らし合わせながら、無意識のうちに次のような認識を抱くようになる。スティーブンスの語りは、内容に関する記憶があやふやな点もあり、また意図的に記憶を操作しているとおぼしき場面も散見し、かならずしも信じるに足らない。その一方で、ほかの人物の台詞については、記憶違いもあるものの、同じ内容のことが複数の人物から発せられることもあり、ほぼ真実と考えていい。とすると、スティーブンスの語りとほかの人物の台詞の内容が食い違う場合、どうやら後者を信じたほうがよさそうだ。

イシグロの文体技巧によって巧妙に誘導された読者の読みからは、きわめて人間的なスティーブンス像が浮かび上がる。それは、父親コンプレックスとも言えるほどに父親の存在を大きく意識し（本稿では触れなかったが、本作に母親が一切登場しないことも注目に値する）、ミス・ケントンに恋心を抱き（これも本稿で触れなかったエピソードを見るかぎり、彼は綺麗な女性にも弱いらしい）、ダーリントン卿の判断の間違いに気づいている、自尊心が強くて強情で、人並みに感情の起伏がある不器用な男の像である。そして、物語の最後でミス・ケントン（＝ベン夫人）との再会を果たしたスティーブンスの自画像は、読者の描いたスティーブンス像に近いものになっている。彼女が自分との結婚の可能性を考えていたことを知った彼は胸が張り裂けそうになり、埠頭で知り合った老人に対しては、現在の主人に対して思うように奉仕できていないもどかしさを熱く語るのである。

「新しい主人であるファラディさんがお見えになってから、一生懸命、ほんとうに一生懸命やってきたんです。気に入っていただけるようなご奉仕をしようとね。何度も何度もやっているのに、何をやっても昔自分に課していたような基準にはほど遠い。やることのなかに間違いが多くなってきた。それぞれは些細なものです――少なくとも、いまのところはね。とはいえ、いままでにはなかったような間違いで、それが何を示しているのかは分かっています。ほんとうに一生懸命やってきたけど、駄目なんです。この身を尽くして仕えてきました。すべてダーリントン卿のために尽くしたのです」（三四九）

この直後に老人が「あれあれ、まあ。さて、ハンカチがいるかな？」（三四九）と言って自分のハンカチを差し出すところから考えて、スティーブンスは涙を流しているのであろう。また、些細な間違いが何かを示している、という台詞が先述のミス・ケントンとダーリントン卿の台詞に対応しているところから見て、ここではすでに年を取ったスティーブンスがかつての父親と同じ位置にいることが分かる。ここに至って、彼の語りと会話描写の乖離はほぼ消えたと言っていい。ファラデイ氏相手の「軽い冗談」（bantering）に関する最後の語りをどう解釈するかは意見が分かれるところかもしれないが、すでに語り手に対する読者の疑念は晴れている。スティーブンスの涙は、ここまで感情を押し殺してきた彼のカタルシスを象徴するものと言えるかもしれないが、それが同時に読者のカタルシスを引き起こす。『日の名残り』のテクストは、最終的にそのような感覚を生み出すように巧妙に仕組まれているのである。

参考文献

Holloway, John. *Narrative and Structure: Exploratory Essays*. Cambridge UP, 1979.

Lodge, David. *The Art of Fiction*. Penguin Books, 1992.
Saito, Yoshifumi. 'Fiction as Historical Discourse: Diachronic Analysis of the Narrative Structures of English Fiction'. *Poetica*, vol. 58, 2002, pp. 21-31.
斎藤兆史『英語の作法』東京大学出版会、二〇〇〇年。
斎藤兆史「E・M・フォースターの小説における語りの文体」、塩谷清人・富山太佳夫編『イギリス小説の愉しみ』音羽書房鶴見書店、二〇〇九年、三五二―七三頁。

『充たされざる者』をシティズンシップ小説として読み解く

三村尚央

序

カズオ・イシグロを日本あるいはイギリスという国籍から論じる傾向は近年ひとまず収束していたが、ノーベル文学賞受賞をきっかけとして再び焦点となっているように思われる。その一方で作品の舞台を日本からイギリス、そして中央ヨーロッパ、戦間期の上海に移し、それ以後は空想上の一九九〇年代末イギリス、神話的な中世イギリスに設定するイシグロは、国籍という近代的な国民国家制度の束縛や煩《わずら》わしさにとらわれない、浮世離れしたコスモポリタン的個人であることを体現しているようにも見える。だが、本当にそうなのか。本稿では、国民《ナ》・《シ》国《ョ》家《ナ》的《ル》なものから離れた「国際的な作家」であることを自称するイシグロの作品に底流する共同体への希求の可能性を検証するが、その題材として『充たされざる者』（*The Unconsoled*, 1995）を取り上げる。中央ヨーロッパのある町を舞台とする本作はイシグロ作品のなかではナショナルなものからもっとも遠いように思われるが、本稿ではこの小説を執筆当時のイギリスの社会的、政治的な文脈のなかで読む可能性を開くことを目指す。

『充たされざる者』では、ピアニストとして有名なイギリス人のライダーが、町の主催する〈木曜の夕べ〉と題されたコンサートのために招かれ、閉塞感に満ちた町のなかを歩きまわりながら人々に会って悩みや相談事を聞き、三日後には次の目的地へと旅だってゆく。町の外から来た者として人々と適度に距離を取って、町を軽やかに移動するライダーの姿は、まさしく現代的なコスモポリタンであり、所属する構成員に原則の遵守を求める共同体の原理とは対極に位置しているように見える。そして本作の舞台となる町も中央ヨーロッパの不特定の一都市と読めるように描写されており、イギリスという特定の国民国家の文脈からも距離を取っているように思われる。だが、後に詳しく見るように、実はライダーは町にとって純粋にアウトサイダーというわけではないし、本作執筆当時のイギリスの政治的・文化的な動きのなかにおいて読むことも実はそれほど無理ではない。

本稿では、出版から二十年を経てイシグロの作品群のなかでの位置づけがより明確になってきた本作を、イギリス文化との関わりのなかで検証してゆく。まず『充たされざる者』の批評史を概観したうえで、コスモポリタニズムやグローバリズムの文脈で論じられることの多かった本作を「シティズンシップ」を手がかりに同時代のイギリス文化のなかに差し戻し、イシグロ作品の全体を現代イギリスの社会や文化の変遷と対比させながら読解する可能性を開いていきたい。

『充たされざる者』研究の変遷——グローバル、コスモポリタン、そしてシティズンシップ

『充たされざる者』の、どこの地域とも判別できない混沌とした世界のなかで展開される不条理な物語は、読者に大きな戸惑いを残した。前作『日の名残り』(*The Remains of the Day*, 1989)までの特徴であった、滑らかな語りの表面に刻まれたわずかな綻《ほころ》びから物語がまったく違う様相をみせる「信用できない語り」とは大きく離れた、カフカに比せられる寓話的物語世界を「失敗作だ」と評する者もいた。出版当初は、前作までの「信用できない語り」の裏側で働いていた夢のなかのようなロジックを個人心理学の点から解釈しようとする書評や批評が多く見られた。その結果、解釈方法としては歴史的・社会的文脈から比較的距離を取りやすい精神分析的手法が適用され、「無意識」や「夢」が鍵語として用いられた。

また「日本からもイギリスからも離れたところで書きたかった」という出版当時のイシグロの発言の影響もあり、イギリスから離れたグローバルな文脈で読まれることが多く、イギリスにも日本にもとらわれない国際作家としてのイシグロのスタンスと重ね合わせて論じられた。それに加えて、国民国家的枠組みを超越しようとするEU社会の縮図のような作品の舞台を尊重して、特定の国や民族の文化や社会制度を解釈に持ち込むことが避けられたと言うこともできるだろう。

このような傾向は二〇〇〇年代に入ってさらに顕著になった。著名なピアニストとして世界を飛び回るライダーをグローバル化した社会における人間関係という観点から解釈する試みも活発にお

こなわれるようになり、作品の説明には「インターナショナル」、「グローバル」、「コスモポリタン」「ユニバーサル」という言葉がしばしば用いられるようになった。たとえばブルース・ロビンズ（Bruce Robbins）は、どこへ行っても「自分の家のように」感じられるライダーをコスモポリタン的であると論じており（426）、作品の舞台となっている町がイギリスやドイツなど特定の文化的枠組から距離をおいたEU的な共同体に通じる雰囲気を持っていることも加味して、そのなかで居場所を獲得しようとするグローバル・エリートという観点から本作を検証している。また、ワイ＝チュウ・シム（Wai-chew Sim）は町の異邦人の位置に立つライダーの境遇が、日本だけでなくイギリス文化の伝道者ともみなされてしまい、結果として双方に対して常にアウトサイダーであるイシグロ自身のコスモポリタン作家としての状況に対する自己パロディでもあると指摘している（171-179）。

だがここで強調しておかなくてはならないのは、本作で展開される連帯へのユートピア的な欲求はことごとく頓挫するということである。町が抱える問題を主に個人的努力で解決しようとする人物たちの姿は、国民国家にたよらないEU的な連帯の可能性を想起させる。そうした期待や欲望について、リチャード・ロビンソン（Richard Robinson）はフーコーの「ヘテロトピア」の概念に言及しながら解釈している。またナタリー・レイタノ（Natalie Reitano）はこうしたユートピア的な「コミュニケーションなきコミュニティ」が目指されることで、コミュニティの概念の限界が明らかにされる事態をジャン＝リュック・ナンシーに言及しながら解釈しているが、実際にはレイタノの論で提起されるような「共有されるもののない共同体」や「分有」の共同体の実現はかなり困難であるということも示される。

それは本作がヨーロッパ連合というコスモポリタン的な関係を掘り下げているように見える一方で、この作品を実際に動かしている原理が実は、共同体によりふさわしいメンバーを選ぶという、選別と承認のメカニズムであることが明らかになるからである。さらにつけ加えるなら、ライダーに象徴される自由闊達で共同体の義務に縛られない特権的なアウトサイダー・コスモポリタンのステータスも、どこかで共同体による承認の原理に支えられているはずであることが明らかになる。またもう一点注目しておきたいのは、このような権威が政府や議会など特定の政治的な集団の形を取らず、空気のように漠然と、しかし町のあらゆるところに行き渡っているということである。

以下本稿では『充たされざる者』の人物たちを衝《つ》き動かすこのような原理を、作品が発表された一九九五年を含む、一九八〇年代から二〇〇〇年頃のイギリスで議論されていた、シティズンシップをめぐる議論を参照しながら検証する。なぜシティズンシップなのか。それは、〈木曜の夕べ〉を中心として成功を求める人びとの姿が、町のなかや自分の身の回りのコミュニティ内でのよりよい場所、すなわち共同体のシティズンシップを承認されようとする行動と見ることができるように思われるからである。多くの論者が指摘するように、『充たされざる者』における町の人びとは〈木曜の夕べ〉という公的行事で成功することで、彼らが抱える個人的な問題をも解決できるのではないかと期待している。それはすなわち、この作品を共同体内での市民権や居場所、すなわちメンバーシップを得て、さらにその地位を向上させようと試みる人々の物語として読むことができるということだ。また、町の外部からやってきたライダーは一見アウトサイダーであるが、彼は町に住む女性ゾフィーとその息子ボリスと擬似的な家族関係を結ぶ。そのなかで彼はこの旅が成功すれば、これを最後にしてみんなで暮らすことができると二人に告げる(七八四)。つまり、町の居住権を承認されて妻や子供と定住する権利を得ようとする男の物語として読むこともできるのである。

現実のイギリス国内でのシティズンシップ問題に関する顕著な出来事は二〇〇二年のシティズンシップ教育の必修化であったが、イギリスのシティズンシップに関する先行研究が明らかにするように、そこに結実する「イギリス市民のあるべき姿とはいかなるものか」、という議論はすでに一九八〇年代末から始まっていた。つまり、『充たされざる者』の書かれた一九九〇年代は「イギリス人にとって必要な市民としての資質」の定義をめぐって、さまざまな見解や定義がぶつかり合う混沌とした時代だったと言える。このような点から『充たされざる者』を検証することで、本作の混沌とした雰囲気を単なる不条理劇ではなく、よき市民、すなわち「集団にとって有益な個人とは何か」を各自が模索していた時代の雰囲気を反映するものとして読む可能性を開いていきたい。

シティズンシップ小説とは?——共同体と個人、イングランド人らしさと英国人らしさ

イギリス小説におけるシティズンシップの問題について、ジャニス・ホウ(Janice Ho)は『二十世紀イギリス小説における国家と市民』(*Nation and Citizenship in the Twentieth Century British Novel*. 2015)と題された著作でシティズンシップと小説の関係、特にシティズンシップの獲得をめぐる登場人物たちの葛藤について分析した。本書はイシグロを直接扱ってはいないが、ここで展開される

小説とイギリスのシティズンシップの議論が興味深いのは、人種的、国籍的にイギリス人であることがすなわちイギリス人としてのシティズンシップを認められる条件となるわけではなく、「政治的な構築物」(Ho, 5)としてのシティズンシップを明確に打ち出していることである。ホウは一九四八年のウィンダム・ルイスの「紙きれにサインするだけではイングランド人(English man)になることはできない。あなたは『英国人』(British)になるのだ」という言葉に言及しながら、「イングランド人」になるには、イギリスでは法律上の手続き以上のことが必要であり、せいぜいが「英国人」にしかなれないのが現実であったことを示す。

ホウの議論はそれまでのイングリッシュネス研究を下敷きとしながら、移民作家のシティズンシップ獲得だけでなくイギリス人作家のアイデンティティの問題を扱う興味深いものであるが、本稿ではシティズンシップ研究におけるイングランド人らしさと英国人らしさという二重性や定義上の区別に踏み込むのではなく、あくまで政治的な構築物としてのシティズンシップ概念に注目する。そして構築的であるがゆえに、シティズンシップの基準とは常に見直しと再定義の可能性にさらされていることと、シティズンシップは何らかの権威的な存在(authority)によって承認されるものであると確認するにとどめておく。そしてもう一つ確認しておくべきは、個々人に対してその基準は明示されず、人々は推測し、模索することしかできないという点である。

人や物の移動が劇的に高速化し、拡大した現代では、国民国家(nation state)という枠組は無効とはいえないまでもかなり弱まっているように見えるが、実際はある集団や共同体でのメンバーシップを獲得することはますます切実な問題になっている。それどころか、コスモポリタンもしくは越境的なシティズンシップという概念が、現実的には国民国家という概念なしには成立しえないことを、ホウは政治学者ウィル・キムリッカが『土着語の政治』で展開する「グローバリゼーションはたしかに新たな市民社会を作りだしている。だが、まだ越境的な民主的シティズンシップと認められるようなものは生まれていない」(Kymlicka, 326 cited in Ho, 24) という議論を取り上げながら、「シティズンシップは常に国民国家と結びついた法的そして政治的領域である」と強調する (Ho, 24)。本稿で注目する、コミュニティの一員として受け入れられるシティズンシップとは人権尊重にもとづく普遍的理念などではなく、純粋に政治的な構築物であり、統治する主体の意図を反映して組み替えられることもあるのだ。そして、承認を求める市民の側は、常に権威的存在がよしとするルールと基準を推測しながら行動しなくてはならない。

シティズンシップの観点から読み解く『充たされざる者』

このような観点で『充たされざる者』を政治的に読んでゆく糸口として、イシグロのインタビューを取り上げる。イシグロは本作において音楽を、人々の意見が折衝されて合意が形成されていくための媒体として用いている。

この作品では音楽は現実的なやり方では機能していません。現実世界で果たしているような役割を担っていないのです。音楽はこの作品内で政治的な役割を果たしているように見えます。

どの音楽家を称賛するか、あるいは貶《おとし》めるかという問題は、誰が総理大臣や大統領になるかという議論のようです。

(Interview with Maya Jaggi, 117-118)

作品内では音楽以外の話題についても、しばしば誰がスピーチをすべきか、またそこでどのように発言すべきかということなどが人びとのあいだで民主的な合意を形成すべく議論される。つまり音楽は、〈木曜の夕べ〉という音楽会での演奏を通して、共同体内でのステータスを上昇させてくれる、重要な政治的スキルとして位置づけられているのである。

若きピアニストのシュテファンは自分に対する両親の過大な期待に応えられず、いつも彼らを満足させる演奏をすることができない。しかし彼は今回は両親を驚かせるような演奏ができるのではないかと予感して、〈木曜の夕べ〉への参加を決意する。

ぼくは何ヶ月かどこかにこもって、ひたすら練習に練習を重ねる。何ヶ月も、両親とも会わずに。そしてある日、ふらっと家に帰ってくる。たぶん日曜日の午後あたり、とにかく、父も自宅にいるときに。ぼくは帰ってくるなり、ほとんどものも言わずにピアノの前に直行し、ふたを開けて弾きはじめる。コートも脱がずにね。ただ弾いて弾いて、弾きまくるんです。バッハ、ショパン、ベートーベン。それから現代音楽も。グレベル、カザン、マレリー。ただひたすら、弾きつづける。両親は、ぼくの後から食堂に入ってきて、驚いた顔で見つめます。（一三六）

また、町の外れに棲《す》む老指揮者ブロツキーもかつては情熱的で独創的な芸術家として評判を得ていたが、現在は落ちぶれてしまいかつての妻ミス・コリンズからも見捨てられた状態にある。しかし彼も「また指揮者になる。きみが戻ってくる。そうすればまた昔のように、いや、昔以上に、よくなるかもしれない」（五七七）と、〈木曜の夕べ〉での自らの演奏を成功させることで彼女との関係が復活するのではないかと期待している。

彼らは他人の前で自らの才能を最大限に発揮してパフォーマンスすることで、相手からの承認を得て関係を築くことができると期待している。つまり、公共の前で能動的に活動することが、人間関係のネットワークとしての共同体のなかでの彼らの居場所を保証するのだという期待が、彼らを演奏会の練習に駆り立てているのである。実は著名なピアニストであるライダーにとっても、その状況は同じである。彼の両親も〈木曜の夕べ〉を見に来ることが期待されており「いいかい、明らかにきみはまったく分かっちゃいない！　わたしの両親が来るんだよ、分からないのか？　両親が今にも来るんだ！　やらなきゃいけないことが山ほどある！」（八三六）と両親の来訪を何度も確認する。

またもう一点注目しておくべきは、外部者であるはずのライダーが町のなかに留まり続ける希望を見せることである。初めてこの地を訪れたはずのライダーは、町に住む女性ゾフィーやボリスと家族のような関係を結ぶ。そのなかで、彼はゾフィーやボリスに対して、もし自分にとって重要な旅に出会うことができれば、世界を回ることをやめて、町で彼らとずっと暮らしたいと思っていることを明かす。つまり、ライダーにとっても〈木曜の夕べ〉での演奏は（実際の可能性はともかく）

両親からの承認に加えて、町の共同体に参入して家族と町に留まり続ける権利を得るチャンスなのである。

わたしがこうして旅行にばかり出ているのは、きみを愛していないからでも心から一緒にいたいと思っていないからでもない。ある意味では、きみやお母さんと家にいて、あそこにあるようなアパートでもどこでもいいから一緒に暮らしたいと、何よりも願っているんだ。だけどね、そんなに単純にはいかない。わたしがこんな旅を続けなければならないのは、そう、いつめぐり合うか分からないからなんだ。つまりとても特別な、とても大事な旅——わたしだけでなくすべての人、この全世界のすべての人たちにとっても、とてもとても大事な旅に。

（三八三—三八四）

いいかい、約束するよ。もう旅ばかりする生活は、それほど長くない。今夜、もし演奏会がうまくいけばだ。分からないが、そうなるかもしれない

（七八四）

彼らを含む町の人々を動かすのは、「今度こそうまくいくかもしれない」という、よりよき未来と人間関係への期待である。そのために彼らは自分の技術や特性を磨き上げようとする。先ほど『充たされざる者』の世界の人々にとって音楽が政治的やりとりの役割を果たしているというイシグロの言葉を紹介したが、ここに挙げた人々の姿は、彼らにとっての音楽が社会的承認を得るため

の重要な技術となっていることを示すものである。

別の言い方をすれば、『充たされざる者』の世界では、共同体に直接貢献できなくとも「ただいるだけでも許されて保護される」という社会的弱者のための場所は残念ながらありえない。何らかの成果やそれを達成するための技術が求められている。その証拠として、過去に失敗した者たちは他の人々から対等にはみなしてもらえない。『充たされざる者』の世界には、他にも町への貢献を試みながらも失敗した人物たちが登場する。音楽家のクリストフや町の政治家マックス・サトラーたちは、町のために何かしたいという気持ちをもちながら、それが失敗したという事実のために町の住人から否定的な評価を下されている。つまり、何をなそうとしていたかではなく、何をなしたかが重要視される世界であり、過去の失敗からこじれた人間関係を改善したいと期待する住人たちは常にそのプレッシャーにさらされている。

よきイギリス市民の条件とは何か？——イギリスのシティズンシップをめぐる政策の概略

『英国のシティズンシップ教育』で北山夕華はイギリスでのシティズンシップ教育の実情を詳細に報告している。北山はシティズンシップの定義を「ある特定の共同体における成員資格」として、その資格には「市民としての権利と義務が付随していた」（北山、六）と簡明に論じており、先ほどのシティズンシップ小説研究についての節でも示したホウによる考察とも重なる。

本節ではクリック・レポートなどでイギリスにおけるシティズンシップ教育立ち上げの中心的役

割を果たしたバーナード・クリックの議論などを参照しながら、シティズンシップをめぐる混乱した議論を概観する。その上で、この時期に書かれていた『充たされざる者』における人びとの交流を、共同体内での居場所という意味でのシティズンシップを獲得する試みという観点から解釈する。「イギリスの多文化主義は失敗した」と宣言し話題となった二〇一一年の演説のなかで英首相デイヴィッド・キャメロンは、イギリス国民が備えておくべきシティズンシップについても言及している。第二次世界大戦後より年々増加していた移民への対応策として「英国市民とは何か」という条件を更新し続けていたイギリスにとって、イギリス市民権と多文化主義（およびそれに伴って激化していた人種主義）は常に切り離すことのできない問題として国内に存在し続けていたのである。

率直に言って、我々に必要なのは近年の受動的な我慢ではなく、より積極的で力強いリベラリズムなのです。受動的で我慢強い社会が市民に語りかけることとは、あなたが規則に従っていれば我々はあなたをそっと放っておくというものです。それは異なる価値観同士のあいだではうまくいくでしょう。しかし、真にリベラルな国家はそれ以上のことを行うのだと私は信じています。その国家はある価値観を信じており、積極的にそれらを促進します。言論の自由、信仰の自由、民主主義、法の公平性、性別やセクシュアリティ、そして人種によらない平等な権利。そのような国家は市民たちに語りかけます。これが私たちを社会としてまとめるものであり、ここに所属することとはこれらの価値を信じることです。［……］また我々は意義のある積極的な社会参加を奨励すべきです。

（Cameron）

また、キャメロン首相の演説から遡《さかのぼ》ること数年の二〇〇六年には当時のゴードン・ブラウン首相がスピーチのなかで「自由、責任、公平性にもとづく現代的な英国人らしさ」(a modern view of Britishness founded on responsibility, liberty and fairness)(Brown)を強調しており、理想的なイギリス市民は受動的(passive)ではなく、積極的(active)であることが必要だと訴えた。

二〇〇〇年代に入ってからのこうした国家のトップによる発言は、イギリス国民としてのメンバーシップを獲得するためには、人種的・文化的要因に依拠しない条件が求められていたことを意味している。そこでは人種的にはマイノリティといえど、ただ保護されるだけではなく、社会や国家政府へと積極的に関与することが求められるという、政治的な構築物としてのシティズンシップの傾向が強まっていたことが分かる。すなわちイギリスのシティズンシップでは特に、アクティブであること、技術を備えていること、コミュニティに貢献できることが強調されていたとまとめることもできるだろう。

それに加えて注目すべき点は、一口に「シティズンシップ」といってもそれは統合されたものではなく、いくつかの異なった方向からの要請に応えて、場合によっては相反する定義が提出されていることである。一九九八年にクリック・レポートが提出され、そこに謳《うた》われていた共同体への積極的な貢献と他者への寛容を奨励するシティズンシップ教育が二〇〇二年に始まり、アクティブ・シティズンシップを涵養《かんよう》する流れが政府主導で強まっていった状況は一見切れ目なく流れているが、そこにいたるまでの議論はもっと混迷を極めていたことをクリック自身が指摘している。

クリックによれば、一九九〇年代のイギリス国内では、大別すると実は「二つのシティズンシップ」が存在していた。一つは政治的な構築物としてのシティズンシップ、もう一つは道徳的な規範に由来するシティズンシップである。前者の政治的なシティズンシップとは、一九九〇年にシティズンシップによる報告書で言及されたものであり、能動的に社会参加する市民を養成するシティズンシップ教育への方向性を示したものである。このような経緯をリー・ジェローム（Lee Jerome）は以下のように簡明にまとめている。

シティズンシップは多くの事柄に関連しているが、その中核にあるのは個人と政府との関係である。［……］シティズンシップは自然な状態ではない。それは特定の文脈《コンテクスト》のなかで作られ、さまざまな社会過程を通じて維持される必要がある。（3）

福祉改革の中心にある新しい市民を想像して実現しようとする国家の試みの最も明白な例を、シティズンシップ教育のなかに見いだすことができるだろう。（59）

それに加えてイギリスにおいては一九八九年から九〇年頃、サッチャー政権の最後の二年間に、突如もう一つのシティズンシップ、すなわち道徳的なシティズンシップの重要性が強調された。このシティズンシップは政治的な領域とは別の、「個人的な道徳の美徳」（クリック、一四一）として引っ張り出されたのである。それは端的に言うなら「見ず知らずの他人、とりわけ恵まれない人々を家族同様に支援する義務が各個人にある」(クリック、一四一)という、ビクトリア朝のボランティア精神にもとづくものであった。たしかに、当時のイギリス人にとってなじみやすいモデルであったかもしれないが、それはシティズンシップ本来の意味である「政治参加」とはまったく異質なものであったし、自主的(voluntary)に社会参加せよ、という要請が政府からなされるという見過ごせないねじれであった。一九九〇年代のシティズンシップをめぐるこのような混乱は、「道徳」という個人の無制限の自発的なボランティアにもとづく要素と、「政治」という二つの独立した定義が導入されていることによるものであり、こうした混同は先に触れた二〇〇六年のブラウン首相のスピーチでも顕著に表われていた。

このような時期に執筆された『充たされざる者』の人物たちはコミュニティへの政治的参加を促し、結果として個人主義と競争を推進する福祉国家的要請と、個々人の自主的な献身を促す二つのシティズンシップがもたらす混乱を示しているように読むことも可能だろう。すでに確認したように、彼らは〈木曜の夕べ〉という公的行事での演奏を成功させることで、自分の個人的な人間関係における不具合も解消できるという奇妙な期待をいだいている。つまり町という共同体のためであると同時に、家族内での個人的な達成も目指している。シュテファンは両親との、ブロツキーは元妻のコリンズとの関係の修復を、そしてライダー自身も両親からの承認を。だが、それは一つ道を誤れば、個人と共同体の理念が直結させられてしまい、結果的に個人が自発的に奉仕することが際限なく要請されて、個人のほうが自己犠牲的にすり減ってしまう危険性も含んでいた。

シティズンシップの名のもとに、一方ではアクティブな能力主義と個人主義が進められ、もう一方では共同体のために個人が自主的かつ無制限に奉仕することが求められているが、この結果として両者のシティズンシップが補完しあい、現実的にはその表看板に反するように、人々のあいだの連帯は強まるどころか弱体化して個々の孤立化が促進されている。人びとが共同体のために連帯しあうよりも、際限のない個別競争のなかにおかれるという仕組みができあがってしまうのである。よく知られているように、マーガレット・サッチャーは一九八八年の教育改革法（Education Reform Act）によって全国共通カリキュラムを実施した。そして各学校の達成度を示すリーグ・テーブル（League Table）により、教育に市場主義的な制度を持ち込んで学校同士の競争を激化させた。そのようなサッチャー政権がイギリス市民としてあるべき姿を伝えるシティズンシップ教育を導入することは相容れないように思われるかもしれないが、ここまで見てきたように、政治的なシティズンシップと道徳的なシティズンシップを接続させることで、結果的には「シティズンシップ」という表看板とはまったく相容れない、終わることなき自己改革と参入を促す新自由主義的な制度の強化を達成していたことが分かる。このように見てくると、『充たされざる者』のキャラクターたちが見せる、公的な領域での成功と私的な領域の問題解決を結びつける混同も、サッチャリズムの影響が色濃く残る当時のイギリスでの、個人主義と能力主義の偏重を反映したものと言えるだろう。

結語——シティズンシップを求める子供

本稿のまとめとして、このような競争的なシティズンシップの理念をもっとも素直に引き受けているのが、実は大人たちではなく子供のボリスである点に注目したい。ボリスは当初は漠然と自分のアイデンティティの支えとして、お気に入りのサッカーゲームの駒「9番」に執着しているが、のちには日常的な技術を身につける必要性を感じるようになる。そしてライダーから日曜大工のマニュアルを贈られると、それを熟読して自分の技術を磨くことで「何でもできるようになる」と将来の可能性に期待する。

ボリスが「9番」のことを熱心に語っていたとき、それを聞いていたライダーの友人が「あのくらいの年頃になれば、そろそろ何にでもそれなりの貢献をしてしかるべきだ。能力相応の仕事を始めなきゃ。壁紙を貼るとかタイルを貼るとかってことを、学ぼうとすべきじゃないか。こんな現実ばなれしたサッカー選手のたわごとじゃなく」（九三）とライダーに忠告するが、彼の言葉は能力や技術にもとづく個人主義的理念を反映するものと見ることができるだろう。

そしてボリス自身も、「フランス語の本を読んでたんだ」（四四〇）、「お風呂場直せる？」（一一三）など、語学や技術の習得が一人前になるために必須だと感じ取っていることが、その言動の端々に表われている。つまり彼は、具体的な技術こそが社会の梯子《はしご》を登るために必要なものであることを認識している。ボリスは、家の風呂場のタイルが貼れなかったために母親を悲しませていることを気に病んでいたが（一一三）、その後彼はライダーから、壁紙の貼り方などさまざまな技術が描かれた日曜大工のマニュアル（handy man's manual）を贈られて喜ぶ。その表紙には「オーバーオール姿の男性がはしごの真ん中あたりで笑っている写真」がついており、「片手にペンキの刷毛《はけ》を持ち、もう一方の腕で壁紙を抱えている」（一六四）様子が描かれているが、この梯子に登っている職人の絵は、技術にもとづいて社会の梯子を登るというシティズンシップの理念を端的に表したものだと言えるだろう。

また、このマニュアルをめぐる登場人物たちの言動は、これまで見てきた自主的でアクティブなシティズンシップにもつながるＤＩＹ――Do It Yourself――の精神を称揚するものであり、このような技術を自主的に習得することの重要性を示してもいる。ライダーが「ボリスはもっと逆境に耐え、独立心を持つことを学ばなきゃならない」（五八九）と考えているだけでなく、贈られたマニュアルを興奮して読むボリスが「何でもやり方が書いてある」（五〇五）と感動して、それらを自己習得することこそが大切だと考えているのは興味深い。

ごめん。ぼくがわがままだった。もうこれからはしないよ。［……］この本があれば簡単にやれる。これはすごいよ。ぼく、もうすぐ何でもできるようになる。もう一度浴室のタイルを貼るんだ。前は知らなかった。でも、ここに書いてあるんだ、何でも。（五九二）

このようなボリスの決意は、一人前として承認されるために必要な技術の修得さえも、誰かに教わるのではなく、マニュアルを見ながら「自分でやる」べきだという徹底的な個人主義を象徴するものだといえるだろう。

本稿では『充たされざる者』を、出版された一九九五年を含む、一九八〇年代から二〇〇〇年頃のイギリスのシティズンシップ概念の発達と関連づけながら概観して、コスモポリタンおよびグローバルという視点から論じられがちだった本作をイギリスという国民国家的な仕組みのなかで解釈することを試みた。閉鎖的な町に閉じ込められたまま抜け出すこともできず〈木曜の夕べ〉での成功によって共同体での居場所の承認を求める人々と、著名なピアニストとして世界を飛び回るライダーという一見対照的な存在が奇妙にも並置されている本作も、まったく現実から遊離しているわけではなく、当時のイギリス社会における矛盾を含む複層的な理念形成と関わっているものと見ることで、イギリスにおける国際性あるいはコスモポリタンの意味を考察する足がかりとなるだろう。

付記——生物学的シティズンシップについて

本稿では一九八〇年代から『充たされざる者』が執筆された一九九〇年代末のイギリス国内のシティズンシップをめぐる状況と本作の関わりを考察してきた。それは端的に述べるなら、個人の能力や技術（スキルあるいはアート）にもとづく共同体内での序列化と競争に支配された世界ということができる。以下では、『充たされざる者』の執筆以後、二〇〇〇年代に入ってから顕著になったシティズンシップをめぐる現象について付記しておきたい。

生物学出身の政治学者ニコラス・ローズは、シティズンシップの理念と権力による統制が個々の生物学的要素にまで本格的におよび始めたことに注目して「生物学的シティズンシップ」（biological citizenship）という用語を提唱している。ローズは『生そのものの政治学』（*The Politics of Life Itself*）において、グローバル化が進んだ現代においては国民《ネーション》・国家にもとづく一枚岩的なシティズンシップは成立しづらくなっていることを指摘する。

シティズンシップとは根本的に国民的《ナショナル》なものだったのである。だが多くの出来事や力が、シティズンシップのこのようなナショナルな形を問いに付している。「多文化主義」に関する錯綜した論争が示すように、国民《ネーション》をひとつの文化的ないし宗教的なまとまりとして考える事はもはやできず、また、シティズンシップを単一のナショナル・アイデンティティへの希望に安易に結びつけることもできない。「グローバリゼーション」に関する論争が示しているように、単一の領土に縛られた国民経済と言う考えは疑念に付されている。（ローズ、二四八）

本論でも中心的に述べてきた、イギリスという国民《ナショナル》・国家的なものに依《よ》らないシティズンシップが強まってきた傾向を示したものとも言えるが、ナショナルなものから離れることが、即座にそれらを無効にする越境的あるいはコスモポリタン的価値観と結びつくと楽観視しているわけではないことも、ローズは慎重な態度を通じて示唆している。一見国家や国民的な束縛を超越しているかのように見える共同体においても、そこでの承認と序列化をめぐる競争から逃れることはできないのである。そしてシティズンシップの概念は二〇〇〇年代に入った後、個人の技術（アート）や能力だけでなく、より根本的な生物学的条件を管理するバイオテクノロジーを活用した「生物学的シティズンシップ」の領域を拡張させたことをローズは強調する。

現代の生物医学は、身体を分子レヴェルで見えるもの、理解できるもの、計算できるもの、操作できるものにすることによって、生と商業との新たな関係を生みだし、また、社会的シティズンシップにおけるような古い健康テクノロジーを、新たに資本の循環へと結びつけることを可能にした。（ローズ、二七八）

彼の議論はシティズンシップの概念が国民《ナショナル》・国家的な境界を越えるだけでなく、資本経済の領域と関わり合いながら複雑化していることを示している。

今日我々に求められているのは、フレキシブルであること、絶え間ないトレーニングや生涯学習に身をおくこと、永続的な査定を受け続けること、継続的に購買意欲をかき立てられ続けること、絶えず自分自身を向上させること、自分たちの健康をモニタリングすること、自分たちのリスクを管理すること等々なのである。そしてこのような義務は、我々の遺伝子的な感受性にまで拡張しているのである。我々の生きている身体、苦しんでいる身体、死すべき身体を貫く、真理と権力と商業との新たな関係を描き出し、試し、それらに異議を唱えるなかで、そのような活動的な生物学的市民は、今日において人間であるということが何を意味するかを定義しなおしているのである。（ローズ、二八五）

このような状況がイシグロの二〇〇〇年代の代表作である『わたしを離さないで』に影を落とし

ている可能性を見てとるのはそれほど難しいことではないだろう。これ以上の詳細な議論は稿を改めなくてはならないが、作家デビューからの初期三部作の日本とイギリスを舞台にした作品で国民・国家《ナショナル》的なものを描いて以降のイシグロの傾向を、そこから自由になった国際的個人（コスモポリタン）ではなく、何らかの共同体におけるシティズンシップを希求する人々を描くものとして読み解くことも興味深く思われる。そのように見るなら、自らを「国際作家」と呼ぶイシグロはイギリスや日本という国民・国家《ナショナル》的なものから距離を取ることはできたかもしれないが、あらゆる共同性から離れた個人という意味で「国際的」であったことなど一度もないし、そのような立場はこの現世には「どこにもない」ユートピアであることを示しているのかもしれない。

＊本稿は日本英文学会第八十八回大会（二〇一六年五月二十九日、於京都大学）での口頭発表「Kazuo Ishiguro の *The Unconsoled* をシティズンシップ小説として読みほどく」をもとにしたものである。

参考文献

Brown, Gordon. "Speech to the Fabian New Year Conference, London 2006." *British Political Speech*. http://www.britishpoliticalspeech.org/speech-archive.htm?speech=316. Accessed 25 May 2016.
Cameron, David. "PM's speech at Munich Security Conference." *GOV.UK*. https://www.gov.uk/government/speeches/pms-speech-at-munich-security-conference. Accessed 25 May 2016.
Ishiguro, Kazuo. *The Unconsoled*. Faber and Faber, 1995.
———. Interview with Maya Jaggi. *Conversations with Kazuo Ishiguro*. Edited by Brian W. Shaffer

and Cynthia F. Wong. UP of Mississippi, 2008, pp. 110-19.

Jerome, Lee. *England's Citizenship Education Experiment*. Bloomsbury, 2012.

Olssen, Mark. editor. *Education Policy: Globalization, Citizenship and Democracy*. SAGE, 2004.

———. *Liberalism, Neoliberalism, Social Democracy: Thin Communitarian Perspectives on Political Philosophy and Education*. Routledge, 2010.

Reitano, Natalie. "The Good Wound: Memory and Community in *The Unconsoled*." *Texas Studies in Literature and Language*, vol. 49, no. 4, Winter 2007, pp. 381-86.

Robins, Bruce. "Very Busy Just Now: Globalization and Harriedness in Ishiguro's *The Unconsoled*." *Comparative Literature*, vol. 53, no. 4, Autumn 2001, pp. 426-41.

Robinson, Richard. "Nowhere in Particular: Kazuo Ishiguro's *The Unconsoled* and Central Europe." *Critical Quarterly*, vol. 48, no. 4, pp. 107-30.

北山夕華『英国のシティズンシップ教育』早稲田大学出版部、二〇一四年。

佐久間孝正『移民大国イギリスの実験』勁草書房、二〇〇七年。

ガート・ビースタ『民主主義を学習する』上野正道他訳、勁草書房、二〇一四年。

バーナード・クリック『シティズンシップ教育論』関口正司訳、法政大学出版局、二〇一一年。

オードリー・オスラー、ヒュー・スターキー『シティズンシップと教育』清田夏代訳、勁草書房、二〇〇九年。

S・トムリンソン『ポスト福祉社会の教育』後洋一訳、学文社、二〇〇五年。

ニコラス・ローズ『生そのものの政治学』檜垣立哉監訳、法政大学出版局、二〇一四年。

二十世紀を駆け抜けて

『わたしたちが孤児だったころ』における語り手の世界と「混雑」した時代の表象

菅野素子

『わたしたちが孤児だったころ』(*When We Were Orphans*, 2000)の語り手であり登場人物の一人でもあるクリストファー・バンクスは私立探偵を生業《なりわい》としている。そういった意味で、本作は一種の探偵小説である。もちろん、従来のような意味での探偵小説ではない。探偵が手掛ける最大の事件は自らの両親失踪であり、物語の中心は謎解きの過程で翻弄される探偵自身である。犯罪捜査や種明かしに探偵が個性を発揮するわけでもないので、本作の出版当初は探偵像に疑問を呈する意見も少なくなかった(Iyer, 4-6; Postlethwaite, 159; Oates, 21)。信頼できない語り手と記憶という、イシグロの小説作法に関しても、語り手が戯画化され、作者との視点の違いが明らかでありながら、両者の違いを見極めるのが困難である(Barrow, 44)という当惑もあった。

イギリスと日本という言語と文化の二重のアイデンティティに関わる問題を取り上げており、祖父が残した上海時代の写真にインスピレーションを得たと作者自身が述べているため、本作の読解には伝記的批評が資するところ少なくない。武富利亜はこの作品をイシグロの作品の中でも「最もアイデンティティが色濃くあらわれ」たものと位置づける（六三）。また、平井杏子はこの作品を「『自分にない記憶』を書きとめる」ために小説家になったイシグロが、「『ない記憶』の海を、さらに遠い過去へと遡源していった小説」（一四四）であるとして、本作は「子ども時代へのノスタルジア」（Wong, 184）だというイシグロの自作解説の意味をテクストに忠実に読み解いている。また、荘中孝之は、語り手の母性憧憬と父性嫌悪をイシグロ少年の記憶と関連づけると同時に、ヴィクトリア朝への回帰願望と結びつけている（一三〇―一三三）。しかし、このような批評からは、本作が執筆された時代の視点、つまり同時代にイシグロがどのように応答しているのか、という問題はとらえにくい。歴史を正確に描くこと、あるいは史実に忠実に描くことにあまり関心がないというイシグロの創作態度からうかがわれるのは、作家は過去の視点で過去を書くのではなく、現在の視点で過去を書いているという意識だ、と考えられないだろうか。

そこで本稿は、本作を執筆した一九九〇年代当時のイギリスにおけるどのような問題に、イシグロが応答しているのかを考える。語り手の事件捜査とその語りは一九五八年で終わるが、この小説が出版されたのは二〇〇〇年である。本稿の試みとして、語り手の視点と作者を区別するため、まず語り手の言動を分析する。次に、作者が提示している時代表象を検討する。そして、物語の語り手ではなく、プロットを構成したイシグロが、どのような同時代の問題を提出しているのか、テクストに埋め込まれたメッセージを読み解きたい。

私立探偵時代へのノスタルジア

『わたしたちが孤児だったころ』はさまざまに読者を翻弄する。サラとの駆け落ちにあっさり同意したにもかかわらず、待ち合わせのレコード店に置き去りにする第六部のエピソードもそのひとつだろう。バンクスの思考回路が麻痺しているからなのか、同日にクン警部から両親の居場所に関する情報が寄せられたからなのか。なぜあの場にあの時点でサラを置き去りにするのか、あまりにも突然の心変わりに困惑させられる。

イシグロの小説における職業と社会との関係を読み解くブルース・ロビンズ（Bruce Robbins）は、「上昇移動」（upward mobility）という用語を用い、自らの職務の遂行に邁進することで社会的な立場を上昇させたいと願うイシグロの語り手たちの言動を分析している。ロビンズの論文は主に『わたしを離さないで』のキャシーの語りを福祉国家の文脈において検討するものだが（Robbins, 291）、このコンセプトは本作の分析にも有用であろう。なぜなら、歴史的には異なる背景が用いられているが、職業を通した自己実現を夢見るという点で、キャシーとバンクスには共通性が見出せるからだ。また、イシグロ本人が『充たされざる者』以降の二作品を同時期に構想していた、つまりは同じ問題意識を持って取り組んでいたとも考えられるためである（平井、一六二）。

若い探偵のバンクスは、世の中で認められたい、偉大な仕事を成し遂げたいと願っている。物語の冒頭でバンクスは語る。

ケンブリッジ大学を卒業し、シュロップシャーに戻ってほしいと伯母が願っていたにもかかわらず、自分の未来は首都ロンドンにあると心に決め、ケンジントンのベッドフォード・ガーデンズ十四b番地に小さなフラットを借りた。（九）

自分の活躍の場をロンドンに定め、ここで私立探偵として名を上げようと、シャーロック・ホームズにちなんで、アルファベットBではじまる通りの、bがつく番地に居を定めた。語り手が事件捜査の詳細を語らないことが、この小説のリアリティを削いでいると批判されるが、バンクスは事件解決が社会に及ぼした影響についてはコメントする。例えば、マナリング事件の解決は「より広い視野で見てみればわたしが思っていたほど重要な意味を持たないのかもしれない」（三八）、チャールズ・エマリー事件を解決して「シャクトン村全体から深く感謝されたので満足」（六四）などという具合である。

社会の上の階層を目指す動きは同時に、少なくとも二つの異なる要素の比較の結果としてナラティブを動かしている。キャサリン・スタントン（Katherine Stanton）は、職業や仕事上の義務を最優先し、家族や周囲の要請を些細なことと考えるイシグロの語り手たちの価値観を責任と義務の概念から論じ、それには単に語り手個人の問題ではなく政治的な意味があるのだと論ずる（Stanton, 17）。職業を家族に優先させるという価値判断は一見当たり前のように見えるが、そこには仕事で世界に貢献するほうが、家族の要請に応ずるよりも大事だという価値観がみえる。職業や仕事を国際社会が共通して抱える問題（インターナショナルな問題）と、家族を国内の問題（ドメスティックな問題）と言いかえてもよい。スタントンの分析の枠組みは、人間関係の政治学を比喩的に読むアプローチである。

再度、小説の冒頭をみてみよう。彼にとって、探偵業に邁進して成果をあげることのほうが、叔母の要請に応えるよりも価値のあることなのだとわかる。そもそも、「第一部一九三〇年七月二十四日」の語りは、サー・セシルの功績を讃えるメレディス基金の晩餐会に出席し、上海帰りのサー・セシルにアキラのことを尋ねた晩のものだ。そして、その上海の友だちにサラが興味を示したのである。国際的な問題（上海の動向）と国内的な問題（サラとのロマンス）が、バンクスをこのような語りへと促したのだと考えることができそうだ。

バンクスの語りを動かす異なる要素の交渉はこの後さらに複雑になる。探偵業を通じて世界秩序（この場合、より直接的にはイギリス帝国主義だが）に貢献すれば、両親の救出と血縁関係の回復につながるのだから、それは養子関係や異性愛の問題、例えばジェニファーやサラとの関係に優先する。つまり、親子関係を取り戻すという子ども時代へのノスタルジアのほうが、ロンドンにいる語り手が対応しなければならない現実の関係よりも重要なのである。

社会——といってもバンクスの場合はロンドンの社交界だが——で認められるためには、まずそこでの振る舞い方や言葉遣いを学ばなければならない。バンクスがイギリスに同化するためには、模倣が重要な役割を果たす。上海にいた子どものころは父の会社の若い男性社員の振る舞いを真似てイギリス人らしさを学んだし、聖ダンスタン校では最初の日から、他の生徒と同じようにポケットに手を入れてポーズを決めた。そうした姿が周囲から奇異の目で見られていたことも確かで、誕生日に一八八七年スイス製拡大鏡を贈られたこともあった。言うまでもなく、一八八七年はコナン・ドイルがホームズものの第一作『緋色の研究』を発表した年であり、スイスはホームズが宿敵モリアーティと対決した運命の場所だ。ひやかしで贈られたものではあるが、ホームズと関連づけられた拡大鏡を贈られることで、バンクスは探偵という職業に呼び出されたともいえるだろう。

そもそも子どものころ、クリストファーのお父さん救出ごっこを提案したのはアキラであった。この遊びを二人は繰り返して、子ども独自の解決シナリオを作り上げてしまう。そのシナリオを、イギリスに渡ったバンクスは現状に合うように「両親」を救出する一人芝居に書き替えて繰り返し演じた。父親を救う子どもという自己像は、アキラが教えた、「子どもはブラインドの羽目板を留めつけている撚《よ》り糸《いと》」（一二七）という比喩が伏線になっている。

ここに世界の悪を退治するという意味が加わったのは、一九二三年にチャリングワース・クラブでサー・セシル・メドハーストに会った後のことである。国際連盟の立役者であるサー・セシルが探偵について「世界の悪すべてを独力で根絶しようと」（三〇）する者と表現した後、バンクスは「わたしの目的は悪――とりわけ陰険で、胡散《うさん》臭い悪――と戦うことだった」（三九）と語って、探偵業は単に主な依頼人たる中産階級の利益を実現するものではなく、普遍的な価値のある職業だとしている。また、探偵業と社会正義を結びつける考え方は、母親譲りであることを認めている。バンクスの母親は、反人道的な中国でのアヘン取引を撲滅しようと活動していた。子どものころに母親と多くの時間を過ごし、母親を正義の味方のように理想化していた記憶が母性憧憬（荘中、一一九―一二二）あるいは女性の美化（Shang, 5-6）として、バンクスのアイデンティティ形成に影響を与えた。それに加えて、サー・セシルがメレディス基金の晩餐会で語った「悪いやつらは虎視眈々と狙っておるんだ。［……］やつらのしかけてきたことをいち早く見抜き、それが根づいて広がる前に菌を破壊してしまえるような者」（七七―七八）という危機を示唆する言説も、世界の悪を退治する探偵という理想像に、バンクスを引き込むことになった。バンクスのシナリオは、他人の言動によってさまざまに書き替わっていくのだが、ここでは、両親を取り戻すという家族の問題を国際的な治安問題の解決に結びつけていく。

　ところが、バンクスは手間取っていた。上海でのアキラとの再会への期待で締めくくられた、「第二部一九三一年五月十五日」では、子ども時代の記憶を語り、その合間に大英博物館の閲覧室での事件調査の報告をしていた。それから六年後、バンクスが上海を離れて二十二年後の一九三七年九月になってようやく、実際に上海で捜査をすることになる。この六年の間にバンクスはシュロップシャーの伯母を亡くして遺産を相続し、ジェニファーを養女に迎えていた。イギリス国内の事件調査と家族への対応に追われていたのかもしれない。ジェニファーを寄宿学校に残してでも上海へと赴《おもむ》く理由は二つある。一つは周囲の期待と批判に耐え切れないと感じはじめていたためである。そしてもう一つは、サー・セシルと結婚したサラが上海にいるためである。

　まず、サー・セシルは盧溝橋事件の後、日に日に勢力を増す日本軍によって悪化する上海の秩序を立て直すために再び駆り出された。知り合いの結婚式でサラと会い、彼女がサー・セシルと共に上海に向かうと言ったときのことを、バンクスはこう語る。

ある種ほっとしたことを覚えている。何年も前にチャリングワース・クラブで初めて彼女の姿を見たときから、わたしはどこかでこの瞬間を待っていたような、ある意味ではわたしとサラとの友情はずっとこの点をめがけて進んできて、今ようやくそこに到達したと言えばいいだろうか、そのような不思議な気持ちだった。そのときわたしたちが言葉少なに交わした会話は不思議と耳に馴染んだものだった。まるで、すでに何度も練習していたかのように。

（二四三―二四四、傍点引用者）

控えめに表現された「不思議な気持ち」(odd feeling) とは、愛情のことではないだろうか。そして、彼には何の違和感もなかった。上海に関心を示したサラと共に行くことを過去に何度も考えていたのだろう。

さらに、捜査現場で知り合ったエクセターの警部とのやり取りにも背中を押された。世界をブラインドの羽目板と撚り糸にたとえたバンクスを受けて警部は、悪を滅ぼすため自分がもっと影響力のある人物なら「大蛇の心臓があるところに行って、とどめを刺してやりますよ」（二二九）と言う。大蛇とは、大英博物館他での資料調査と現地への情報照会から明らかになった「イエロー・スネーク」というアヘン取引の大物のことで、その形状はアヘン取引の中心だった蛇行する揚子江と重なる。▼1 バンクスは、このイエロー・スネークなる人物と軍閥のワン・クーが両親の失踪事件の鍵を握ると踏んでいる。また、王立地理協会で顔を合わせたムアリー参事会員は、ヨーロッパの危機は極東に原因があり、その毒がヨーロッパに蔓延しているのに、上海通をもって任ずるあなたはそれを見過ごすのか、となじる（二三二）。この「毒」（poison）とは母が撲滅のために邁進していたアヘンのことだとバンクスは受け取る。

悪は東洋にあり、その悪がイギリスに渡って治安が乱れるが、超人的な探偵が現れて事件を解決するという筋書きは、当時、ヨーロッパに流布していた黄禍論を背景とし、その潜在的な脅威と対峙するシナリオを娯楽作品の形で取り入れて（橋本、二）一九三〇年代に至る、イギリス探偵小説の常道である。本作を探偵小説の批判的書き替えとみるトービアス・デーリッヒ（Tobias Dörig）は、このような自他の二項対立は、シャーロック・ホームズに代表されるヴィクトリア朝後期以降の探偵小説と同じ構造に基づいていると述べる（62-63）。正木恒夫はホームズもの全六十編のうち、三十二編が非ヨーロッパを「犯罪の供給源」に設定していたと分析する（二二七）。子どものころからホームズものを愛読していたバンクスは、父親は共同租界の対岸に広がる中国人居住区のチャーペイに捕らえられていると思い込んだ。東洋という他者がもたらす脅威を取り除けば帝国の治安が維持されると考える筋書きは、文明と野蛮の二項対立により支配を正当化する帝国主義の言説そのものだ。イギリス国内の安全を保つために海外にある悪の息の根を止めるべきだ、つまり、国内の問題の解決には海外の問題を解決しなければならないという抜き差しならない期待を受けて、バンクスは事件解決の舞台へと引き出される。双方の利害が一致してはじめて、上海へと向かうのである。

一九三七年九月、バンクスは上海に入る。その前の月に日本軍が上海を占領し、中国人居住区や工場への爆撃が続いている。バンクスには、イエロー・スネークに会いさえすれば事件はすぐに解決するという確信があった（二六二）。しかし、租界の白人社会から上海の秩序回復の期待を寄せられ、さらにはかつてアキラと作り上げた両親救出劇を本当に実現しようとする役人が現れて、現地の力関係の構図にあっという間に取り込まれてしまう。特に、上海市参事会代表のグレイスンに、両親救出を祝してジェスフィールド・パークでの式典を行う計画を何度も持ち出されて辟易《へきえき》する。グレイスンの計画は、バンクスがアキラと作り上げたオリジナルではなく、上海で両親を救出する子どもという筋書きのパロディである。そして、あろうことかその役割を演じて、見世物となるよう期待される。

第六部第十七章から第二十一章までの、チャーペイで起きる一連の出来事は、日本人の敗残兵をアキラと誤認することを含めて、批評でもその表現主義的な描写の意義が問題にされてきた。この部分は、表面的には戦場における不条理が心理的リアリズムをもって描かれているようにみえ、こうしたリアリズムの追求を小説の新たな手法の追求であると考える、肯定的な評価もある（Shaffer, 595; Holmes, 20）。だが、混沌が支配するチャーペイで明らかになるのは、この戦場でバンクスが一体何を重要だと考えているのか、その優先順位ではないだろうか。サラをレコードショップに置き去りにし、助けを求める中国人住民の声を無視しながら「アキラ」との再会を果たして両親の救出に向かうのは、中国人という他者との国際関係よりも帝国の秩序のほうが大事であり、サラとの関係よりも両親の救済のほうが大事だ、という優劣関係である。だが、世界と両親を救うシナリオを実行した結果、事件捜査の筋書きがまったく見当違いであったことが明らかになる。悪を根絶して世界秩序に貢献するという私立探偵としての職業倫理は語り手を常に上昇移動へ促すと同時に、養女や恋人に対して両親を、家庭の問題に対して職業を、現実の問題に対して過去へのノスタルジアを優先するバンクスの選択を正当化してきた。にもかかわらず、子ども時代へのノスタルジアのために、バンクスはかえって上昇移動を阻まれてしまう。

フィリップおじさんから両親の失踪にまつわる真相を聞かされたバンクスは、恐るべき告白にもかかわらず極めて冷静だ。これまでの筋書きや枠組み——世界——が崩れてすべてが白紙に戻った後、もう一度最初から始める（五〇二）と宣言する。そして十五年余り後、香港で母親と再会する。

小説の最後、語り手は今ではロンドンが「故郷になってきた」（五三〇）と述べる。ところが、旧世界が崩れ去って最初から作り直した世界は、以前とそれほど変わりないようだ。バンクスは今でも「孤児のように世界に立ち向かう」（五三〇）、「最後まで使命を遂行」（五三〇）など、世界的な意義のある仕事に邁進する自分のイメージを、養女の問題に優先させている。ただし、ここに言う世界は現在の世界ではない。バンクス探偵が活躍した一九三〇年代は過ぎ去り、自らの探偵としての業績は大英博物館の閲覧室で確認できる過去の記録なのだ。最近大きな危機を経験した養女の要請に応えてロンドンを離れるのをためらうバンクスは、現在よりも過去を見つめ、自分が活躍した時代へのノスタルジアに浸っているのである。

ロンドン・上海・ヨーロッパ——重なり合う場所と時間

このセクションでは、作品の舞台となった二十世紀前半を描く作者の時代表象を検討する。テクストに提示された時代を表す記号を読みほどき、作者が小説の時代背景をどのように提示しているのか考察する。

本作に描かれた歴史的な状況をみていると、イシグロが描き出しているのは二十世紀を振り返り、次の百年を考えることだったのではないかと思えてくる。なぜなら、「混雑」、「人が多い」、「窮屈」という状態が、上海、ヨーロッパそしてロンドンと、場所と時間を移動しながら二十世紀をつなげるモチーフとして使用されているからだ。

「混雑」は第一部から第七部まで、特に、第三部の終盤から第六部までの物語に頻繁に登場する。第一部では、バンクスがオズボーンに連れられて初めて足を踏み入れたロンドン社交界のパーティで言及される。語り手はこのパーティを「混雑」（"crowded"）（二四）しており、男性客が「黒いイブニング・スーツの森」（二五）のように多かったと表現している。さらには、そのパーティ会場の様子を以下のように回想する。

今あの部屋を思い描こうとすると、その部屋は異常なほど薄暗い、壁にランプがともされ、テーブルにはろうそくがあり、頭上にはシャンデリアがきらめいていたというのに、そのどれもが会場全体に広がっていた暗さに何の効果も与えていなかったように思えるのだ。絨毯《じゅうたん》はとても分厚く、そのため部屋を動き回るには足を引き抜くようにしなければならない。そこらじゅうにいるブラック・ジャケットを着た年配の男性たちがそういう歩き方をしていた。中にはまるで大風の中を進んでいるかのように、肩を前に突き出している者さえいた。　（二五）

何とも奇妙な光景である。暗闇を光が照らさず、大勢の黒服の紳士が絨毯に足をとられ、懸命に渾身の力を振り絞って進む様子は前作『充たされざる者』でイシグロが試みた夢のロジックに通ずるものがある。

パーティでの混雑を奇妙に表現する語りは、バンクスがいよいよ上海で捜査に乗り出す直接のきっかけを得る第三部でも登場する。王立地理学会の講演会に続く軽食パーティの会場は「ぎゅう詰めの状態」(“squeezed”)で、参加者は二人組になって話をしているのだが、「文明人として会話するにふさわしい距離を保つために頭をのけぞらせながら」(一三〇)話し合っていた。講演会はキリスト教とナチズムに関するものだったが、質疑応答の時間にはナチスドイツのラインラント侵攻に関する質問ばかりが出た。ディナージャケットを着た上流階級の男性が集まるパーティは一九二〇年代から三〇年代にかけてのロンドン社交界の雰囲気を伝えているが、そこには優雅さや余裕はなく、滑稽にデフォルメされている。

もちろん、これを語り手の疎外感が生み出す心理効果と考えることもできる。だが、すし詰めのパーティ会場は、外の世界の混乱、特にヨーロッパの混乱や無秩序状態と関連づけられていると考えられる。第一部や第三部において、ベルリンの壁崩壊後のヨーロッパを舞台にした前作の認識と表現モードを繰り返しているのは、前作と本作が問題意識の点でつながっていることを示すためではないだろうか。イシグロ自身が「カフカ的」つまりはヨーロッパ的(Jaggi. 111-112)と表現した語りのモードが本作の第六部でも繰り返し使用されているため、本作が前作の焼き直しと受け取られることもあるが、作者による語りの戦略である可能性も否定できない。本作の場合、あたかもシュールレアリストの絵画のような奇妙なデフォルメに見出されるのは、一九三〇年代のヨーロッパ文明に対する危機意識である。

続く一九三七年の上海の場面においても、社交界のパーティ会場は「混雑」している。だが、混雑はパーティに限らず、租界全体の問題となっている。日本軍が租界周辺の住居や工場の爆撃を続けているため、家を失った人々（避難民）が租界に流入し、裏通りには難民が溢れている。[2]

ランプの明かりの下で座ったり、しゃがんだり、地面に体を丸めて眠っていたり、互いに押し合いへし合いしている人々の姿が見えた。そのために通りの真ん中に車がやっと通れるだけのスペースしかなかった。あらゆる年齢の人々がいた。母親の腕の中で眠る赤ん坊の姿も見えた。それからぼろぼろの衣類の束、鳥かご、家財道具を満載した急ごしらえの手押し車など彼らの持ち物もその周りに置いてあった。［……］ほとんどが中国人の顔だったが、その通りの終わりのほうに近づくとおそらくロシア人と思われるヨーロッパ人の子どもたちの群れも見えた。（三〇七）

とその様子を語っている。これは子どものころのバンクスが知っている共同租界ではない。道で行き倒れになった中国人の遺体を見かけたことはあったが、避難民を集団で見ることはなく、ましてや、避難民の中にヨーロッパ系の子どもたちを認めることはなかった。そして、租界の裏通りにひしめく避難民の姿に、語り手は「もう慣れてしまった」（三〇七）と、特に気にかける様子もない。だが、作者はここを、ムアリー参事会員が述べるような悪の根源ではなく、むしろヨーロッパの問題が映し出される場所として構築しているのではないだろうか。アジアにおけるモダニズムの中心地にしてデミ・ヨーロッパたる一九三七年の上海共同租界の混乱は、ヨーロッパの代理表象であると考えられる。

この後、バンクスは実際に租界の境界を越え、チャーペイに入る。そこは日本軍が爆撃を繰り返す戦場で、日本軍と国民党軍が睨み合う前線だった。地元の中国人警官はバンクスの協力に応じ、高い屋上に立って、眼下に住宅密集地を見ながら、目的地までの経路を説明してくれる。警官は住宅密集地の由来と基本構造についても説明し、これは貧民層用に作られた住宅だがスラムではなく、基本構造はレンガであり、一つの部屋の家賃を払えなくなると間仕切りをして他の家族に貸すということを繰り返したために今のような形状になったと述べる[▼3]（三九六―三九七）。

小説の最終章である第七部には、非常にさりげない方法ながらも時代の変化を予感させる部分がある。一九五八年十月ごろ、バンクスはロンドンを離れてグロスターシャーに住む養女のジェニファーを訪ねる。近所の散歩に出た二人は、コッツウォルズ地方のウィンドラッシュ渓谷を望む場所で立ち止まり、次のような会話を交わす。

「すばらしい眺めだね」とわたしは言った。
「教会の庭からはもっと遠くまで見えるわ。おじさま、こっちへ引っ越してらっしゃる気はないの？　ロンドンは近頃じゃ人が多すぎるわ」

「昔のようでないのはそのとおりだがね」　（五一八―五一九）

この会話は一見、ロンドンで一人暮らしをする年老いた養父との何気ない会話のように聞こえる。ジェニファーが口にする「人が多すぎる」あるいは「人が増えた」（"much too crowded"）という表現も、シンシア・F・ウォン（Cynthia F. Wong）が指摘するとおり、戦災を受けたロンドンが順調に回復し、人口が増加しているという一般的な状況への言及であるとも受け取れる（95）。しかし、この「人が多すぎる」という表現は、ある歴史的な状況への言及であるとも考えられる。この会話から二カ月ほど前の一九五八年八月末、ロンドン西部ノッティングヒルを中心に大規模な人種暴動が発生した。戦後、イギリスでは労働力不足を補うためにカリブ海沿岸等の植民地で働き手を募集し、仕事を求めて移民する者が増えていた。労働力不足という本国の経済状況に対応する政策として、植民地からの移民を推進したのである。移民の多くはロンドン東部やノッティングヒルの他、バーミンガムやマンチェスター等の工業地帯に落ち着いた。だが、肌の色の違う労働者を快く思わない白人の若者によって、移民の住居が襲撃される事件がおきたのである（浜井、六六―七〇）。戦後にカリブ海から移民労働者を運んできた船の第一号がエンパイア・ウィンドラッシュ号であったことから、作者が会話の舞台をウィンドラッシュ渓谷に設定したのは偶然ではなく、こうした歴史的背景に対する読者への目配せと考えられる。

もちろん、「人が多い」というジェニファーの言葉の言外の意味に、バンクスが気づいているのかはわからない。ミドルクラスの紳士の日常を楽しめるロンドンが「わたしの故郷」になった（五三〇）と述べる語り手の意識には、戦後のロンドンにおける移民労働者の増加は変化として認識されていないとも考えられる。だが、この点こそが重要だ。語り手の認識の及ばないところで、作者が何かを仕掛けているからである。ジェニファーの言葉に間接的に言及された移民の流れは、戦後のイギリス社会の階級や人種構造を変化させ、新たな要請に応えていく必要が生じていることをほのめかしている。ウィンドラッシュ渓谷という、カリブ海からの移民船と関連付けられた地名がロンドンと対置されることで、両者の関係は単に都市と田園にとどまらず、イギリスとカリブ海周辺諸国との関係、あるいは帝国の中心と周縁化された移民労働者との関係といった、戦後イギリスの変化を暗示するものとして提示されている。従って、語り手がロンドンに留まり大英博物館の閲覧室という帝国の知のアーカイブに安逸を見出すというイメージは、過去の栄光にとらわれて戦後社会の変化による新たな要請——例えば住宅問題への対応（浜井、六八—六九）——で後手に回るイギリスの姿が重ねられているようにも読める。これは、作者の視点であり、イシグロが作家として受け入れられる文化的な状況を生みだした歴史の流れだ。

ところで、一九三七年の上海の状況は、イシグロが本作を執筆した一九九〇年代のヨーロッパへの言及でもあるのだろうか。アレグザンダー・M・ベイン（Alexander M. Bain）は本作を「人道主義的な危機のフィクション」（Humanitarian Crisis Fiction）と位置づけ、一九九〇年代の国際政治経済状況が生み出したさまざまな人道的介入がどのようにフィクション作品に現れてきたかを検討している。ベインの読解によれば、夫の勤務する会社が取引するアヘンを撲滅しようとするバンクス夫人が引き起こす家庭の緊張関係は九〇年代の国際社会の人道主義的緊張関係のアレゴリーと読める（Bain, 246）。そして、先の中国人住宅密集地を俯瞰させる眺望や、ホテルから日本軍の爆撃を見物する様子には、テレビや画像でボスニアやダルフールの様子を見る構図と重なるのだという（Bain, 254）。同様に、先ほど検討した租界の裏道の混雑は、車のガラス越しに見た光景である。避難民のほとんどが中国人であることを述べるまでは、文化や人種の違いは特定されていない。ここには場所や時間を超えて、戦争で家を失い避難する人々の姿が表現されている。このような光景を、私たちはテレビの画面に見なかっただろうか。

一九九〇年代のヨーロッパは激動の時代であった。一九八九年にベルリンの壁が崩壊して冷戦体制が崩壊し、東欧からの移民が欧州連合内に流入した。一九九〇年代に湾岸戦争が起こると爆撃がテレビで生中継され、ユーゴスラビア紛争では国連外交の限界が如実となり、避難民がヨーロッパに溢れた。イシグロ自身は上海に行ったことがなく、往時の上海を忠実に再現しているわけではない。しかし、まさにそこに作者イシグロの意図された仕掛けがあるのではないだろうか。同時代の問題、すなわち東欧やユーゴスラビア等のような国家機構の崩壊による「混雑」や「混乱」を読者に思い起こさせるヨーロッパ風の街として、上海共同租界は機能している。

このように、語りの時間と場所が記されるごとに、「人が多い」状況が記述され、それが次の語りの「人が多い」状況と折り重なるように続いていく。それはあたかも、ブラインドの羽目板が撚り糸でつなげられるようなイメージだ。上海共同租界の混乱を伏線としてロンドンの戦後状況を読めば、そこには帝国の周縁から中心への人の移動というイギリスの戦後社会の様子が浮かび上がってくるし、欧州共同体が人の移動の自由を規定したシェンゲン条約以降の世界、イシグロが本作を書いた一九九〇年代へと繋がるように思われるのである。[4]

むすび

本稿は『わたしたちが孤児だったころ』で作者が同時代の問題にいかに応接しているかを検討してきた。語り手が私立探偵として世界的意義のある仕事をしたいという理想をかかげる上昇志向の持ち主であること、両親の救出と世界の救出を混同するその言動を、国際的(インターナショナル)な要因と国内的(ドメスティック)な要因の相関関係ととらえて分析を試みた。バンクスは国際的な要因を優先させてはいるが、W・H・オーデンが「不安の時代」と形容した、極端な政治的イデオロギーが席巻する国際情勢の時流に乗せられて、一九三七年の上海で崩壊寸前の国際秩序の回復にあたる。そして、悪を排除して世界秩序の回復に貢献しようと上昇移動を求めるために、語り手はかえって現実を読み違え、足元をすくわれてしまう、ということがわかった。次に、作者の提出した時代の表象を検討した。第一部から「混雑」や「混乱」を表現する言葉が一貫して使われていることから、この表現を検討し、混乱の表現は一九三〇年代の共同租界だけではなく、一九五〇年代のイギリス、ひいては今日の問題を考える場として開かれていることがわかった。祖父にゆかりのある上海を題材に、二度の世界大戦と冷戦・ポスト冷戦を経験した二十世紀を描いた小説、それが『わたしたちが孤児だったころ』である。

この後、混乱を国内の問題として取り上げる『忘れられた巨人』まで、イシグロは十五年かけることになった。

＊本稿は基本的に書き下ろしであるが、一部に既発表の、菅野素子「時代の行方を見つめる視点――カズオ・イシグロ *When We Were Orphans* における作者の時代認識」（『人文・自然・人間科学研究』拓殖大学人文科学研究所紀要第二十二号、二〇〇九年、一―一三）の文章を加筆・修正の上、使用した箇所がある。

註

▼1　蛇行する揚子江とアヘン取引に関して検討したものとしては、Wai-chew Sim. *Globalization and Dislocation in the Novels of Kazuo Ishiguro*. Edwin Mellen Press, 2006, pp. 208-16を参照のこと。

▼2　当時の上海共同租界の居住状況について、一九三八年五月から六月にかけて、詩人のW・H・オーデン（W. H. Auden）と共に上海を訪れたクリストファー・イシャウッド（Christopher Isherwood）は、香港から中国内陸部を通って上海へと向かう『戦争への旅』（*A Journey to a War*）の中で触れている。イシャウッドは上海で工場検査官および福祉事務所で働く人物の話として、日本軍の爆撃以降、共同租界内に人が流れ込み、部屋の又貸しに規制がないため、ほんのわずかなスペースに寝起きしている人が増え、租界は危機的なほど「人口過密」（"overcrowded"）であると報告している（Isherwood and Auden, 247）。また、イギリス当局が防衛目的のために周辺住民を街路一キロメートルの長さにわたって退去させたところ、退去者は一万四千人にのぼったことを記録している（Isherwood and Auden, 247）。

▼3　『戦争への旅』は旅行記（イシャウッド）、ソネット連作（オーデン）に加えて、写真によるコメンタリーを収録する。その中に、チャーペイを写したものが一枚含まれている。屋根が吹き飛び、瓦礫が散乱してコ

ンクリートがむき出しになり、家と家が重なっている様を確認することができる。

▼4 「混雑した」という意味の"crowded"という言葉は、一九九〇年代のイギリス社会を映し出す言葉でもある。一九九五年に英国BBCのテレビインタビューに臨んだ当時のダイアナ皇太子妃は、その結婚生活を表現して「人数が多かった」("it was a bit crowded")と語った(The Panorama Interview)。バンクスの母親のファーストネームが「ダイアナ」であること、そして彼女がアヘンを撲滅して中国人を中毒から救おうとする慈善活動に熱心に取り組んでいた様子は、地雷除去やエイズ撲滅のための人道的活動に邁進したダイアナ妃の生き方を彷彿とさせる(Bain, 257)。結婚生活の破綻という点でも共通点がある。ダイアナ元皇太子妃がパリで交通事故のために死去したのは、一九九七年であった。なお、バンクスの母の旧姓のロバーツは、一九八〇年代に英国首相を勤めたマーガレット・サッチャーの旧姓と同じである。一九九七年は保守党から労働党へ政権が移った年でもあった。

一九九七年はイギリスが香港を中国に返還(中国側から見ると回帰)した年であるが、この年を終了と再出発とみなす記号がもう一つ含まれている。一九九七年末に役目を終えた大英博物館の閲覧室だ。ロンドンのブルームズベリーにあった大英博物館の閲覧室は、探偵としても、一個人としても、クリストファー・バンクスの日常の一部である。ケンブリッジ大学を卒業してロンドンに落ち着いたことを知らせる小説の最初のページ、それも最初の段落から、「大英博物館の閲覧室で静かな時を過ごす」(九)と探偵は自らの日常を紹介する。租界の家の二階には、部屋の壁に本がぎっしり並べられた「図書室」(library)と呼ばれる部屋があり、子どものころは乳母のメイ・リー監視のもとで宿題をした。大人になってからは事件捜査のための新聞記事や手紙、記録文書などを調査した。そして、最後の語りによれば、自分の功績を確認する場所でもある。

一九九七年に閲覧室は役目を終え、二〇〇〇年にはエリザベス二世グレート・コートとして改装されて、再オープンした。印刷出版部門の蔵書は、新たにセント・パンクラスに建てられた大英図書館に移設された(Caygill, 24-25)。

参考文献

Bain, Alexander M. "International Settlements: Ishiguro, Shanghai, Humanitarianism." *Novel: A Forum on Fiction*, vol. 40, no. 3, Summer 2007, pp. 240-64.

Barrow, Andrew. "Clueless in Shanghai." *Spectator*, 25 March 2000, pp. 44-45.

Caygill, Marjorie. *The British Museum 250 Years*. The British Museum Press, 2003.

Dörig, Tobias. "Sherlock Holmes-He Dead: Disenchanting the English Detective in Kazuo Ishiguro's *When We Were Orphans*." *Postcolonial Postmortems: Crime Fiction from a Transcultural Perspective*, edited by Christine Matzke and Susanne Muhleisen, Ropodi, 2006, pp. 59-86.

Holmes, Frederick M. "Realism, Dreams and the Unconscious in the Novels of Kazuo Ishiguro." *The Contemporary British Novel since 1980*, edited by James Acheson and Sarah C. E. Ross, Palgrave Macmillan, 2005, pp. 11-22.

Isherwood, Christopher, and W. H. Auden. *A Journey to a War*. Faber and Faber, 1939.

Ishiguro, Kazuo. *When We Were Orphans*. Faber and Faber, 2000.

Iyer, Pico. "Foreign Affair." *New York Review of Books*, 5 October 2000, pp. 4-6.

Jaggi, Maya. "Kazuo Ishiguro with Maya Jaggi." *Conversations with Kazuo Ishiguro*, edited by Brian W. Shaffer and Cynthia F. Wong, UP of Mississippi, 2008, pp. 110-19.

Oats, Joyce Carol. "The Serpent's Heart." *Times Literary Supplement*, 31 March 2000, pp. 21-22.

"The Panorama Interview." A transcript of the BBC1 Panorama interview with the Princess of Wales, broadcast in November 1995. www.bbc.co.uk/news/special/politics97/diana/panorama.html

Postlethwaite, Diana. "Fiction in Review." *Yale University Review*, vol. 89, no. 2, April 2001, pp. 159-69.

Robbins, Bruce. "Cruelty is Bad: Banality and Proximity in *Never Let Me Go*." *Novel: A Forum on Fiction*, vol. 40, no. 3, Summer 2007, pp. 289-302.

Shaffer, Brian W. "A Review of *When We Were Orphans*." *World Literature Today*, Summer 2000, pp. 595-96.

Shang, Biwu. "The Maze of Shanghai Memory in Kazuo Ishiguro's *When We Were Orphans*." *CLCWeb: Comarative Literature and Culture*, vol. 19, no. 3, September 2017. docs.lib.purdue.edu/clcweb/vol19/iss3/7

Sim, Wai-chew. *Globalization and Dislocation in the Novels of Kazuo Ishiguro*. Edwin Mellen Press, 2006.

Stanton, Katherine. *Cosmopolitan Fictions: Ethics, Politics, and Global Change in the Fiction of Kazuo Ishiguro, Michael Ondaatje, Jamaica Kincaid, and J. M. Coetzee*. Routledge, 2006.

Wong, Cynthia F. *Kazuo Ishiguro*. 2nd ed. Northcote House, 2005.

——. "Like Idealism Is to the Intellect: An Interview with Kazuo Ishiguro." *Conversations with Kazuo Ishiguro*, edited by Brian W. Shaffer and Cynthia F. Wong, UP of Mississippi, 2008, pp. 174-88.

荘中孝之『カズオ・イシグロ――〈日本〉と〈イギリス〉の間から』春風社、二〇一一年。

武富利亜「イシグロの内なる世界」、「ユリイカ」第四十九巻第二十一号、二〇一七年十二月、六〇―六六頁。

橋本順光「英国における黄禍論と小説」『OUKA: Osaka University Knowledge Archive』二〇一二年。http://hdl.handle.net/11094/27394.

浜井祐三子「多民族・多文化国家イギリス」木畑洋一編著『現代世界とイギリス帝国』ミネルヴァ書房、二〇〇七年、六三―九三頁。

平井杏子『カズオ・イシグロ――境界のない世界』水声社、二〇一一年。

正木恒夫『植民地幻想――イギリス文学と非ヨーロッパ』みすず書房、一九九五年。

「愛は死を相殺することができる」のか

『忘れられた巨人』から『わたしを離さないで』を振り返る

長柄裕美

カズオ・イシグロの『わたしを離さないで』(*Never Let Me Go*, 2005)は、臓器提供を目的に育てられるクローンという現代的テーマを扱い、それを敢《あ》えて一人のクローンに語らせた問題作である。クローンを臓器移植に利用する社会のシステムと、クローンを養育する施設の教育システムによって二重に管理されながら、クローンたちが自らに課された運命を徐々に自覚していく成長のプロセスが、語り手キャシー・Hの回想を通して内側から描写されていく。多様な個性にもかかわらず、成長したクローンたちは一律に「介護人」として仲間の世話をし、やがて自分自身が「提供者」となって何度かの「提供」の末に「完了する」、すなわち死を迎えるとされる。この理不尽な運命を受け入れ、およそ三十年という短い生涯を懸命に生きる彼らの健気さと痛ましさに心打たれる一方で、怒りとも哀しみとも言いようのない複雑な読後感に圧倒される読者は多いことだろう。

この物語について、イシグロ自身が語った興味深い言葉がある。彼にとってこれは「元気の出る」、「前向きな」物語であり(Ishiguro, "Art of Fiction" 52; Wong and Crummett, 220)、「愛は死を相殺できるほど強力な力」になる（love is such a strong force that it can somehow cancel out death）という普遍的テーマの表現を目指したものだという（大野、九四）。こうしたポジティヴな言葉は、このディストピア小説に対して読者が抱く一般的な印象に一致するものだろうか。そうでないとすれば、この言葉に込められたイシグロの真意はどう解釈すべきか。そしてその考察を通して新たな作品解釈の可能性は開けるのか。本稿ではこうした素朴な問いから議論を起こしてみたい。

『わたしを離さないで』における愛と死のテーマ

この物語における「愛」について論じるとすれば、まず主人公キャシーと女友達ルース、男友達トミーという幼なじみ三人の複雑な三角関係を挙げねばならない。一見トミーを巡る女同士の争いのように映るが、キャシーとルースの仲も単純な友人関係を超えた同性愛的要素を含んでおり、ルースがトミーと恋人関係になるのは、キャシーをトミーに奪われることを恐れるがゆえの先手必勝の行動だったとも考えられる。自己中心的で依存性の強いルースに振り回されながら、キャシーもまた彼女との腐れ縁を断ち切ることができない。あたかも未熟で歪《ゆが》んだ男女関係の成り行きを見るかのようだ。

そして、全編を通じて表現される最も純粋な「愛」として、キャシーとトミーの関係がある。冒頭の低学年のころの回想では、仲間外れにされて癇癪《かんしゃく》を起こすトミーを、ただ一人心配して歩み寄るキャシーの姿が描写される。大切にしているポロシャツに泥の染みがつけばトミーが悲しむことを、彼自身より先に気づいて思いやるキャシーの言葉に、トミーも虚を突かれる（一七）。これ以後も、問題児トミーのことを絶えず気にかけ、感情的に寄り添い続けるのはキャシー一人である。そして、高学年になったトミーにとって最大の関心事は、ルーシー先生に言われた「教わっているようで、実は教わっていません」（told and not told、九八）という言葉であり、これをきっかけに、彼はヘールシャムという組織の秘密と、自分たちが何者であるかという謎の解明に没頭していく。そして彼がこの孤独な模索のプロセスを伝え、共有しようとするのは、やはりキャシーただ一人なのである。ルースの妨害にも関わらず、二人は互いに最大の理解者であり続ける。「完了」間近なルースが認めて謝罪するように、本来結ばれるべきはトミーとキャシーだったことは確かだろう。

この二人がようやく恋人同士になるのは、トミーが三度目の提供を終えた後、キャシーが彼の介護人となったときである。すでにトミーに残された時間は短く、「遅すぎる」という思いを振り払うように愛し合う二人は、ルースの遺言である「猶予」（deferral）の申請を決意する。コテージにいたころに初めて耳にしたこの噂は、「心から愛し合っている」ことを証明できるヘールシャム出身のカップルに、数年間の提供の「猶予」が認められることがあるらしいというものだ（一八四―一八五）。二人は、半信半疑ながら、最後の望みをかけてかつての施設関係者のもとを訪ねる。この「猶予」申請の試みに際して、トミーはヘールシャムでの慣習に関するある解釈を構築する。すなわち、施設での熱心な芸術教育の目的と、生徒の優れた「作品」が「展示館」と呼ばれる学外施設に運ばれる理由を説明しようとするものだ。トミーによれば、「作品」とは作り手の「魂を映し出す」ものであり、その検証によって愛情の真正度を見極め、「猶予」認定の「判断の手がかり」

とできるのだという（二一二）。結果的に、この解釈はエミリ先生によって、完全に否定されてしまう。噂は「実体のないお伽噺《とぎばなし》」であり、「作品」収集の目的は、クローンにも魂や心があることを社会に証明するためだったことが明らかになる（三一〇―三一二）。帰り道、トミーは絶望のあまり行き場のない怒りを爆発させるが、キャシーは彼の感情を全身で受け止め、二人は互いに強く抱き合う。そして、癇癪持ちだった幼いころのトミーについて「ひょっとして、心の奥底でもう知ってたんじゃないかと思って」と言うキャシーに、トミー自身「そうか、心のどこかで、おれはもう知ってたんだ。君らの誰も知らなかったことをな」（三三〇）と同意する。トミーが幼いころにすでに直感的に「知っていた」かもしれないこと、そして絶望の中で改めて確信したこととは一体何か。彼は、何を、どこまで「知っていた」のだろうか。

　この挫折の後、二人は再び平穏な日々を取り戻したように見えるが、まもなくトミーは介護人を変える決断をする。つまり、キャシーとの別離を決意するのである。その理由の一つは、提供者であるトミーと介護人であるキャシーの間の気持ちのすれ違いが意識され始めたことだ（「ルースならわかってくれたろう、提供者だったからな」、「キャス、君にはわからんこともあるんだ。提供者じゃないから」三三七）。二つ目の理由として、最期までキャシーの介護を望んだルースと違い、トミーは死を前に弱っていく酷《ひど》い姿をキャシーに見せたくないと考えたことが挙げられる（「君の目の前で変なことになりたくない」三三六）。この決定について、トミーは「流れ」の比喩を用いて説明する。

　　おれはな、よく川の中の二人を考える。どこかにある川で、すごく流れが速いんだ。で、その水の中に二人がいる。互いに相手にしがみついている。必死にしがみついてるんだけど、結局、流れ（current）が強すぎて、かなわん。最後は手を離して、別々に流される。おれたちって、それと同じだろ？　残念だよ、キャス。だって、おれたちは最初から――ずっと昔から――愛し合ってたんだから。けど、最後はな……永遠に一緒ってわけにはいかん。（三三八）

この「流れ」は「死」の隠喩とも解釈されるが（高村、一九二―一九三）、かつて友人三人の別離について述べたキャシーの次のような言葉に連動するものと考えられる。

あれほどしっかり結び合っていたわたしたちの人生が、あんな小さなことでばらばらにほどけ、違う方向に進みはじめるとは、あのとき思ってもみませんでした。
　きっと、強い潮の流れ（tides）が始まっていたのでしょう。それがわたしたちを押し流そうとしていました。つなぎ合っていた手が、あの出来事でついにもぎ離されたのだと思います。（二三八）

これらの表現をみるとき、「流れ」が〈別離〉の比喩として用いられ、しかも〈離さないで〉と「必死にしがみつく」者を、有無を言わさず引き離す力として語られていることがわかる。「流れ」に対して、人は受動的に身を任せるしかないことを強く印象づける表現だといえよう。それでも、キャシーとの別れは、トミーが己の尊厳を守るべく決断した主体的選択だったとポジティヴに捉えることは可能だろうか。それとも、この「流れ」はやはり個人の意志など及ばぬ、不可避で必然的な力と考えるべきなのか。そして、もし必然だとするなら、最後までキャシーの介護を受けたルースと、それを拒否したトミーの違いは何を意味するのだろうか。

『忘れられた巨人』における愛と死のテーマ

以上のような疑問をさらに掘り下げて考えるために、『忘れられた巨人』（*The Buried Giant*, 2015）における類似の表現を参照してみたい。『忘れられた巨人』は、六世紀ごろのイングランドを舞台に、記憶と忘却のテーマが展開する物語である。多くのイシグロ作品に見られるように、公の大きな物語と、私の小さな物語が、並行して語られる。大きな物語としては、ブリトン人とサクソン人という二つの民族をめぐる対立の歴史を背景に、アーサー王亡き後の束の間の平和と、記憶の奥底に蠢《うごめ》く民族間の憎悪が表現される。一方、一組の老夫婦の私的な物語として、絶えず互いを労《いた》わりあう深い愛情と、その影に潜む過去の裏切りの記憶が表現される。公私ともに、雌竜クエリグの吐く息によって人々の記憶が霞《かす》み、忘却を強いられるからこそ、現在の平穏がかろうじて保たれているとされる。本稿のテーマに沿って、ここでは後者の小さな物語に着目したい。

高齢の夫婦アクセルとベアトリスは、隣人たちとの折り合いの悪さを嫌い、息子の住む村への旅を決意する。物語は、老夫婦が双方の民族を代表する戦士たちと出会い、旅を共にすることから、公私の糸が絡《から》み合うように進んでいく。しかし、個人の物語として考えれば、彼らの旅とは〈死への旅路〉に他ならない。それを裏付けるように、旅の途中で、彼らの息子はすでに亡くなっていることが明らかになる。ベアトリスの体調不良を解決してくれる賢者に会うことを理由に寄り道をし、無関係とも思われる争いに巻き込まれた末に、衰弱しきった二人はようやく目的の島へ渡るための入江に到着する。ここで語られる渡しのルールが、『わたしを離さないで』の「猶予」の条件の反復であることは明らかだろう。つまり「一生を分かち合い、並外れた強い愛情で結ばれた男女」は、島でも二人一緒の生活を続けられる（三九七―三九八）というものだ。物語冒頭に登場する船頭の言葉によれば、船頭の役割は「二人一緒に島に住むことを許されるほど愛情の絆が強いかどうか」を判断するために、夫婦別々に「一番大切に思っている記憶」について質問することだという（五七―五八）。これは、「作品」を介して生徒の「内面」や「魂」を見抜き、「猶予」の条件である「愛」の真正度を測る根拠とするという、先のトミーの解釈と奇妙なほど似ている。船頭は、アクセルとベアトリスは「常になく強い愛情で結ばれた」夫婦なので、二人が「島で一緒に暮らすことを許されるのは、疑いのないところ」（三九八）だと応じるが、結末を待たずに物語が終わるため、これを確認することは叶わない。しかし「猶予」を巡るトミーの「理論」が完全な誤解であったように、この船頭の安請け合いもまた失望に終わることは想像に難《かた》くないのである[1]。これらの類似した条件付けは何を意味しているのだろうか。

　まず、渡し船に乗船できるのは「一度に一人」だとするルールに着目したい。物語の冒頭に現われる老女は、共に島に渡ることを綿密に計画してきたにもかかわらず、夫の後に続いて渡ることを船頭に拒否され、孤独な人生を余儀なくされた人物である（他にも、孤独な老女たちは繰り返し物語の中に登場する)。ベアトリスが一人渡ったところで物語は幕を閉じるが、残されたアクセルが老女と同じ境遇に陥ることは容易に予想されるだろう。そして、島での生活について、ベアトリスは次のように表現する。

そこは不思議な性質を持った場所で、そこへ渡る人は多いのに、誰にとっても住民は自分だけだというんです。つまり、隣人がいるはずなのに、見えないし、聞こえないと言うんです。
(三九七)

そして、船頭もまた「特別の時期や時間」には「島の住人が、自分以外の誰かが歩いているように感じることがあるそうです」と応じる。これは〈死後の世界〉を表現していると思われるが、前述の条件を満たす稀有な夫婦以外、誰もが永遠にこうした境遇を強いられることになる。一度に一人ずつしか島に渡れないこと、そして渡った後も、他者の姿も見えず、声も聞こえず、まれにその気配を感じるだけというこれらの言葉は、死が本質的に含む孤独を表している。人は生まれたときと同じように孤独に死ぬ。そして死後、別の死者と再会できるという考えは幻想にすぎないのである。

アクセルとベアトリスは、記憶の回復とともに否定的な過去が甦《よみがえ》ったとしても、それを乗り越えていけるだけの確かな愛を育んできたのかもしれない。その意味において、互いの努力によって、「愛」が過去の暗い記憶を「相殺する」ことは可能だといえるのかもしれない(アクセルが過去を許せるか否かは疑問なままに物語は幕を閉じるが）。クエリグが退治されたことによって、すべての人間が試されるのはその点だろう。大きな物語において、民族間の憎しみの記憶を、人々は努力によって乗り越えることができるのか、それを受け入れた上でこれまで通りの平和を維持していくだけの強さを備えているか、との問いかけがなされるのと同様だ。しかし、そのような強い愛情があったとしても、アクセルとベアトリスの夫婦が死を乗り越え、死後共に過ごせる保証はどこにもない。それどころか、物語の結末から私たちが想定するのは、死によって永遠に引き裂かれる二人の姿である。「愛は死を相殺できる」と簡単に言い難いのはこのためだ。

別のケースを取り上げてみよう。アクセルとベアトリスが川を渡ろうとして、船小屋の男性から籠を借りる場面がある。これは直接的に死者の島への渡しではないにもかかわらず、ここでも「一度に一人」の基本ルールが適用される。「二人一緒に乗れる大きな籠」を求めるアクセルに対して、男性はあくまで「一つの籠に一人」と主張する。そして「籠二つをつないで差し上げることはできますよ。そうすれば籠一つと変わりません」と言われ、やむなくそれに従うことになる。「離れ離れはいや」と繰り返すベアトリスに対してアクセルは、籠を二つ繋げば「腕を組んで行くのとかわらない」と説得するのである（二八九）。すでに二人とも体力が弱っており、死期が近づいている。ベアトリスは「あの人が何と言おうと、流れ（tide）で離れ離れになるかもしれない」（二九〇、傍点引用者）と不安がるが、これは突然の死によって永遠の別れとなることを予感する言葉だと読み取れるだろう。

途中、老婆の乗る舟に出会い、アクセルは老婆を覆い尽くすように湧いてくる「小妖精」

（pixies）と闘う。ベアトリスを自分に任せるように言う老婆の言葉を振り切り、「小妖精」に覆われつつあるベアトリスを救い出してようやく脱出するが、この場面が象徴するものは何か。「小妖精」は人の体を蝕《むしば》み、死に近づける不吉な力、あるいは死への苦しみを麻痺させる魔法と考えられ、それに覆われた老婆は、生と死の狭間をさまよう魔女のようにみえる。老婆は次のようにアクセルに説く。

「女を救える治療法などないことは、もう以前からわかっているのだろう？ どう堪える。女にはこのさき何が待つ。いずれ最愛の妻は苦しみにのたうち、あなたはそれを見ながら、やさしい言葉をかける以外に何もできない。女をわれらに任せなさい。苦しみを和《やわ》らげてあげよう。これまでも大勢にやってあげてきたように」（三〇〇）

ここで言う「女」とはベアトリス個人を指しているが、これは、トミーの「先週、腎臓がひどかっただろう？ これからは、ああいうことが多くなる」、「君の目の前で変なことになりたくない」（『わたしを離さないで』三三六）という言葉を想起させるものだ。トミーは、単にキャシーに自分の惨めな姿を見せたくないだけではない。死を前にして人の感情にできることなど何もないこと、すなわち「愛」の無力さを、すでに見越してしまったのではないだろうか。

前述の「籠」の例に見るように、人は死後の世界において孤独なだけではない。生きているこの世においても、人は「一つの籠」しか与えられていないのが現実だ。それを「結ぶ」ことによって、

「腕を組んで行くのとかわらない」と思いこむだけだ。トミーとキャシー、そしてアクセルとベアトリスという二組のカップルには、死を前にして、互いの愛を確信しているという共通性がある（「確信と言いましたね。愛し合っている確信がある。どうしてそうわかります。愛はそんなに簡単なものですか」、『わたしを離さないで』三〇三）。問題は、死を前にして、船頭の質問に対し、二人があたかも「一つの籠」にいたかのように回答できるかどうかである。

しかし、アクセルとベアトリスの夫婦に見るように、記憶は二人の絆を強固にするというより、しばしばその亀裂を露呈させる。唯一それを完全に一致させる方法は、過去のすべてを忘れ、たえず「今」という瞬間の一体感だけを確認しながら生きることだ。（「いるの、アクセル？」、「いるよ、お姫様」、『忘れられた巨人』四三）つまり、クエリグが吐く息による忘却＝過去の切断こそが、彼らの「愛」という錯覚を保証してくれていたことは間違いない。過去に遡《さかのぼ》っていけば、必ず認識にズレが生じる。記憶こそが個々人の存在証明なのだから当然だろう。つまり、人が一人ひとり違うように、過去の記憶の完全な共有自体、ありえないことなのである。

以上のように、過去の記憶が一体化するような絶対的な「愛」とは、それ自体大きな錯覚であることが改めて確認できる。老夫婦の物語は、そのことを象徴的に表現している。あるいは錯覚というものがいかに人間を救うか、というテーマに置き換えてもいいだろう。

トミーの知ったこと

改めて『わたしを離さないで』を振り返ってみるとき、トミーが幼いころから直感的に「知っていた」ことの実体が、さらに複雑な問題として浮かび上がってくる。癇癪持ちだったトミーは、何に対する怒りにかられて、地団太を踏んでいたのか。[2] 教育を受け、一歩一歩成長とともに癇癪を抑える術《すべ》を身につけた彼が、「猶予」の幻想から覚めたときに、「やっぱりそうだった」と再確認せざるを得なかったこととは何なのか――。

二つの物語が繋ぐメッセージは、きわめて本質的かつペシミスティックなものだ。なぜなら、死後の孤絶した世界へ向かって、人が与えられた時間（寿命）を生きる意味は何か、という問題に触れているからだ。また同時に、人の絆あるいは愛が、生の孤独を充たし、生きる意味を強化するためにどれほどの力を持ち得るかとの問いかけでもあるからだ。仲間外れにされる理由もわからず、周囲への怒りを爆発させ続けた幼いトミーは、こうした問いに潜む〈虚無〉を、直感的に感じ取っていたのかもしれない。その後、理性によって自らの存在を意味づけようとつき詰め、破壊的感情を抑えて、魂の結びつきとしての「愛」を信じようと努めた結果が、すべてを無意味化するあの絶望だったわけであり、トミーにとって、それは理性と忍耐の敗北を意味しただろう。寄って立つ論拠を失ったトミーは、抗《あらが》うことなく、残りの人生を運命に委ねようとする。それが、彼の一見主体的な決断であり、「流れ」の比喩が表すことだったのではないか。しがみつく意味を失い、力を弱めれば、人生はあっという間に虚無と孤絶の「流れ」に呑み込まれていく。なぜなら、彼らは「はじめから川の中にいる」（高村、一九三）のであり、「流れ」はかりそめの幻想が綻《ほころ》びる瞬間を待ち構えているからだ。クローンの物語であることは、カモフラージュにすぎない。トミーが知ったことは、すべての人間が共有する問題なのだ。▼3

介護人変更の意志を伝えた後で、トミーはキャシーの介護人としての仕事について次のように言う。「介護人にくたびれないか？［……］いいかげんにしてくれって思わないか。さっさと通知を送ってよこせって」。そして「いい介護人は重要」だと言うキャシーに対して、「いくら介護人がよくたって、提供者は提供して、いずれ使命を終える」と答える。さらに、「駆け回ってばかり」で「くたびれきって、いつも独りぼっち」のキャシーを案じて、当局に「なんでこんなに長いんだ」と文句を言ってやれと言う（三三七—三三八）。「流れ」の比喩はまさにこの直後に現れる。介護人としての仕事は、任務であると同時に、「提供」までの一種の時間的「猶予」でもあるが、結局最終的には「完了」に至るのであれば、それを引き延ばして何かを期待する意味などないと言っているように聞こえる。

トミー自身認めるように、彼が物事を探究する「知りたがり屋」であることは間違いない。これに対して、ルースは「信じたがり屋」（三四〇）であり、ここに二人の最期の選択の違いが説明されている。ルースは信じることを自ら望み、望み通り錯覚を信じたままで人生を「完了」する（ベアトリスもこれに近いだろう）。破綻したキャシーとの絆の回復を信じ、キャシーとトミーの「猶予」の実現によって、自らの罪滅ぼしができると信じたのである。夢想型のルースはさらに大きなもの、生きることや人と人との絆や愛がもつ意味をも信じていたのだろう。しかし、追求型のトミーはあらゆる意味で知りすぎてしまう。孤独に物事の〈意味〉を追求し続け、誰にも真似できない独自の「理論」に到達するのがトミーであるなら、自らが積み上げた「理論」の崩壊によって、誰より深く傷つくのもまた彼なのである。そして、トミーは、理論崩壊の先にあるものさえ透かし見てしまう。つまり、遠い昔に感じたあの怒りの対象、人生そのものが本質的に孕《はら》む〈虚無〉だ。「猶予」が幻想にすぎないことを知ったときのトミーとキャシーの反応の違い——絶叫するトミーと冷静なキャシー——は、そこにあるのではないか。キャシーが感じたのはクローンとしての運命の剝き出しの実体と、「猶予」という最後の「幻想」が崩れたことへの強い落胆であり、トミーがその先に見通した生そのものへの絶望とは必ずしも一致しない。追求型というより、マダムにならって「読心術師」(mind-reader、三二四)と呼ぶのがふさわしいキャシーは、絶えずトミーに寄り添い、その心を読み取ろうとするが、絶叫するトミーを全身で抱き留めたとき、キャシーが(そして読者が)期待するように、二人が同じ感情を共有していたかどうかは疑わしいのである。

深淵を直視する勇気——トミーへの挽歌

イシグロのノーベル文学賞の受賞理由として、スウェーデン・アカデミーは以下のように説明した。カズオ・イシグロは「強く感情に訴える力を持つ小説群によって、世界とつながっているという私たちの幻想の下に潜む深淵(the abyss beneath our illusory sense of connection with the world)を暴き出した」と。三村尚央は『わたしたちが孤児だったころ』（*When We Were Orphans*, 2000）に関する論考の中で、「暴かれた深淵を直視し続けることは我々には耐えられない」（三村、一七七）としつつ、「我々が生き続けるために必要なのは、合理的で理性的な見方を徹底することだけではなく、時にはそこを幻想で少しずつふさいで足場を作っていくことだ」（一八四）と指摘している。確かに、バンクスのみならず、『遠い山なみの光』の悦子や『日の名残り』のスティーブンスをはじめ、イシグロ作品の多くの主要人物たちは、それぞれ取り返しのつかない人生の「深淵」を垣間見ている。そしてこの恐ろしい現実の淵から目を背け、安全な「幻想」の橋を架けるための手段が、ある時は「嘘」であり、「記憶の歪曲」や「忘却」であり、また「子供時代への執着」であったことは間違いないだろう。このことは、感情とノスタルジアの関係を、理性と理想主義の関係に重ねつつ、ノスタルジアとは「理想主義の感情的等価物」（a kind of emotional equivalent to idealism）だと述べたイシグロの認識に通じるものだ。（Shaffer, 166-167; Wong, 184）イシグロは、ノスタルジアをはじめとする「幻想」が、理想主義と同様、ときに「破壊的な力」を持ちうる危険性を認めた上で、あくまでその「建設的な力」を信じることの意義を描き続けてきたように思われる。

この「深淵」と「幻想」を『わたしを離さないで』に当てはめるとするなら、「深淵」が意味するものとしては、ヘールシャムをめぐる理不尽な社会的現実や、子供たちに課された運命の実体、さらにはトミーが最終的に見通してしまった人生の闇があるだろう。そして「幻想」の系譜に並ぶものとして、例えばキャシーが大切に守る子供時代の記憶や、ルースが信じた「猶予」の噂、そしてその根拠としての人と人との絆あるいは「愛」への信頼があったといえるだろう。

以上のような対比の中に置いてみると、主要登場人物のなかで、おそらくトミーだけが自らの人生の「深淵」から目を背けることをしていない。ルーシー先生の言葉をきっかけに、彼なりの知性でもって「合理的で理性的な見方を徹底」しつつ、一歩一歩、懸命にその淵を探っていくのだ。そして、探究の末に自ら二つの「理論」(ヘールシャムの教育システム理論〔一〇〇〕、及び展示館理論〔二一二〕)を打ち立て、目の前の現実の構造を説明する合理的〈意味〉を見出そうとする。一方、仲間から大きく遅れながらも、自らの「魂」を表現する「作品」の制作に取り組み、表現活動本来の喜びにも目覚めていくのである(二二八)。しかし、こうした愚直なとりくみの末に直面するのが、自らが描く機械仕掛けの「動物」(二二六)同様に緻密で繊細な〈意味〉の構築物を、「幻想」として無意味化してしまう結末である。それは、彼が「深淵」の底にある絶望、人生の〈虚無〉を再認識する瞬間だったと言っていいだろう。しかし、それでもなおトミーが、現実を隠すことによって「子供時代」を保護したエミリ先生(三二一)より、その現実を伝え、子供たちの「意識を高めるべきだ」(三二〇)と考えたルーシー先生のほうが「正しい」と述べる(三二七)ように、「深淵」を見つめ続けた末に至ったこの結末について、彼は後悔していないだろう。トミーこそ、人生の無意味さをすべて承知し、納得した上で任務を「完了」したクローンだったと言えるのではないだろうか。『わたしを離さないで』は、「深淵」を見極めるトミーと「幻想」に生きるルースという対照的な人物の間にあって、「読心術師」キャシーが、双方の心を読み解きつつ、この二極の関係性を繋ぎ留めていく物語である。彼女が語り手としてふさわしい人物であることは間違いないだろう。

「猶予」と日常性

ここで、『わたしを離さないで』における「猶予」の意味について、改めて考えてみたい。トミーの「提供」もキャシーの「介護人」としての仕事も中断し、数年間二人きりの生活が保障されるという「猶予」は、二人の愛ある人生の引き伸ばしとしては魅力的だ。しかし、たとえ奇跡的に認可されたとしても「猶予」はあくまで「猶予」であり、一時的な停止期間が終わればすべては予定通り再開し、いずれ「完了」へ向かうという現実が変わるわけではない（しかもその先にあるのは、ベアトリスが死より恐れる死後の孤絶である）。それでもなお、若くして死ぬことが明白な彼らだからこそ、この数年の「猶予」がもつ意味は大きい。「流れ」の中で互いの腕を繋ぎ合うように、無理を承知で〈離さないで〉と人生にしがみつく彼らの行動を、誰が否定できるだろうか。

人生は孤絶した死後の世界へと向かう孤独な過程に過ぎず、人はその現実から目を背けるために、あらゆる「幻想」を信じようとする。▼4「幻想」は、意図的な逃避によるものもあれば、単なる蒙昧さや無力さ、人間の視野の限界が引き起こすものもあるだろう。いずれにしても、恐ろしい「深淵」との直面からの一時的免除、その先延ばしという意味において、こうした「幻想」は人生のある種の「猶予」であると考えることができる。キャシーたちにとって、保護官たちの「嘘」に守られたヘールシャムでの「子供時代」も、無為に過ごしたコテージでの成熟への準備期間も、実はすでに人生の「猶予」だったのではないか。そして極言すれば、生まれてから死ぬまで、絆や生きがいにささやかな喜びを見出しつつ過ごす人間の何気ない日常すべてが、人生の「深淵」を迂回する大きな「猶予」であるといえるのではないだろうか。

以上のように、『わたしを離さないで』は、クローンの物語にカモフラージュしながら、人間誰もが心の奥底で実は「知っていた」問題を表現している。M・ジョン・ハリソン（M. John Harrison）は、キャシーたち三人の運命を知ったとき、読者は「自分でも理解できない、どう活かしたらいいのかまったくわからないようなエネルギーでいっぱいになるのを感じるだろう」という。そして、セックス、ドラッグ、マラソン、ダンスなど何でもいいから「自分が登場人物の誰より活発で、決然としていて、意識的で、危険だと確信できる」ことをしたくなると述べている。これは、今生きていることを再確認し、肯定しようとする衝動とも理解でき、冒頭で述べたイシグロ自身の言葉を想起させるものである。さらにハリソンは、この物語は「人生が思ったほどどましなものでなかったなどという未熟で腹立たしい、身勝手な感情のために、私たちが爆発したりしないわけ、ある朝目覚めるなり泣きわめきながら通りを駆け抜け、手当たり次第にあらゆるものを粉々に蹴り散らかすなんてことをしないわけ」（傍点引用者）について書かれているとも述べている。トミーが幼いころに直感的に嗅ぎ取ったあの破壊的感覚を彷彿とさせつつも、この重ねられた否定には、人という存在の絶望的虚無を見据えた上での、人生に対する真摯で前向きな姿勢、だからこそ与えられた日々を無駄にせず全力で生きることが大切なのだという静かな覚悟を読み取ることができる。言葉にすれば陳腐に響くこのメッセージは、多くの読者にとって実感といえるものかもしれない。

イシグロの多くの物語は、外見上の特殊性の影に、すべての人間が共有する普遍的テーマを隠している。クエリグがいなくても人は本来忘却するものであり、それによって救われてもいる。そしてクローンでなくても、人の寿命が理不尽に限定されているのは誰にとっても自明なことだ。さらに遡れば、人は執事のように視野が狭く、孤児のように何の支えもなく不安に生きるものだ。ヴァージニア・ウルフ（Virginia Woolf）は、日常性にはびこる「綿」（cotton wool）が生の真実を曇らせ、見えなくしていると述べたが（Woolf, 70）、イシグロの作品は、あらゆる突飛な設定を用いつつ、思いがけない視点から日常性の中に埋もれた生の真実を再認識させてくれる「存在の瞬間」（moments of being）に満ちている。そして、避けることのできない人生の「深淵」を炙《あぶ》り出すとともに、それを直視できずに「幻想」へ逃げ込む人間の弱さ、無力さをも否定することなく描き切る。その上で、人が信じる理想主義、絆や愛といったそれでも生きていく力の意味を、啓示のように浮かび上がらせるのである。そして、それこそ、冒頭に紹介したあのポジティヴな言葉に込められた意味だったのではないだろうか。人間の死と孤絶という現実は、「愛」によって「相殺できる」ものではないだろう。しかし、逆に言えば、その「深淵」を前にしてこそ、「愛」という「幻想」はなおさら現実的な生への力を持つのである。

『忘れられた巨人』は、『わたしを離さないで』の十年後に出版された作品である。この十年という時間を経て同質のテーマが引き継がれたという本稿の前提には無理があるかもしれない。しかし、大人になって知る人生の核心を幼いトミーが直感していたように、後に『忘れられた巨人』で再確認されることになるテーマの原型が、『わたしを離さないで』の中にすでに埋め込まれていたと考えることは不可能ではないだろう。モチーフの反復は、それを伝える作家のメッセージであるように思える。

註

▼1　イシグロが影響を受けたと認める作品にシャーロット・ブロンテ（Charlotte Brontë）の『ヴィレット』（*Villette*, 1853）があるが、これは、語り手ルーシー・スノウ（Lucy Snowe）が、激しい嵐の中を船で帰還する恋人を待つところで閉じられるオープン・エンディングの物語であり、『忘れられた巨人』との類似性が認められる。最終章は船頭の視点で語られるが、ブロンテなら結末をこう表現したかもしれない。「そう思いたい読者には、この老夫婦の島での幸せな日々を心に描かせておこう」と。

▼2　高村峰生は、トミーの癇癪が「単に仲間に向けられたものではなく、クローンという不条理な存在そのものへの怒りに深く根ざしている」（一九四）と指摘する。

▼3　ジェイムズ・ウッド（James Wood）は、この作品の真骨頂は、読者にクローンたちの人生の無意味さを考えさせることによって、結果的に読者自身の人生の無意味さに気づかせてしまうことにあると述べ（38）、さらに、読者はクローンと自分たちとの違いに恐怖しつつ読み始め、自分たちとの類似性について考え込みつつ読み終えると指摘する（39）。

▼4　ワイ＝チュウ・シム（Wai-chew Sim）は、「もっとも固有な、関連性を欠いた、追いこすことのできない可能性」（ハイデガー、一三五―一三六）というマルティン・ハイデガー（Martin Heidegger）による「死」の定義を引用しつつ、『わたしを離さないで』が、死という避けられない運命を読者の眼前につきつけ、その事実を「否定し、抑圧し、無視しようとするあらゆる手段を打ち砕く」作品だと指摘する（Sim, 82）。

参考文献

Beedham, Matthew. *The Novels of Kazuo Ishiguro*. Palgrave Macmillan, 2010.

Harrison, M. John. "Clone alone." *The Guardian*. 26 Feb. 2005. https://www.theguardian.com/books/2005/Feb/26/bookerprize2005. Accessed 21 Dec. 2017.

Ishiguro, Kazuo. *Never Let Me Go*. Faber and Faber, 2005.

——————. *The Buried Giant*. Faber and Faber, 2015.

——————. "Kazuo Ishiguro: The Art of Fiction No. 196." *The Paris Review*, no. 184, Spring 2008, pp. 23-54.

Shaffer, Brian W. "An Interview with Kazuo Ishiguro." Shaffer and Wong, pp. 161-73.

Shaffer, Brian W., and Cynthia F. Wong, editors. *Conversation with Kazuo Ishiguro*. UP of Mississippi, 2008.

Sim, Wai-chew. *Kazuo Ishiguro*. Routledge, 2010.

Wong, Cynthia F. "Like Idealism Is to the Intellect: An Interview with Kazuo Ishiguro." Shaffer and Wong, pp. 174-88.

Wong, Cynthia F., and Grace Crummett. "A Conversation about Life and Art with Kazuo Ishiguro." Shaffer and Wong, pp. 204-20.

Wood, James. "The Human Difference." *The New Republic*. 16 May 2005, pp. 36-39. http://web.b.ebscohost.com/ehost/pdfviewer/pdfviewer?vid=4&sid=81e890a7-ed4d-4dab-a155-bc1de90af164%40sessionmgr104. Accessed 10 Mar. 2018.

Woolf, Virginia. "A Sketch of the Past." *Moments of Being*. Hogarth, 1985, pp. 61-159.

大野和基「インタビュー：カズオ・イシグロ『わたしを離さないで』そして村上春樹のこと」、「文學界」第六十巻第八号、二〇〇六年八月、一三〇—四六頁。Kazumoto Ohno. "Love can cancel out death: An interview with Kazuo Ishiguro for "Never Let Me Go."" *The Japan Times News Digest*, vol. 69, Nov. 2017, pp. 94-107.

高村峰生「水につなぎ留められた反響——カズオ・イシグロ『わたしを離さないで』における記憶の揺曳」

「ユリイカ」一八六―九六頁。

ハイデガー『存在と時間（三）』熊野純彦訳、岩波書店、二〇一三年。

三村尚央「より良きノスタルジアのために――カズオ・イシグロ『わたしたちが孤児だったころ』」、「ユリイカ」一七七―八五頁。

「ユリイカ　特集カズオ・イシグロの世界」第四十九巻第二十一号、青土社、二〇一七年十二月。

『夜想曲集』における透明な言語

荘中孝之

イシグロの短編集『夜想曲集』(*Nocturnes*, 2009)には、あまりにも自然で見過ごされてしまいがちな、ある不自然な点がある。それは登場人物たちが話している言葉についてである。そこでは英語の母語話者であるかそうでないかに関わらず、ほぼすべての会話や語りが、何ら但《ただ》し書《がき》もなく自然な英語で表現されている。もちろんイギリス人作家であるイシグロが書いたものであるのだから、全編英語で記述されるのは当然のことである。しかしそれは作品の主題などとは関係のない、取るに足らぬことと看過すべきなのだろうか。それともそこにイシグロのこれまでの作品と比べて、何らかの重大な意味や変化を読み取ることはできるのだろうか。

本論では登場人物たちの関係性、文化的表象などの点から、この作品における言語の問題を、他作品と比較しつつ論じていきたい。

かき消された透明な言語

五つの物語からなるこの短編集の最終話、「チェリスト」（“Cellists”）に次のような場面がある。イタリアのどことも知れぬ街の広場で、観光客相手にサックスを演奏する語り手の「私」が、以前ほんの束の間ではあるが、親交のあったチェリストの青年を見つけて、演奏途中にバンドの仲間と言葉を交わす。

私は釈明代わりにティボールを指差した。いま、パラソルの下でコーヒーを掻き回している。だが、フェビアンはなかなか思い出せないようだった。誰だ［……］。最後にようやく「そうか」と言った。「チェロの小僧か。あのアメリカ人の女とまだいるのかな」「そんなはずはない」と私は言った。「忘れたのか。あのとき、すべて終わったじゃないか」（二六二）

ここでは物語の脇役でしかない「私」や、「フェビアン」という人物の詳細が明らかにされているわけではないが、その会話やそれ以外の語りはすべて、少なくともこの作品を読む我々読者にとっては、何ら違和感のない英語で表現されている。このあと語り手は、ティボールというその青年と知り合った七年前の夏のことを回想する。

ティボールは近くにすわり、チェロケースが直射日光を受けないよう、絶えず立ち上がっては置き場所を変えていた。

「見ろ」とジャンカルロが言った。「音楽学校のロシア人学生ってとこかな。貧乏ですることがない。で、暇つぶしにどうする？　大広場で乏しい金の無駄遣いだ」

「間違いなくばかだな」とエルネストが言った。「が、ロマンチストのばかだ。午後いっぱい広場にいられたら飢え死にしても幸せだってよ」　（二六四―二六五）

ここでも「ジャンカルロ」や「エルネスト」と名付けられた、マイナーな登場人物たちの出自などが述べられているわけではない。しかしイタリアのアドリア海に面した、とある町の広場で演奏するミュージシャンの彼らが、もともと仲間同士でこのように自然な英語で話していたのだろうか。そこでは彼らについてだけではなくその会話が、例えば「イタリア語で」なされたといった但し書も一切ないので、これらの登場人物たちが英語のネイティヴスピーカーであるのかそうでないのか、あるいは彼らの会話がもともと英語でなされたのか、それともほかの言葉によるものなのかは判然としない。

しかし第一話の「老歌手」（“Crooner”）には、それらの疑問に対するヒントが隠されている。最終話と同じくイタリアに舞台が設定された、しかもこちらでは「ベネチア」とさらに場所が特定されているこの作品では、街の有名なサンマルコ広場でギターを演奏する語り手が、自分の生まれやほかのバンド仲間について次のように述べる。

まあ、私がベネチア生まれでない（どころか、イタリア人でもない）というちょっとした事情もある。アルトサックスを吹くあの大男のチェコ人も同じだ。どちらもミュージシャン仲間に好かれ、必要ともされているが、演奏者名簿に名前を載せるにはいささか支障がある。カフェの支配人は顔を合わせるたびに、演奏だけして口を開くな、と言う。口を閉じていれば、外国人であることがわからない。スーツを着て、サングラスをかけ、髪を後ろになでつけろ。これで観光客には違いがわからん。とにかく、人前でしゃべるな［……］。（一二―一三）

先ほどの最終話でのミュージシャン同士の会話は、自然な直接話法の英語で再現されていたが、こちらでもカフェのマネージャーたちの言葉が、間接話法ではあるものの、同じく自然な英語で記されている。そしてこの広場で演奏するミュージシャンは、ベネチア生まれのイタリア人であらねばならず、そうでなければ口を閉じて、しゃべってはいけないのだと語る「私」は、旧共産圏の出身という設定になっているのだ。

つまり最終話でのミュージシャンたちの会話は、やはりイタリア語でなされたと考えるのが妥当であり、この第一話でのカフェのマネージャーたちの言葉も、もともとは当然イタリア語で発話されたはずである。これらの物語では、イタリア語という言語は透明なものとなり、英語に取って代わられている。何の断り書きもなく自然な英語で再現されたこの言葉は、ある意味でその存在を抹消されていると言えるだろう。そしておそらくはこの第一話自体が、物語の語り手である「私」の母語でなされた可能性が高い。のちに分かるように、彼はアメリカ人と流暢に英語で会話できる言語能力を持っている。しかしだからと言って、彼がもともとすべて英語でこの物語を語っていると断定することもできない。「ヤネク」と名付けられたこの語り手の母国が正確にどこなのかを、物語の叙述から特定することはできないし、彼が誰に向けてこの物語を語っているのかも明らかではない。だが、もしこの話が語り手の母語である旧共産圏のいずれかの言葉で述べられているとすれば、その言葉もやはりある意味で透明なものとなり、その存在をかき消されてしまっていると言えるのではないだろうか。

英語という優勢な言語

その第一話冒頭で、語り手のヤネクはバンドの演奏途中にトニー・ガードナーという往年のアメリカ人歌手を見つけ、演奏終了後、自分が彼の崇拝者であり、自分の母も彼の熱烈なファンであったと興奮して話しかける。そして彼はガードナーから思いもよらぬ誘いを受ける。それは彼自身が妻のリンディのためにゴンドラから歌を歌いたいと思っており、ヤネクにその伴奏をしてほしいというものである。

「君にひとつ聞いてもらいたいことがあるんだがな。不躾《ぶしつけ》は承知で話すから、もし意に染まなかったら遠慮なく嫌と言ってくれ」そして身を乗り出し、声を低くした。

「……」

「光栄です、ガードナーさん。さきほどもお話ししたとおり、私にとってあなたは特別な人ですから。で、いつをお考えですか」（二二一—二二四）

これらの会話は、のちにこの計画の実行中、雇われたゴンドラの船頭ビットーリオが語り手の言葉に対し、「英語があまりできないビットーリオも私の言ったことがわかったらしく、小さな笑い声を立てた」（二一八）と反応することからも明らかなように、ほとんど当然のことながらすべて英語でなされている。

また第三話の「モールバンヒルズ」（"Malvern Hills"）でも、他言語に対して英語は優位に立っている。この物語の語り手は、ミュージシャン志望のイギリス人青年という設定になっている。彼はある夏、この地でカフェを営む姉夫婦のところに居候し、時折店を手伝うことになる。そこへ初老の夫婦がカフェを訪れる。スイス人であるという二人は、お互いの間ではドイツ語で話し、語り手やその姉とは、訛《なま》りがあるとはいうものの流暢な英語で会話をする。

妻に笑いかけ、英語で（たぶんぼくらへの配慮だろう）こう言った。「ゾーニャ、おまえも見てごらん。そこの小道を行き止まりまで歩けばいい」

妻はドイツ語で何か言い、また本に戻った。夫はさらに数歩店内に歩み入って、ぼくらにこう言った。

「午後は車でウェールズまで行くつもりでしたが、モールバンヒルズはほんとうにいい。……」（一四四―一四五）

もちろんここでも、スイスからイギリスへ観光にやってきた者が、地元の人たちと英語で会話をするのは、あまりにも当然のことのように思われる。しかしそのような事態が頻出すると、われわれ読者のなかには、英語に対する妙な違和感とでもいった感覚を覚える者もいるかもしれない。

先に取り上げた最終話の「チェリスト」でもやはり、他言語は英語に対して従属的な位置に置かれている。若い音楽家志望の青年ティボールは、そのイタリアの街でエロイーズ・マコーマックという謎めいた女性と出会い、彼女からチェロの指導を受けることになる。エロイーズは手本を示すために自ら楽器を演奏することは一切なく、ただ抽象的な言葉だけでティボールを導いていこうとする。しかし次第にティボールはそのような女の指導法に疑問を抱くようになり、あるとき彼女に対して次のように反論する。

女はいつものように大きな窓の前にすわり、ティボールに横顔を向けたまま、首を横に振った。「わたしたちのようには聞こえませんね」と言った。「ほかの部分はよかった。ほかはちょうどわたしたちみたい。でも、その部分だけが……」そして少し身震いをした。

「もう少しはっきりお願いできませんか。『わたしたちのようではない』とはどういう意味で

しょうか」　（二八六―二八七）

ここではハンガリー人青年がイタリアで、アメリカ人女性と英語で意思疎通を図っているのである。先に示したイタリア語という言語を透明なものとして消し去ってしまう英語の叙述や、ここで提示したこれら三つの例は、グローバルな言葉としての英語の言語帝国主義的状況を、まったく自然に表している。それはデイヴィッド・クリスタル（David Crystal）がその著、『地球語としての英語』（*English as a Global Language*, 1997）の第一章「なぜ地球語か」のなかで、「地球言語はどのような危険性をもつか？」と見出しを付け、次のように警鐘を鳴らしている事態と、ほぼ同一のものであるだろう。

現地のだれもが英語をしゃべると思いこみ、そうでないのは現地の人のせいだと決めつける典型そのものの英米人観光客のことはよく見聞きするが、これこそは言語上の無気力の明らかな証拠である。外国人のウェイターに対し、「おれの口びるの動きをよく見るんだ」式の声を荒げてお茶の注文を繰り返すイギリス人観光客の類型化したイメージは、あまりにも現実味があって、つい心穏やかではありえない。　（二六）

イシグロはこのような地球語としての英語の危険性と、英語を母語とする者の傲慢に、どの程度意識的であるのだろうか。また作者本人の意図と離れて見た場合、『夜想曲集』というこの作品は、そうした問題とどのような関係を持つのだろうか。

イシグロと二つの言語

最初期に書かれたイシグロの三つの短編、「奇妙な折々の悲しみ」(“A Strange and Sometimes Sadness”, 1980)、「ある家族の夕餉」(“A Family Supper”, 1980)、「戦争のすんだ夏」(“Summer after the War”, 1983)、そして長編第一作の『遠い山なみの光』(*A Pale View of Hills*, 1982)と第二作『浮世の画家』(*An Artist of the Floating World*, 1986)はすべて日本が舞台、あるいはおもな舞台となっており、登場人物もほとんど日本人であった。それらの作品では、登場人物たちが日本語を話していることは、ほとんど自明とされていたはずである。そして彼らが話している日本語を英訳したような、その省略の多い迂言的な独特の英語表現によって、イシグロの作品が評価されている部分も大きかった。これに関して作者本人は次のように述べている。

私は英語で書いていましたので、テクストは英語だったわけですが、表向きは日本語で話している日本人の語り手を生み出さなければなりませんでした。ですから私は一種の字幕言語のようなもの、ほとんどそれが翻訳であることを示すようなものを、生み出さなければならなかったのです。私はたくさんの口語的な英語表現を使う日本人の語り手を登場させることはできませんでした。私は英語を通して、特に会話のシーンでは、読者が実際に日本語を読んでいるような印象を与える必要があったのです。私が賞賛されたのは、ある程度このトーンによるところがありました。

(Guignery, 51)

このようにイシグロは、その初期においてはかなり意識的に、自分の生まれた国である日本の言葉を英語で表現することに注意を払っていたのである。

そもそもイシグロと日本語との関係には微妙なものがある。周知のように彼は日本人の両親のもと、長崎に生まれて五歳までそこで暮らし、その後イギリスに渡った。それからもしばらくは、故郷に住む祖父母から日本の子供向け雑誌が送られてくるなどしていたようであるし、家庭内では家族と日本語で話していた。しかし自分自身「私は日本語で書くことができません。――私は日本語で読み書きができないということをはっきりさせておくべきでしょう。――ですから私はおそらくほかのどの言語よりも、英語のほうに親しみを感じるのです」(Guignery, 55)と言うように、もはや彼にとって日本語は母語と呼べるような存在ではない。その言わば近くて遠い存在の日本語を、何とか英語に定着させようとしたのが、彼の初期の作品ではなかっただろうか。そこにはこれら二つの言語間の、何らかの緊張関係があったはずである。その点でイシグロは、「西洋出身者として初めての現代日本文学作家」と称されるリービ英雄とは対照的である。大江健三郎がこの異色の日本語作家との対談で、次のように述べている。「日本語と英語のあいだで引き裂かれているというとらえ方。英語を日本語に転換しえない状態での、精神のあり方を言葉にしてみようとする。あるいは翻訳不能な言葉の場所で、かえって言葉について深く、人間についても深く考え始める。そんな思考方法が、あなたの小説の骨格をなしているように思います」（リービ、一五六）。初期のイシグロは、この「日本語と英語のあいだ」という領域で、リービとは全く逆の立場から創作していたと言えるだろう。

しかし長編三作目以降、自身のなかの「日本」を意識的に離れていったイシグロは、その言語間の緊張関係といったものを失ってしまったのではないだろうか。そこには一九九〇年代以降急速に発展してきたインターネットの影響などもあるだろう。しかし三作目の『日の名残り』（*The Remains of the Day*, 1989）によって、イシグロがイギリス文壇最高の栄誉とされるブッカー賞を受賞し、それ以降新作を発表するたびに、プロモーション活動のために世界中を旅してまわるという状況になったことには、より重大な影響が認められるかもしれない。そこで彼は自作の朗読をしたり、インタヴューを受けたり、講演をしたりするのであるが、それらはもちろんすべて英語でなされる。世界中どこに行っても、周りの者がつねに自分にあわせて英語で応対してくれるわけである。そうした経験を通じてほとんど無意識的に、イシグロが徐々に英語中心的な状況に無感覚になっていったと考えるのも、あながち的外れではないだろう。

もっともそうした自身のプロモーション活動を通じて、イシグロは次第に世界中の読者を意識するようになり、自作がさまざまな言語に翻訳されるのを考えるようになったということである。そして彼は他言語に翻訳するのが困難な英語独特の表現や、一部の英語話者だけが理解しうるような内容は極力避けるようになったらしい。そのことをイシグロはノルウェー人を例に取り、次のように述べる。

ノルウェーの人たちが理解できないであろうようなことはいっぱいあります。例えば彼らは英語のだじゃれを理解しないでしょう。それらは翻訳されると消えてしまうのです。ですから大いに言葉遊びや言語の優れた使用に依拠した言葉に対しては、たとえそれが英語では楽しく素晴らしいものであったとしても、ふいにこう考えるわけです。「うーん、それってノルウェーではまったく何にもならないだろうな」。(Guignery, 53)

この言葉は一見、世界中の読者や翻訳家に配慮した、賢明な判断のように思われる。しかしそもそも一つの言語をあるほかの言語に完全に移し替えるのは不可能なことである。そして何よりもイシグロは英語で書いた自分の作品が、ほかの言語に訳されることを前提としている。それはごく一部の例外を除いて、ほとんど英語圏の作家だけに許された特権的な事態であり、その考え自体がまた、イシグロの英語中心的な世界観を露呈してしまっている。

このインタヴューのなかでイシグロは、例えばノルウェー人作家がより多くの読者を獲得するためには、自作が英語に訳されることを考えねばならないと語る。確かにそれは事実ではあるが、イシグロはその現状をただ受動的に追認してしまっているだけのようにも思われる。このような感覚こそ、『日本語が亡びるとき――英語の世紀の中で』(二〇〇八)において、水村美苗が英語で書く作家が陥りやすい状態として、指摘していたものではないだろうか。

たとえば、どうやってかれらは知ることができるでしょう。どのような文学が英語に翻訳されるかというとき、主題からいっても、言葉の使い方からいっても、英語に翻訳されやすいものが自然に選ばれてしまうということを。すなわち、英語の世界観を強化するようなものばかりが、知らず知らずのうちに英語に翻訳されてしまうということを。どうやってかれらは知ることができるでしょう。かくしてそこには永続する、円環構造をした、世界の解釈法ができてしまっているということ――世界を解釈するにあたって、英語という言葉でもって理解できる〈真実〉のみが、唯一の〈真実〉となってしまっているということを。そして、そのなかには、英語で理解しやすい異国趣味などというものまで入りこんでしまっているということを。どうやってかれらは知ることができるでしょう。（八八）

やはりイシグロ自身も、そしてこの『夜想曲集』という作品も、水村が指摘する陥穽にはまり込んでしまっているのではないだろうか。

英語とアメリカ文化

この短編集はその副題に「音楽と夕暮れをめぐる五つの物語」とあるように、すべての作品が何らかの形で音楽に関係している。それらの物語は、レオ・ロブソン（Leo Robson）などが指摘しているように、特定の楽曲や音楽の形式からインスピレーションを得たものではなく、架空のミュージシャンや音楽愛好家たちを設定し、彼らの人生の悲哀を描くというものである。そこではそうした虚構の登場人物と混じって、実在するミュージシャンや曲、その他さまざまな固有名詞が頻出する。第一話の「老歌手」だけを見ても、「ジョー・パス」、「ジュリー・アンドリューズ」、「ゴッドファーザー」、「ウォーレン・ベイティー」、「キッシンジャー」、「ミルウォーキー」、「マディソン」、「ミネソタ」、「カリフォルニア」、「ハリウッド」、「ロサンゼルス」、「ハーバード」、「イェール」、「シナトラ」、「グレン・キャンベル」、「ディーン・マーチン」、「ブランド」、「ビング・クロスビー」、「チェット・ベイカー」、「ラスベガス」、「フェニックス」、「アルバカーキ」、「オクラホマ」と、原作にしてわずか三十ページほどのこの短編の中に、夥《おびただ》しいと言えるほどの数の固有名詞が現れる。もっとも舞台は「ベネチア」と設定されているので、「サンマルコ広場」や「プラダ」などのイタリアの場所やブランド名も見られるし、その他「ジャンゴ・ラインハルト」といったフランスのジャズギタリストまでも言及されるが、そのほとんどがアメリカの地名やミュージシャンの名前である。もっともこの物語は、トニー・ガードナーという架空のアメリカ人歌手を中心に据えているのだから、このように彼の言葉の端々にその国の固有名が現れるのは当然のことである。あるいは大衆音楽における圧倒的なアメリカの存在感を考えれば、それは必然的なことではあるだろう。

しかし旧共産圏出身の語り手ヤネクの母親は、ガードナーの熱烈なファンであり、ヤネク自身も彼の崇拝者である。この設定自体がそもそも非常にアメリカ中心のものである。そしてチュウ＝チャウ・チェン（Chu-chueh Cheng）がその論考「『夜想曲集』における見せかけの宇宙」（"Cosmos of Similitude in *Nocturnes*"）においていみじくも指摘するように、アメリカ文化はすべての人が認識できる、共通の基盤となっている。サンマルコ広場で観光客相手にギターを演奏するヤネクが次のように語る。

サンマルコ広場に最新のヒットソングを期待する人はいないとしても、誰でも何度かに一度くらいは自分の知っている曲を聞きたいはずだ――昔懐かしいジュリー・アンドリューズとか、ヒットした映画のテーマ曲とか。昨年夏のある午後、私はカフェからカフェに移動しながら、一日に九回も《ゴッドファーザー》の愛のテーマを演奏した。（一三）

彼らはそこに流行の音楽ではなく、何かイタリア的なものを求めながらも、自分たちが認知できるアメリカ文化に時おり触れることで安心する。またイタリア系のマフィアを描いたこの『ゴッドファーザー』という作品が、ハリウッド映画を代表するものであることは皮肉である。さらに監督のフランシス・フォード・コッポラ（Francis Ford Coppola）やその原作者マリオ・プーゾ（Mario Puzo）らがイタリア系のアメリカ人であることも、すべてを飲み込んでしまうようなアメリカ文化の巨大な力を示しているようである。

それだけでなくこの第一話には「ビートルズ」や「ローリング・ストーンズ」といったイギリスのバンド名も見られるし、第三話の「モールバンヒルズ」には「アバ」といったスウェーデンのグループ名も登場する。これらはもちろんアメリカ文化の一部ではないのだが、すべてが英語と関連するものである。アバはその曲のほとんどすべてを、母国のスウェーデン語ではなく英語で発表していた。もっとも、『ペンギン・ポピュラー音楽百科事典』（*The Penguin Encyclopedia of Popular Music*）に掲載されているミュージシャンの九十パーセント以上が、英語で活動しているということであるから、この短編集自体がほとんど大衆音楽に関わるものである以上、その点も致し方ないことではあるだろう。しかし第二話の「降っても晴れても」（"Come Rain or Come Shine"）では、英語圏文化や英語という言語の帝国主義的側面について、かなりはっきりとした自己批判とも思われる言及がある。

ミュージカル『セントルイス・ウーマン』の挿入歌と同じタイトルを持つこの作品は、ロンドンのとあるフラットを舞台にした、イギリス人英語教師レイモンドを主人公とするコメディータッチの悲喜劇である。ここでも彼は古いブロードウェイソングの愛好者という設定なので、さまざまなアメリカのミュージシャンや曲の名前が言及されるのだが、その場所や登場人物の設定ゆえ、多くのイギリス文化も参照される。しかしより興味深いのは、主人公が世界中で英語を教える教師と設定されている点である。

大学を出て英語を教えはじめたころは、悪くない生活に思えた。大学生活の延長のような感じだったし、ヨーロッパ中にぞくぞくと語学学校ができはじめた時期でもあった。教えることは確かに退屈で、低賃金・長時間労働は搾取的でもあったが、ぼくはまだ若く、あまり気にならなかった。バーで費やす時間もたっぷりあったし、友達はすぐに作れたし、地球全体を覆う大きなネットワークの一部であるという実感もあった。ペルーだのタイだの、エキゾチックな国

で教えてきた人々と出会うたび、ぼくだって望めば永久に世界中を移動しつづけられると思った。（五九）

「地球全体を覆う大きなネットワークの一部」であるという感覚を持って、いくつかの国で英語を教えてきた語り手のレイモンドは、自らの半生を振り返ってやや自嘲気味にこれらの言葉を語るのである。それはこの作品集に通底する、音楽にまつわるさまざまな人生の悲哀を描くというテーマに関わるだけではない。図らずもと言うべきか、この言葉はまた作者イシグロの、英語や英語圏文化に覆われたこの作品や現実の世界に対する、批判的な態度を表しているのではないだろうか。

密かな抵抗

イシグロは初期の作品で、次第に薄れゆく自身の記憶と想像の日本を閉じ込め再構築したあと、自己の半面であるイギリス的な側面を追求することによって、あるいはよりグローバルに舞台を設定することで、その創作活動を展開してきたと言える。長編第三作の『日の名残り』では、イギリスを舞台にして謹厳な執事スティーブンスを主人公に据えていたし、続く第四作『充たされざる者』（*The Unconsoled*, 1995）においては、どことも知れぬ迷宮のようなヨーロッパの都市を訪れたイギリス人ピアニスト、ライダーが体験する悪夢的な世界に読者をいざなった。そして第五作の『わたしたちが孤児だったころ』（*When We Were Orphans*, 2000）は、ロンドンと上海を軸に展開する、イギリス人探偵バンクスの親探しの物語であった。さらにまた第六作の『わたしを離さないで』（*Never Let Me Go*, 2005）では、イギリスの片田舎にある寄宿学校のような施設ヘールシャムを中心に、キャシーたちクローンの悲哀を描いた。

このように見てくると、『わたしを離さないで』のキャシーたちもイギリス人と考えるなら、第三作目以降すべての作品の主人公がイギリス人であり、また彼らが英語以外の言葉で話していると想定されることはなかった。そしてそれらの作品のなかでも、主人公たちにあわせて周りの者が英語を話すという状況が描かれていた。例えば第五作の『わたしたちが孤児だったころ』では、上海の共同租界がおもな舞台となり、日本人の将校やアキラという少年が主人公バンクスと英語で話す場面があった。ここでは中国に対するイギリスの、そしてまた日本の帝国主義や、他言語に対する英語の覇権主義的側面が、かなり明確に表れていたのである。しかしそこでは作品の主題やその他さまざまな要素に隠れて、その点だけが特に目立つこともなかった。何よりも五、六年ごとに発表される長編小説の細かな設定を、ある程度の期間にわたって、しかも複数の作品間で比較するということには、われわれの意識は向かいにくかったかもしれない。

しかしこの『夜想曲集』という作品は、「ガーディアン」のインタヴューで作者自身が「個人的に私はいつもそれらを一冊の本と考えていました。それらはたまたま五つの展開に分けられた一冊のフィクションに過ぎないのです」と述べてはいるものの、やはり基本的には五つの小品を寄せ集めたものとも考えられるのであり、さらに短編という性格上、長編に比して情報量が少なく、プロットも簡潔であるため、よりそれぞれの小編の時代や場所、登場人物の設定等に関心が向きやすいと言えるだろう。そのときわれわれは、この五つの小品が一読したところ、さまざまな国や出身の異なる登場人物を扱いながらも、ある一定の偏向を有していることを見出す。それがこれまでに確認した、ほかの言葉を消し去ってしまう英語の存在であり、他言語に対する英語の優勢な立場ということであり、また英語圏文化の普遍性ということである。さらにその偏向とは、英語の母語話者とそうでない者との関係性にもみられるのである。

第一話の「老歌手」では、旧共産圏出身のバンドマンであるヤネクは、それが彼の本望であるとはいえ、結局のところアメリカ人歌手トニー・ガードナーに金で雇われて、彼のためにギターの伴奏をすることになる。ガードナーとの主従関係という点では、同じく金で雇われたイタリア人の船頭ビットーリオも同じである。最終話の「チェリスト」でも、そこに金銭の授受が発生する関係があったわけではないが、ハンガリー出身のチェロ奏者ティボールと、彼を指導しようとするアメリカ人のエロイーズとの間には、ほとんど男女間のそれをも含む、微妙な師弟関係があったのである。もっとも第三話の「モールバンヒルズ」に何らかの明確な主従関係があるわけではないが、イギリスの作曲家エルガーやこの国の風景を礼賛するスイス人のティーロと、カフェを経営する女主人マギーと彼女の弟である語り手の間にも、そのコミュニケーションの手段が英語であることから、一定の階層性を認めることはできるだろう。こうして見てきたように、本作品ではつねに、他言語に対して英語が優勢であり、英語の母語話者はそうでない者に対して優位に立っているのである。

しかしこの作品ではまた、そうした英語の覇権主義的な状況に対する、密《ひそ》かな抵抗とでもいったいくつかの傾向を看取できるのである。本稿で確認したように第一話の「老歌手」では、妻に対してセレナーデを歌う自分のために、ギターの伴奏をしてくれないかというガードナーの申し出に対し、ヤネクはかなり洗練された丁寧な表現を用い、少なくとも文法的には完璧な英語を操っていた。そしてヤネクは祖国である旧共産圏のどこかの言葉だけでなく、恐らくは多少の訛りを持つものの、イタリア語も話すようである。最終話に登場するハンガリー出身の若きチェロ奏者ティボールも同じく、母国語だけでなく、イタリア語や英語も十分に駆使する。そして第三話の「モールバンヒルズ」に登場する初老の夫婦も、多言語国家スイスの出身であり、ドイツ語や英語を自在に使い分けていた。こうして見てくると、英語の母語話者だけが自国語のみしか使用することができないのである。彼らは作者であるイシグロ自身と同じように、つねに周りの者が自分たちにあわせて英語を話すので、それ以外の言葉で応答する必要に迫られることはない。

そして英語を母語とするこれらの者たちが、必ずしも人生の成功者や勝者ではないということにも注意を払っておきたい。第一話に登場するトニー・ガードナーは、すっかり衰えた人気を取り戻すためには、若い女性と再婚する必要があると考え、愛する妻リンディとの離婚という苦渋の決断をしようとしている。また第二話の「降っても晴れても」に登場するレイモンドは、四十七歳の今までヨーロッパのいくつかの国で英語を教えてきたが、ロンドンに住む友人夫婦からは人生の落伍者とみなされているし、その彼ら自身の夫婦関係もあまり良好ではないようである。第五話に登場するエロイーズは、婚約者のピーターから身を隠していたのだが、ついには彼に居場所を突き止められてしまう。そのことを知ったティボールは、ピーターを愛していないのかと彼女に問う。それに対しエロイーズは肩をすくめて、「いい人ですよ。それに、わたしにはほかに結婚話があるわけではなし……」と答えるのである。まったく趣味も感性も違うピーターとの結婚は、彼女にとって決して最善の選択ではなかったようである。こうした人生の哀感を伝える物語の叙述の背後に、英語の覇権主義的状況に対する作者イシグロの、冷徹な眼差しを感じることができるだろう。

おわりに

イシグロは自分自身が完全な英語のネイティヴではないために、それらの者とは違う次のような感覚を持っているという。

言葉の選択ということについて、私はいつもかなり慎重にならざるをえません。それは私と英語との関係が、完全にイギリス人の両親によって育てられた人の場合よりも、いくぶん揺るぎないものではないからでしょう。［……］でもある意味で、それは作家として悪いことではありません。あまりにも流暢であるがゆえに、自分が言っていることをあまり吟味しなかったり、言い過ぎてしまったりといった危険もあるのです。［……］ある言語に熟達し、その言語に慣れ親しんでしまうことで、実際に芸術的意図を損なってしまうというのは、非常にたやすいことなのです。　(Guignery, 56)

イシグロの作品に特徴的な抑制された語りは、彼と英語との独特の距離感によって生み出されたものであり、それはこの作家が持つ特質ともなっている。イシグロにとって創作とは、彼の第二の母語となった英語を慎重に取捨選択しながら書くということであるようだ。ただしその表現は、この引用に続いてイシグロ自身「私はこれまで決して普通の言語をいくぶん超えた意味から発するような類《たぐい》の言葉を書いたことはありません」と述べるように、何か非常に特殊なものというわけではない。しかしながらやはり、ドイツ語でも日本語でも創作活動をする多和田葉子が、その著『エクソフォニー――母語の外へ出る旅』（二〇〇三）のなかで「一つの言語しかできない作家であっても、創作言語を何らかの形で『選び取って』いるのでなければ文学とは言えない」（七）と述べるように、英語に対するその独自の感覚にこそ、イシグロの重要な立脚点があるように思われる。

こうした英語との向き合い方だけでなく、彼の自己規定の仕方にもまた興味深いものがある。イシグロはかつて大江との対談で、もはやイギリスは世界の中心ではなく、片田舎に位置する小さな都市のようなものではないかと述べていた。そして彼は、現代のイギリスで作家であるということは、世界の大きな出来事が起こっている場所から遠く離れたところで執筆しているようなものだとも述べている。そのような位置に置かれた自分には、東欧やラテンアメリカ、アフリカ諸国などの作家と比べて、果たすべき明確な政治的、社会的役割がないように感じるというのだ（大江、七四）。さらにそのイギリス社会のなかでも生粋《きっすい》の英国人ではない彼は、自らが周縁に位置すると認識しており、また作家として成功し、生活のために書く必要がなくなった自分を、「気泡のなかに暮らしている」アウトサイダーのような存在だとみなしているらしい（新元、一六一）。こうした彼の徹底的なまでの周縁性、そしてある種の劣等感といったものが逆に、一歩離れたところから冷徹に物事を観察しているような、その独特の世界観を支えているのだろうし、広くテーマを渉猟する自由を彼に与えているようにも思われる。

またイシグロは世界中の読者を想定して英語で書く作家として、次のような懸念を表明していた。

作家が全世界に向けて語りかけ、内向きにならないというのはある意味でいいことです。恐らく彼らは外向きの国際的な視点を持っているでしょう。でも非常に危険なのは、この文学の均質化によって、何か非常に重要で活力にあふれたもの、つまりある地域に根差した知識や、その文化で使われている言葉から生まれ出たとても大きな力といったものが、消えてしまうということです。おそらくこうしたものはすべて、なんとかして取り除かれてしまうでしょう。こういったことを私は懸念していますし、それを非常に意識し、それによって大変影響もうけています。

(Guignery, 54)

グローバル化という、人々の価値観を一様なものにしてしまう瘴気《しょうき》漂う現代世界の荒野において、このことを十分に意識しているイシグロは、今後どうやってそれに取り組み、また新たな展開を見せてくれるのだろう。たとえ周縁に位置すると自己認識しているとしても、ノーベル文学賞を受賞した英語圏作家の彼にとって、それは一種の自己矛盾を抱え込むようなものである。この言葉に真摯に向き合おうとすれば、今後その創作はより一層困難なものとならざるを得ないだろう。世界はますますイシグロに注目し、彼もそれを意識せざるを得ない。そしてその作品は英語で書かれ、世界のあらゆる言語に翻訳され、読まれていく。

その影響力、あるいはまた自分の年齢を考慮してか、イシグロは最近自分たちの世代が、二十世紀に起こった歴史的な出来事などを次の世代に語り継いでいかなければならないのではないかと述べている（イシグロ、二一六）。イシグロの年齢や四、五年に一冊という作家としての発表のペースを考えれば、われわれは今後それほど多くの作品を彼に望むことはできない。しかしこの言葉に期待するならば、あといくつかの作品でイシグロは、われわれの忘却の淵に立ち、その底に沈む出来事をすくい上げ、それをある作品に仕立て上げてはくれるだろう。はたしてそのとき彼が紡《つむ》ぐ物語は、徹底的に特殊で個別、そして具体的でありながら、それらをすべて突き抜けたような、普遍的で大きく力強いものであるだろうか。

参考文献

Aitkenhead, Decca. "Decca Aitkenhead Meets Author Kazuo Ishiguro." *The Guardian*, 27 Apr. 2009, https://www.theguardian.com/books/2009/apr/27/kazuo-ishiguro-interview-books. Accessed 4 Mar. 2016.

Cheng, Chu-chueh. "Cosmos of Similitude in *Nocturnes*". *Kazuo Ishiguro in a Global Context*, edited by Cynthia F. Wong and Hülya Yildiz. Ashgate, 2015. pp. 121-31.

Crystal, David. *English as a Global Language*. Cambridge UP, 1997.

Guignery, Vanessa. "Kazuo Ishiguro." *Novelists in the New Millennium: Conversations with Writers*. Palgrave, 2013. pp. 44-64.

Ishiguro, Kazuo. *Nocturnes: Five Stories of Music and Nightfall*. Faber and Faber, 2009.

Robson, Leo. "Nocturnes: Five Stories of Music and Nightfall." *New Statesman*, 14 May 2009, https://www.newstatesman.com/books/2009/05/ishiguro-laugh-novel-world. Accessed 4 Mar. 2016.

Shaffer, Brian W., and Cynthia F. Wong, editors. *Conversations with Kazuo Ishiguro*. UP of Mississippi, 2008

新元良一「カズオ・イシグロ――気泡の生活者」、『来るべき作家たち　海外作家の仕事場1998』新潮社、一九九八年。一五七―六二頁。

カズオ・イシグロ「平成の原節子、世界的作家に会いに行く　綾瀬はるか×カズオ・イシグロ」、「文藝春秋」二〇一六年二月号、二一二―二一頁。

大江健三郎、カズオ・イシグロ「作家の生成」、「スイッチ」一九九一年一月号、六六―七五頁。

荘中孝之「日本語、英語、カズオ・イシグロ」、「ユリイカ」二〇一七年十二月号、五一―五九頁。

多和田葉子『エクソフォニー――母語の外へ出る旅』岩波書店、二〇〇三年。

水村美苗『日本語が亡びるとき――英語の世紀の中で』筑摩書房、二〇〇八年。

リービ英雄『越境の声』岩波書店、二〇〇七年。

記憶と忘却の挟間で

『忘れられた巨人』における集団的記憶喪失と雌竜クエリグ

中嶋彩佳

はじめに

カズオ・イシグロが前作『わたしを離さないで』(*Never Let Me Go*, 2005)から十年ぶりに『忘れられた巨人』(*The Buried Giant*, 2015)を発表した時、待望の新作を待ち侘びていた多くの批評家が些《いささ》かの困惑を交えながら指摘した作風の劇的な「転換」とは、主として二つのことを指していたように思われる(Alter, C25; Christoff, 627)。一つには、二十世紀、特に、第二次世界大戦後の社会の混乱と復興を描き続けてきたイシグロが、千年以上も遡《さかのぼ》った六世紀頃のイングランドを取り上げ、まだ「イングランド」という名前ですらなかったこの世界を、歴史小説としてではなく、人食い鬼や妖精、不思議な魔力を持つ竜が登場するファンタジーのような虚構世界として描いたこと(Alter, C25; Christoff, 627)。もう一つは、物語を一人称の「信頼できない」語り手の主観的な視点と曖昧な記憶から提示することをやめ、ほとんど無個性で客観的な三人称の語り手を採用したということ（Christoff, 627; Kakutani, C6）。批評家たちが大きく採り上げたこの二つの「転換」点は、これまで語り手の個人的な記憶を主に描いてきたイシグロが、『忘れられた巨人』では、国家や共同体の社会的、集合的な想起と忘却を、特に過去のトラウマ的出来事から社会全体が回復する際に果たす忘却の役割に焦点を当てながら描くために必要とした文学的道具立てである。しかし、出版当初の書評では、この「転換」は肯定的に評価されることはほとんどなく、三人称の客観的な視点から提示されるファンタジー的小説世界には説得力がなく、『忘れられた巨人』はそれ以前のイシグロ作品と比べると失敗作であると酷評された。

『忘れられた巨人』に対する批評家たちの評価の低さは、ファンタジーという現代の文学ジャンルに対する軽蔑に起因しているように思われる。ローラ・ミラー（Laura Miller）が指摘するように、『忘れられた巨人』はリアリズム小説において扱われることの多い道徳的、心理的テーマを探求するために、ファンタジーや中世ロマンスの構造を用いるという挑戦的な試みであり、イギリスのSF作家デイヴィッド・ミッチェル（David Mitchell）は、この文芸小説とファンタジーとを組み合わせたジャンル横断的な小説は「空虚なリアリズムにはできないことを成し遂げる」可能性を示していると評価する（Alter, C25）。イシグロは、文学的遺産を巧みに利用することで、人々を集団的記憶喪失へと追いやる雌竜クエリグを文字どおりにだけでなく、アレゴリー的に解釈することを読者に要求している。写実的な小説をより評価する人々は、一種の戦争の後遺症としての集団的な記憶喪失を描くための舞台として、第二次大戦後のフランスや日本、ドイツなど、実際にその状況が観察された場所をイシグロが用いることを望むのだろう。しかし、リアリズム小説とファンタジーを融合したようなジャンル混淆的な小説にすることで、イシグロは、世界中の読者が、小説世界と彼らが所属する国や共同体との状況と照らし合わせながら読み進め、どんな国や共同体にもあるはずの公的な歴史から排除された「忘れられた巨人」を探し出し、顧みるように促しているのである。

本稿では、『忘れられた巨人』におけるファンタジーの設定、特に、その中心であるクエリグとこの雌竜の存在に起因する社会規模の記憶喪失の状態をイシグロがどのように物語に組み込み、描いているかということに焦点を当てる。本作においてイシグロは、古英語で書かれた最古の英雄叙事詩である『ベーオウルフ』以降、イギリス文学の伝統の中で脈々と受け継がれてきた「竜殺し」の冒険物語を素材として利用しながらも、そこに独自の捻りを加えることで、戦争や民族紛争などの過去の忌まわしい記憶と我々はいかに向き合うべきかという現代社会にとって非常にアクチュアルな問題を寓話化しているのである。記憶と忘却の番人であるクエリグと、この竜を退治、あるいは守ろうとする人々の描かれ方を詳細に分析することで、記憶を後世へ伝達し、歴史化する際に浮上する様々な問題に対するこの作家の認識を明らかにしたい。

記憶をめぐる冒険《クエスト》の旅

『忘れられた巨人』の物語は、アクセルとベアトリスというブリトン人の老夫婦が、ある「重大な決断」を行う場面で始まる（一五）[1]。その決断とは、住み慣れた村を離れ、長く音信不通だった息子に会うために旅に出るというものである。しかし、不思議なことに、この老夫婦は息子と離れて暮らすことになった経緯や、彼が暮らす村の正確な場所を思い出すことができない。それどころか、夫のアクセルには息子がいたという記憶すら「ぼけた老人の頭に根拠もなく浮かんだ妄想」のように思え、「そもそも神様は二人に子供を授けてくださらなかったかもしれない」とも考える(一七)。ところが、過去の記憶が不確かで、息子の存在すらおぼろげにしか覚えていないのは、単にこの夫婦が高齢であることが理由ではないらしい。次第に明らかになるように、この小説世界全体を覆っている不思議な「霧」が人々から過去の記憶を奪い、一種の集団的な記憶喪失の状態を生み出しているせいで、アクセルやベアトリスだけでなく、彼らが暮らすブリトン人の村全体でも「過去はめったに語り合われない」という(一七)。それでも、「正体不明の喪失感」が——理性的思考ではない感情が——息子と一緒に暮らしていた過去をアクセルに感じさせ、「長く引き延ばしてきた」旅に出かけることを決心させる(一四—一五)。

息子を探して旅をする中、アクセルとベアトリスは、サクソン人の戦士ウィスタンや、今は亡きブリトン人の君主アーサーの甥であるガウェイン卿をはじめとする様々な人々と出会い、徐々に小説世界全体に蔓延《はびこ》る「奇妙な物忘れ」の核心に近づいていく(九四—九五)。人々を記憶喪失へと追いやる「霧」の正体は、実のところ、クエリグという名前の雌竜の吐く息であり、アーサー王の命を受けた魔術師マーリンが、人々から過去の記憶を、特にブリトン軍によるサクソン人の無差別虐殺の記憶を奪うため、竜の吐息に魔法をかけたということが明かされる。「霧」の謎が明らかになるにつれ、息子の村を訪ねるという目的で始まった老夫婦の個人的な旅は、先祖の復讐を果たすために竜を退治するウィスタンと、亡きアーサーから託された任務を忠実に守り、竜を退治しようとする者を阻《はば》むガウェイン卿の政治的な旅と絡《から》み合いながら、「霧」に奪われた結婚生活の思い出を取り戻す旅へ、竜を退治し「霧」を晴らす冒険的な旅へ、そして、死後の世界を思わせる不思議な島への永遠の別離の旅へと次第に変化していく。

　現代を離れ、イングランドの黎明期である中世前期を小説の舞台に設定し、老騎士や竜、妖精といったファンタジーやおとぎ話の要素を加えたことで、出版直後に最初に反応した批評家たちは、イシグロの作風の「転換」を大きく採り上げた。しかし、舞台設定や形式などの大胆な「転換」は、実は見せかけであり、その下にはこれまでのイシグロ作品に通じる要素が数多くある。その一つとして、物語の中核をなす「旅」のモチーフが挙げられるだろう。イシグロの作品は全て、ある意味では記憶をめぐる身体的かつ精神的な「旅」であると言える。長編三作目の『日の名残り』（*The Remains of the Day*, 1989）においては、南西イングランドの景勝地をめぐりながら、執事としての半生を振り返るスティーブンスの自動車旅行を、続く『充たされざる者』（*The Unconsoled*, 1995）では、世界中を旅するイギリス人ピアニストの過去が不思議に転移された中欧の町での滞在を描いたイシグロは、『忘れられた巨人』においても「旅」を物語の中心的なモチーフとして利用する。本作の「旅」の下地になっているのは、八世紀頃に古英語で書かれたイギリス文学最古の英雄叙事詩『ベーオウルフ』から、現代のファンタジー・ブームの火付け役となったJ・R・R・トールキンの『ホビットの冒険』へと至る「竜殺し」の冒険の旅《クエスト》であり、イシグロはこの文学的遺産に独自の捻《ひね》りを加えながら、長年の関心である記憶と忘却の諸問題を探求するための物語の主軸として利用している。

「戦後」を描き続けるイシグロ

「旅」のモチーフに加え、一見大胆な「転換」と思われる小説の時代設定にも、これまでのイシグロ作品との共通点を見て取ることができる。かつて、イギリスの小説家A・S・バイアット(A. S. Byatt)がイシグロを「戦後の世界の混乱と再建」を描き続ける作家と評したように(4)、『忘れられた巨人』においても、小説の舞台は「戦後」に——西暦五〇〇年頃とされるバドン山の戦いに勝利したアーサー王が「ブリトン人とサクソン人に恒久の平和をもたらした」数十年後に——設定されている▼2(一七二)。これは束の間の平和な時期であり、ブリトン人とサクソン人の両民族は、先の戦争による遺恨をほとんど見せることなく調和して暮らしているように見える。しかし、ブリトン人の修道士ベーダによって七三一年に書かれた『イギリス教会史』によると、ブリトン軍のバドン山の戦いにおける勝利は、サクソン人の大殺戮を導いたという(四〇)。イシグロはこの記述を過去の出来事として物語に取り入れる。アーサー王が率いるブリトン軍は、アクセルがサクソン人との間に成立させた「偉大な協定」を破り、未来の世代による復讐を恐れて、協定によって保護の対象とされていたはずのサクソン人の女性や子供を殺戮する(四一二)。現在の表面的な平和は、クエリグの息によって、人々がこの凄惨な過去の出来事を忘れているおかげで維持されているのである。

しかし、たとえ人々が数十年前の戦争を覚えていなくても、言語や宗教の違い(キリスト教徒のブリトン人と多神教の異教徒であるサクソン人）に根差した民族間の対立は、決して消え去ることはなく、時折表面化する摩擦が、現在の平和な状態が忘却という不安定な基礎の上に成り立っていることを仄《ほの》めかしている。

『忘れられた巨人』は、これまでのイシグロ作品と同様、戦争の後遺症からの社会的、個人的な復興を描いている一方で、両者の間には決定的な差異がある。それは、イシグロの記憶に対する関心の変化に由来している。『忘れられた巨人』以前の全六作の長編を執筆していた時、イシグロは「個人の記憶をもって、その人が属する世代の記憶を象徴的に描ける」と考えており、一人称の語り手たちと彼らの記憶は、社会の中のある世代を代表し象徴するものとして描かれていた（郷原、一一）。しかし、このような手法は望ましくないと気付いたとインタビューで語るイシグロは、『忘れられた巨人』では、個人の記憶に加え、新たに集団の記憶をテーマにし、特定の一人に社会全体を代表させるのではなく、複数の集合的記憶の感情的な衝突と呼べるものを描いている（郷原、一一）。そして、出版直後の書評で指摘された二つの「転換」点――ファンタジーの要素と客観的な三人称の語り――は、集合的記憶という概念、特に戦後の社会における共同体レベルでの想起と忘却というイシグロの新たな関心を探求するために必要な文学的道具立てなのである。

文芸小説＋ファンタジー

イシグロが社会規模の記憶喪失を描くための舞台として選んだのは、ブリトン人の伝説的君主であるアーサー王の死から数十年後、彼《か》の円卓の騎士の生き残りであるガウェイン卿ですらも「髭《ひげ》もじゃの老いぼれ」になった六世紀ごろのイングランドである（一六二）。紀元四一〇年頃にローマ帝国がブリテン島を撤退してからこの時までに、およそ百年が経過しているのだが、小説世界の風景はこの時代設定を忠実に反映しているように見える。例えば、「ローマ人が残した街道」は、「崩壊が進み、雑草が生い茂り、荒野の中に埋もれてしまっていることも少なくな」く（一一）、「ローマ時代にはさぞかし壮麗」であったはずの屋敷も、今では「ほんの一部しか残っていない」廃墟となっている（五六）。このように、約三百六十年も続いたローマ帝国による統治時代が遥か遠い過去として描かれている一方、ヨーロッパ大陸からの移民であるアングロ・サクソン人がブリテン島南部を掌握し、七王国《ヘプターキー》と呼ばれる小王国群を建国したという歴史は、まだ到来していない未来として、その兆候が小説の結末で暗示されている。王の命令でクエリグとその護衛役のガウェイン卿を退治したウィスタンは、サクソン人による「来るべき征服」が間近に迫っており（四四五）、やがて「国が一つ一つ、新しいサクソンの国になり」、「ブリトン人の時代の痕跡」は「せいぜい山々を勝手にうろつきまわる羊の群れの一つ二つくらいしか残」らなくなるだろうと予言する（四四七）。イシグロは登場人物たちに待ち受けている未来に対する読者の知識――ウィスタンの予言通り、やがてイングランドと呼ばれる場所にアングロ・サクソン人が定住し、独自の言語と文化を発展させていくという歴史についての知識――を利用しながら、自身が「イギリス史の空白」と呼ぶ期間を、戦争や紛争の一種の後遺症として集団的健忘症に陥った社会を描くための舞台として用いている（Alter, C25）。

六世紀ごろのイングランドという、歴史的にも地理的にも特定された場所に舞台を設定しているにもかかわらず、『忘れられた巨人』は歴史的にもっともらしい小説であろうとはしていない。確かに、当時のイングランドの歴史的な状況を現代の視点から客観的に描写する語り手は、考古学者然としており、その描写の多くは歴史的な事実とも合致しているように思える。例えば、「遠くの地平線に立つ石柱の列や、小川の蛇行、谷の起伏」などを手掛かりに、大平野の中で正しい道を探さなければならないアクセルとベアトリスの旅が、「磁石や地図」などに頼ることができる現代人の旅と比較していかに困難なものであったかに言及することで、語り手は中世と現代との時間的な隔たりを強調する（四八）。しかし、イシグロの描くイングランドは、六世紀当時の忠実な再現などではない。現存する歴史的資料の欠如から「イギリス史の空白期」とも呼ばれるこの時期を、文学的想像力で再構築した、謂《い》わばオルタナティヴなイングランドであり、そこにはアーサー王伝説の登場人物であるガウェイン卿や、妖精、竜、犬のような獣などの超自然的な生き物が登場する。そして、小説の冒頭から、まるで事実を報告するかのような淡々とした調子で「当時まだこの土地に残っていた」という人食い鬼について言及することで、語り手は小説世界と実際の歴史との差異を前景化する。

> うねる小道やのどかな牧草地など、後のイングランドにおいて有名になったものを探すのに長い時間を割いたかもしれない。代わりにそこにあるのは、行っても行っても荒涼とした未墾の土地ばかり。岩だらけの丘を越え、殺風景な荒れ野を行く道らしきものもないではないが、ロ

ーマ人が残した街道のほとんどは、この頃までには崩壊が進み、雑草が生い茂り、荒野の中に埋もれてしまっていることも少なくなかったはずだ。川や沼地には冷たい霧が立ち込め、当時まだこの土地に残っていた鬼たちの隠れ潜む場所になっていた。もちろん、近くには人も——こんな陰気な場所に定住するとはどんな事情があったのかと思わせるが——住んではいた。きっと恐怖におののいて暮らしていたに違いない。姿は霧で見えなくても、異形の者の荒々しい息遣いはいたるところから聞こえてきたはずだから。ただ、鬼と出くわした人々がそのたびに腰を抜かしていたかと言えば、そうではない。鬼は、日常に存在した危険の一つにすぎず、心配すべきことはほかにもいくらでもあった。（一一—一二）

ここで興味深いのは、より歴史的に真実である可能性が高いと思われる「ローマ人が残した街道」に言及する際、語り手は助動詞wouldを用いることで、話題になっている過去は現在からの推測でしかなく、不確実なものであると仄めかしているのに対し、その存在がローマ街道よりも遥かに疑わしいはずの「鬼」に対しては、過去形wereを用いているということである。それは、まるで「鬼」という存在が、広く一般に知られていないだけで、疑いようもない事実であると主張するかのようである。イシグロは、読者が住む「現実世界と小説家の想像力によって生み出された世界とを分ける敷居」(Lodge, 5) と見なされている冒頭部分に「鬼」を登場させることで、両者の差異を強調し、『忘れられた巨人』が歴史的な正確さを目指した小説ではなく、歴史的事実を土台に、神話や民話、おとぎ話やファンタジーの要素を混ぜ合わせたジャンル混淆的な小説であることを読者に示している。

本来、濃密な土着性と歴史性を持つはずの場所に、ファンタジーから借用した非現実的要素を付与することで、イシグロは歴史的事実に拘泥《こうでい》することなく、小説の舞台を象徴的な意味合いを備えた虚構の場所として利用している。その中でも、『忘れられた巨人』において最も印象的に用いられている風景の一つが、「巨人の石塚《ケルン》」だろう。これは、小説のタイトルである「忘れられた巨人」に——あるいは、原題 *The Buried Giant* のより正確な訳である、「埋められた巨人」に——密接に関係しているように思われる。作中で初めて「巨人」に言及されるのは、旅の初日、アクセルとベアトリスが神秘に蔽《おお》われた大平野を横切る時である。二人がこれから辿《たど》ろうとする道は、どうやら大平野の「巨人が埋められている」一角を通るようなのだが、墓を踏みつけることを避けるべきだと考えるベアトリスが、道をそれて遠回りをしようと提案する（五二）。この「巨人の埋葬塚」は、見た目には「ただの丘」らしいのだが、鬼や妖精が登場するこの虚構のイングランドにおいて、そこに埋められた「巨人」とは、体軀も膂力も普通の人間を遥かに凌《しの》ぐ巨大な人間を文字どおり意味しているではないか、と多くの読者は考えるかもしれない（五二—五三）。実際、イシグロに中世前期を小説の舞台にすることを思い付かせた十四世紀の物語詩『サー・ガウェインと緑の騎士』の中にも「巨人」は登場し（三五）、また、ジェフリー・オブ・モンマスが事実と虚構を交えて十二世紀にラテン語で書いた擬似歴史書『ブリタニア列王史』の中では、「巨人」はブリテン島が「アルビオン」と呼ばれていた頃の先住民として描かれている（三四）。そのため、ここで言及される「埋葬塚」が、『サー・ガウェインと緑の騎士』の旅人を襲う巨人、あるいは、『ブリタニア列王史』

で描かれるブリテン島の先住民としての巨人を葬った場所であったとしても不思議ではない。

しかし、次第に明らかになるように、イシグロは鬼や妖精、竜といった超自然的な生き物たちとは明確に異なった方法で「巨人」を描いている。前者が実際に登場人物たちの、そして、読者の眼前に現れるのとは対照的に、後者は直接的に姿を現すことも、具体的に描写されることもなく、ただ既に亡くなった死者として登場人物たちによって間接的に言及されるだけである。最初にベアトリスによって言及されたのが「巨人の埋葬塚」であったように、次に小説の後半で言及される時も、「巨人の石塚」、つまり、墓なのである。この石塚はクエリグの棲《す》む山の頂《いただき》にあり、しかもその餌場の目印にもなっている。アクセルとベアトリスは、山の中腹に暮らしている孤児たちから依頼され、毒の餌を食べた山羊をクエリグに与えようと「巨人の石塚」までやって来る。


巨人の石塚が、大昔に、大勢の無垢な若者が戦争で殺された悲劇の場所を示すために建てられたという可能性は少なからずある。それ以外に、この種のものが建てられる理由をあまり思いつかない。平地でなら、何かの勝利や王様を記念して建てられることもあるが、これほど人里離れたこれほど高い場所で、なぜ重い石を人の背丈よりも高く積み上げたのだろうか。

重い足を引きずり、山の斜面をとぼとぼと上りながら、アクセルも同じ疑問を抱いたに違いない。少女の口から巨人の石塚という言葉を聞いたとき、アクセルは、小山のような盛り土の上に何かがちょこんと載っているところを想像していた。だが、この石塚は目の前の斜面にいきなり現れた。その存在を予告し、説明するようなものは何もなかった。（四〇一―四〇二）

この記述は第四部第十五章の冒頭に登場するのだが、その一つ前の章である「ガウェインの追憶――その二」において、この「巨人の石塚」は、先の戦争でガウェイン卿やアクセルがアーサー王の兵士としてサクソン軍と戦った場所にあり、そこでは悲惨な虐殺が起こったことが既に明かされている（三九七）。つまり、記憶を失《な》くした人々が「巨人の石塚」と呼んでいる場所に埋められている「巨人」とは、『サー・ガウェインと緑の騎士』に登場するような人間と異なる種族でも、『ブリタニア列王史』で描かれるブリテン島の先住民族でもなく、ブリトン人とサクソン人との間に起こった数十年前の戦争で虐殺された大勢の無垢な人々なのである。そして、クエリグの退治を成し遂げたウィスタンが、「かつて地中深くに埋められていた巨人が動き出」すと警告する時、それは、これまで抑圧され、忘れ去られていた大勢の戦争の犠牲者に纏《まつ》わる記憶が白日のもとに晒《さら》されることになるということの謂いなのである（四四七）。

歴史的な正確さを意識した小説ではないこと、そして、逐語的にだけでなく比喩的に読解する必要があることを読者に示すため、『忘れられた巨人』では、ファンタジーの要素に加え、以前の小説とは異なる特徴的な語り手を採用している。一九八二年に出版された長編デビュー作『遠い山なみの光』（*A Pale View of Hills*）から二〇〇五年の『わたしを離さないで』に至るまで、イシグロは一貫して一人称の語り手の主観的な視点と記憶から物語を提示してきた。しかし、『忘れられた巨人』では、全十七章のうち三章を除いた物語の大部分が、客観的な三人称の視点から語られる（残りの三章のうち二章はガウェイン卿の、そして一章は船頭の一人称の視点から描かれている）。これは、ブリトン人とサクソン人との不和を、どちらか一方に与《くみ》することなく描くことを目的としたものだろう。実際、三人称で語られる全十四章のうち、アクセルがブリトン人の代表として全九章で、そして、サクソン人の代表としてエドウィンが五章で焦点人物としての役を割り当てられており、作中の出来事は彼らの知覚や認識を通して提示されている。しかし、この三人称の語り手は、レオ・ロブソン（Leo Robson）が「一風変わった人類学者的語り手」と評しているように（51）、非人間的で非個性的な全知の語り手ではなく、「私」としてしばしば物語の進行に介入することで、物語が自意識的に「語られている」ことを読者に強く意識させる語り手なのである。例えば、アクセルとベアトリスという物語の中心人物を紹介する際、語り手はそれが「おそらく正確な名前でも、フルネームでもないかもしれないが、ここでは呼びやすいその名で呼んでおくことにする」と述べ、読者が小説世界へ完全に没入することを阻もうとする（一二）。

当時のブリテン島はその程度の島だったのか、という印象を与えることを望んでいるわけではない。世界のどこかでは壮麗な文明が花開いていたのに、イギリスはまだ鉄器時代を引きずっていたのか、と。［……］通り過ぎる集落のほとんどは、いま私が述べたような村だったはずだ。しかも、たまたま贈り物にできるような食糧や衣服を持ち合わせていないかぎり――あるいは恐ろしげに武装してでもいないかぎり――旅人は歓迎されなかったはずだ。当時のわが国をこんなふうに描写するのは私も不本意だが、そこはそれ、やむをえないところもある。（一三）

ここで「私」と訳している一人称代名詞Iは、土屋政雄による邦訳では意識的に消されているようである。しかし、これは語り手による発話行為の痕跡であり、イシグロの原文の中でも特にその存在を読者に強く意識させる箇所である。また邦訳では「当時のイギリス」と訳されているところも、原文では“our country at that time”、つまり「当時のわが国」という表現が用いられており、イシグロは語り手の国籍を明らかにしているのである。読者が直《じか》に出来事に接しているかのように「示す」客観的な語りではなく、「私」として故意に物語の進行に介入する語り手を用いることで、イシグロは「語る」行為自体を強調すると共に、小説で提示される出来事が決して客観的な事実などではなく、「私」という一人のイギリス人の視点を通して再構築されたものであることを示している。

歴史的に特定された場所に、歴史的に本当らしくない要素、つまり、おとぎ話やファンタジーから借用した要素を組み合わせるというイシグロの手法は、出版当時の書評では十分に評価されなかった。これには、ロブソンが『忘れられた巨人』を「ファンタジーへの逃避」と表現したように、この文学ジャンルに対する軽蔑が一つの要因となっているように思われる(51)。戦争の後遺症から社会が復興する際に忘却が果たし得る役割という現代世界において非常に現実的な問題を扱う舞台として、結局のところ「子供だましのおとぎ話」と読者に感じさせるファンタジー的世界を採用したことで(江南、四八四)、『忘れられた巨人』は「おとぎ話とも、ファンタジーともいえない中途半端な小説」で「両者の間を説得力なく漂って」おり(Battersby)、「奇抜でぎこちない」と批判された（Kakutani, C1）。しかし、イシグロ自身は、第二次大戦後のフランスやドイツ、日本、ボスニアやルワンダなど、二十世紀に実際に起こった歴史的な戦争や出来事を背景として用いることは、小説を「あまりに限定的で政治的」にしてしまうと恐れ（Alter, C25）、長編四作目の『充たされざる者』以降追求し続けてきた「伝統的な写実主義と徹底した寓話主義のようなものの間」を漂う「領域」に今回も小説の舞台を設定する（Vorda and Herzinger, 141）。実際の歴史的事実を土台に、寓話のように単純な舞台設定と登場人物、そして中世ロマンスやファンタジーの文学的遺産を用いることで、リアリズム小説が持つ歴史性、社会性が薄められ、小説はより形而上学的になり、普遍的な主題を描くことが可能となる。フィクションを書くことの喜びは、単に特定の社会やその歴史について述べるだけでなく、普遍的な人間の状況についても描くことができるという点にあるとかつて語ったことのあるイシグロは（Vorda and Herzinger, 140）、『忘れられた巨人』でも、世界中の読者が自国の状況と小説世界とを「鏡に映すように重ねて読」むことを望んでいると述べる（柏崎、三二）。つまり、『忘れられた巨人』におけるジャンルの混在は、読者が歴史的、地理的に特定された小説世界から離れ、現実世界の様々な社会や歴史に当てはめて読むことができるようにと意図されたものであり、普遍性への志向は、ヴァルター・ベンヤミンがかつて「文化の記録であることは、同時に野蛮の記録でもあることなしにはありえない」と述べたように、どの国や共同体にも、公的な歴史から時に排除され、「埋められた」、野蛮の記憶があることを示すのである（五二）。

クエリグと集団的記憶喪失

『忘れられた巨人』におけるファンタジーの設定、特に、その中心である雌竜クエリグの存在は、戦後の後遺症による社会規模の記憶喪失の状態を象徴的に描くために必要な文学的装置である。リチャード・J・ホドソン（Richard J. Hodson）が詳細に分析しているように、出版当時の書評では、ファンタジーというジャンルをめぐって議論が活発になされた一方で（48-57）、イシグロがその設定を必要とした一番の理由であるクエリグとその存在に起因する集団的忘却については十分な議論がなされたとは言えない。記憶と忘却の番人であるクエリグと、それを取り囲む人々について詳細に分析することで、イシグロが集団的な記憶と歴史をどのように捉えているのかが明らかになるだろう。

『忘れられた巨人』の中心軸を成している竜退治の冒険のモチーフは、『わたしたちが孤児だったころ』（*When We Were Orphans*, 2000）の主人公クリストファー・バンクスが、第二次世界大戦へと向かう世界を救済することの比喩として用いる「大蛇を滅ぼす」という表現を想起させる（二四六）。小さい頃からシャーロック・ホームズを愛読し、大人になっても殺人犯・窃盗犯＝悪、探偵・警察＝善という探偵小説の非常に単純化された善悪の図式を信奉するバンクスは、元々は他の登場人物によって発せられた「大蛇を滅ぼす」という言葉を引用しながら、日中戦争勃発直後の上海へ意気揚々と乗りこむ。しかし、「盗まれた宝石、遺産のために殺された貴族」という個人的な事件を解決してきた名探偵も、世界規模の暴力紛争の前では限りなく無力であるという現実を突きつけられる（四九八）。中国国内の混乱した社会情勢を解決する鍵であると見込んでいた共産党のスパイ「イエロー・スネーク」は、かつて叔父のように慕っていたフィリップであることが分かり、彼の口から直接「世界がほんとうはどんなものか」を――父親の失踪は愛人との駆け落ちであり、母親の誘拐にはフィリップ自身が加担しており、妾《めかけ》として母を誘拐した強大な権力を持つ軍閥の長ワン・クーの企みは地元の警察が阻止することができるものではなく、叔母の遺産だと信じてきたものは母親とワンとの間で交わされた金銭契約に由来することを――知らされる（四九八）。社会に蔓延る悪を退治し、再び秩序を取り戻す救世主として探偵を描く小説のような「魔法がかけられた楽しい世界」で長年生きてきたバンクスが、国際紛争を解決することを言い表すために用いる「大蛇を滅ぼす」という表現は、彼の世界認識がいかに幼稚で、現実から乖離しているかを示している（四九八）。『わたしたちが孤児だったころ』が探偵小説の枠組みを利用しながらも、そこで描かれる「悪」は殺人犯や誘拐犯など一人の人間に還元されるような単純なものではなかったように、『忘れられた巨人』における雌竜クエリグは、イギリスの伝統的な「竜退治」の物語を喚起しながらも、この文学的伝統に揺さぶりをかけるものとして描かれている。ジョナサン・エヴァンズ（Jonathan Evans）が指摘するように、イギリス文学の伝統の中でも最も有名な「竜退治」の物語であるトールキン作品と、その先祖である『ベーオウルフ』に登場する竜は、突き詰めると『ヨハネの黙示録』に悪魔として登場する竜（蛇）に基づいており、英雄によって退治されるべき悪として描かれている（130）。『忘れられた巨人』における竜クエリグは、この文学的伝統を読者に想起させる一方、その存在は社会の「悪」として簡単に片づけることはできない。確かに、ブリトン人とサクソン人の間で締結された平和条約を破り、無差別虐殺を行ったという過去の罪を隠蔽することで、戦争の「古傷が完全に癒え、［両民族］の間に恒久平和が定着」することを願うガウェイン卿の信念は、サクソン人のウィスタンの目からは欺瞞でしかなく、彼は「虐殺と魔術の上に築かれた平和」は長続きしないと批判する（四三〇）。ところが、『忘れられた巨人』を中世ロマンスと比較分析するヨアンナ・ブコフスカ（Joanna Bukowska）が指摘するように、ウィスタンによってクエリグが退治された後に待ち受けているのは、騎士道ロマンスの結末で暗示されるような理想的な社会秩序と平和の回復ではなく、むしろ古傷を開いたことで起こる新たな戦争の時代なのである（31-32）。「古い憎しみ」は、「土地や征服への新しい欲望」と結びつきやすく、戦争に生き残った者やその子孫たちが、犠牲者の死と過去の記憶を代理して占有し、復讐を正当化するために政治的に利用することの危険性をイシグロは示唆している（四四六）。実際、クエリグ退治を命じたサクソンの王は、「正義と復讐」という名のもとにブリテン島を「征服」することを企んでおり、ブリトン人の間で長く暮らし、違う民族であっても、「勇気ある人や賢い人を尊敬し、愛してきた」ウィスタンは、王の任務を果たした後、それを喜ぶのではなく、やがて訪れるはずの未来を想像して意気消沈するのである（四四四―四四五）。イシグロは伝統的な「竜退治」の物語を小説の基礎として利用しながらも、ウィスタンによるクエリグ退治とそれが導く未来を、登場人物や読者が手放しで喜ぶことができるものとして描いてはおらず、果たして凄惨な過去の出来事についての記憶を現代に呼び起こすべきなのか、それとも忘却の彼方へと追いやるべきなのかという答えの出ない難しい問いを提起する。

誰しもが持っている苦しみや喪失の記憶を後世にどのように伝達するべきかという歴史記述の実践において避けることのできない問題について、イシグロは時に相反する複数の声や意識、価値観の相互作用を特徴とする、対話的な物語を通して描こうとする。そしてその際、単に記憶が善で忘却が悪というような図式的発想を問い直しているように思われる。実際、アクセルはクエリグの息による忘却の恩恵を感じており、もし「霧にいろいろと奪われなかったら、［自分たち］の愛はこの年月をかけてこれほど強くなれて」いなかったかもしれず、「霧のおかげで傷が癒えたのかもしれない」と語る（四七七）。マーリンの魔法は、一見すると、全ての人間からあらゆる記憶を平等に奪っているように思われるのだが、実は、人々の忘れたいという欲求に選択的に作用しているのであり、奥山礼子が指摘する通り、クエリグには「忘却を起こす心の作用の表象的存在」としての一側面がある（二〇三）。アクセルは記憶を失う前に、ベアトリスの不実に対して「復讐を望む小さな部屋を心の中につくっていて、そこに、長年、鍵をかけてきた」と告白しているように、彼自身が妻の不倫や息子の死を忘れることを望んでいたと明かされる（四七〇）。一方、他の登場人物とは異なり、ウィスタンだけが「妙な呪文に引っかかりにく」く、同胞をブリトン人に殺戮された記憶を保持し続けていられるのは、彼がサクソン人の建物に残った痕跡から過去を想像する能力を持っているためだけでなく、母親を連れ去ったブリトン人や幼少期に彼に屈辱を与えたブレヌス卿に対する強い憎しみを抱いており、それを忘れることを望んでいないためであると仄めかされている（四二五）。このように、イシグロは、記憶と忘却にまつわる難問、辛い記憶に向き合うべきなのか、それとも、忘れる方が良いのかという問いの前で葛藤する様々な人間の姿を提示する。

クエリグの吐息にかけられたマーリンの魔法は、過去を忘れることを望む人々に作用しているようなのだが、そもそも、この小説世界に忘却の「霧」をもたらしたのは、アーサー王という権力者であることも忘れてはいけないだろう。イシグロは、共同体が独自のアイデンティティを構築し強化する際に、過去を共有しているという意識が利用されること、そして、共同体にとって不都合な過去を排除し、隠蔽することで成立する正史のイデオロギー機能とを明らかにしている。公的に認められた歴史、つまり正史を体現する人物として描かれているのは、アーサー王のもとに留まり、その死後もクエリグを守るという使命を忠実に果たし続けるガウェイン卿である。彼は戦争を生き残った者たちによる復讐を避けるために、アーサー王がサクソン人の無差別虐殺を指示したことをひた隠しにし、その代わりに、王が「戦いの混乱に巻き込まれた無辜の者を助けるよう」彼の忠臣たちに常々命じていた、という偽の歴史を人々に伝道して歩く(一七三)。フランスの哲学者ポール・リクールは、ガウェイン卿が伝道するような「権威づけられ、祝福され、記念される」公的歴史は、「社会の当事者たちがみずからを語る根源的な力を剝奪」するとして批判する(二四〇)。しかし、この剝奪は上から下へというような単純なものではなく、両者の「密かな共犯」の上に成り立っているという(二四〇—二四一)。確かに、クエリグに魔法をかけ、集団的記憶喪失を引き起こしたのはアーサー王なのだが、この魔法が上手《うま》く作用するには、人々が自身を「とりかこむ状況によって犯された悪について、知るまい調べまいとする漠然とした意志」を持っていなければならず、忘れることを望んでいなければならない(リクール、二四一)。『忘れられた巨人』の登場人物たちは皆、かつての戦争を自分たちとは無関係な大昔の出来事と見なしており、ほとんど顧みることもないのだが、この彼らの半ば受動的な意志的忘却が、ガウェイン卿によって歴史が修正される隙を生み出しているだけでなく、実は、そうして捏造された正史と「共犯」の関係にあることをイシグロは示している。

イシグロは忘却と想起の背後にアーサー王とサクソンの王という対立する権力者の姿を暗示し、集団の記憶が操作され得る可能性を示すと同時に、竜という超自然的存在を忘却の原因とすることで、記憶を伝達し、歴史を構築する際の体制側の「支配や共謀を超えた力」をも示しているように思われる（Wood, 94）。インタビューの中で、個人と集団の記憶の違いとして重要なのは、「誰がその記憶を形作るのかという」ことにあると述べるイシグロは、集団の記憶をコントロールしている力として、「歴史教科書や大衆文化、親から子へ語り継がれる物語、バーでの気さくな会話」など様々な要素を挙げる（郷原、一一）。しかし、これらの力は明確な姿かたちを取ってはおらず、詳細に分析することができるものではない。『忘れられた巨人』における集団的忘却の根源であるクエリグは、集団の記憶をコントロールする現実世界の様々な力の集合を象徴したものだと言えるだろう。忘却の「霧」を生み出したのが、アーサー王という権力の象徴であったように、それに終止符を打ったウィスタンの背後にもサクソンの王という別の権力者が存在していることを仄めかすイシグロは、国や共同体が「文学や博物館、公的な歴史書」などを通して集団の記憶を操作し得ることを示しながらも、「最終的には、普通の人々が自分の国に起こったと考えるものへと行きつく」と信じており、記憶を後世へと伝達する際の個人の役割を重視している（Clark, 4）。これは、ウィスタンによるクエリグ退治が独力でなされたものではなく、アクセルやベアトリスをはじめ、ブレヌス卿の兵士に襲われているところを助けた修道院の善良な神父たちなど、複数の人々による支援と様々な要因によって重層的に決定されたものであることからも読み取れる。ガウェイン卿や修道院のアボット院長などが歴史修正主義者である一方で、ジョナス神父やニニアン神父は「隠されていたことを公にして過去と向き合」うべきだと考えており、忘れることではなく想起することで償おうとする立場をとる（二三二）。「霧」によって辛い過去の記憶を奪われることを望んだのが、多くの一般的な人々であったように、クエリグを退治し、再び記憶を取り戻すことを願ったのも、アクセルやベアトリス、ウィスタンや神父たち、そして親に忘れられた孤児たちなどの普通の人々であることが仄めかされている。

結び

人は過去を覚えておく必要と同時に、忘れる必要もあり、この二つの必要性は均衡を保っている。イシグロは国や共同体における集合的な記憶においても、個人の記憶と同じように、両者の均衡が重要であると考えているようである。しかし、『忘れられた巨人』における六世紀のイングランドでは、雌竜クエリグの吐息にかけられた魔法によって、この均衡が壊され、人々は一種の集団的な記憶喪失に陥っている。一見すると、これはアーサー王やガウェイン卿という権力者と、それに追随する修道院の神父たちによる強制的な記憶の剝奪のように思われるのだが、実は、クエリグの息の下には、人々が自分たちの周囲で起こった残酷な過去を忘却したいと願う欲求が隠されていることを、「霧」によって忘却される記憶が非常に選択的であることを通してイシグロは明らかにしている。イシグロは、国や共同体が記憶を歴史化する際の、体制側の記憶の排除や隠蔽を描くだけでなく、ウィスタンによるクエリグ退治を複数の人々が応援する様を通して、社会を構成する一人ひとりの個人が、記憶の伝達を国家や歴史家の手に任せておくだけでなく、どの記憶を後世へと伝え、歴史に留めておくべきなのか考える必要があると示しているのではないだろうか。そして、『忘れられた巨人』におけるジャンルの混在は、世界中にいるイシグロの読者が、小説世界を離れ、現実世界の様々な社会や歴史に当てはめて読むことができるようにと意図されているのであり、自分の国や共同体の「忘れられた巨人」を見つめ直すことを促すのである。

註

▼1　イシグロの小説からの引用は、基本的には早川書房から刊行されている訳書を用いているが、論旨の都合で細かい変更を加えていることがある。

▼2　アーサー王率いるブリトン人がサクソン人との戦いに決定的な勝利を収めたとされる「バドン山の戦い」の時期には諸説ある。伊藤盡によると、ブリトン人修道士である尊師ベーダの『イギリス教会史』では西暦四九三年、ネンニウスの『ブリトン人の歴史』では五一六年と記述されており、中世英国歴史学者F・M・ステントンはこれを五〇〇年頃の出来事であると見なしている（二一一二）。

参考文献

Alter, Alexandra. "A New Enchanted Realm." *The New York Times*, 20 Feb. 2015, pp. C19+.

Battersby, Eileen. "Kazuo Ishiguro Could Use Some Ogres." *The Irish Times*, 28 Feb. 2015, http://www.irishtimes.com/culture/books/the-buried-giant-review-kazuo-ishiguro-could-use-some-ogres-1.2119977.

Bukowska, Joanna. "Kazuo Ishiguro's *Buried Giant* as a Contemporary Revision of Medieval Tropes." *Multiculturalism, Multilingualism and the Self: Literature and Culture Studies*, edited by Jacek Mydla et al., Springer, 2017, pp. 29-43.

Byatt, A. S. *On Histories and Stories*. 2000. Vintage, 2001.

Christoff, Alicia. Review of *The Buried Giant*, by Kazuo Ishiguro. *Psychoanalytic Psychology*, vol. 33, no. 4, 2016, pp. 626-31.

Clark, Alex. "What Would I Have Done?" *The Guardian*, 21 Feb. 2015, pp. 2-4.

Evans, Jonathan. "Dragons." *J. R. R. Tolkien Encyclopedia: Scholarship and Critical Assessment*, edited by Michael D. C. Drout, Routledge, 2007, pp. 128-30.

Hodson, Richard, J. "The Ogres and the Critics: Kazuo Ishiguro's *The Buried Giant* and the Battle Line of Fantasy." *Studies in English Language and Literature*, vol. 56, no. 2-3, 2016, pp. 45-66.

Ishiguro, Kazuo. *The Buried Giant*. Faber and Faber, 2015.

———. *When We Were Orphans*. 2000. Faber and Faber, 2012.

Kakutani, Michiko. "In a Fable of Forgetting, Jousting With Myth." *The New York Times*, 24 Feb. 2015, pp. C1+.

Lodge, David. *The Art of Fiction*. 1991-1992. Penguin Books, 1992.

Miller, Laura. "Dragons Aside, Ishiguro's "Buried Giant" Is Not a Fantasy Novel." *Salon*, 2 Mar. 2015, http://www.salon.com/2015/03/02/dragons_aside_ishiguros_buried_giant_is_not_a_fantasy_novel.

Robson, Leo. "Double Dragon." *New Statesman*, 6-12 Mar. 2015, pp. 50-51.

Vorda, Allan, and Kim Herzinger. "An Interview with Kazuo Ishiguro." *Mississippi Review*, vol. 20, no. 1/2,

1991, pp. 131-54.

Wood, James. "The Uses of Oblivion." *The New Yorker*, 23 Mar. 2015, pp. 92-94.

伊藤盡「生き埋めにされた伝説――ヒストリーとストーリーの挟間のイングランド黎明奇譚」、「ユリイカ」二〇一七年十二月号、二〇三―一三頁。

江南亜美子「解説」、『忘れられた巨人』土屋政雄訳、早川書房、二〇一七年、四八三―九〇頁。

奥山礼子「カズオ・イシグロ『忘れられた巨人』における忘却の行方――埋められた記憶が掘り起こされるとき」、『二十一世紀の英語文学』金星堂、二〇一七年、一九七―二一四頁。

柏崎歓「歴史の記憶　向き合う葛藤」、『朝日新聞』二〇一五年七月二日付、三一面。

郷原信之「何を心に留め、忘れるか」、『日本経済新聞』二〇一五年六月二十四日付夕刊、一一面。

『サー・ガウェインと緑の騎士』池上忠弘訳、専修大学出版局、二〇〇九年。

ジェフリー・オブ・モンマス『ブリタニア列王史』瀬谷幸男訳、南雲堂フェニックス、二〇〇七年。

ヴァルター・ベンヤミン『歴史の概念について』鹿島徹訳、未來社、二〇一五年。

ベーダ『イギリス教会史』長友栄三郎訳、創文社、一九六五年。

ポール・リクール『記憶・歴史・忘却　下』久米博訳、新曜社、二〇〇五年。

カズオ・イシグロと日本の巨匠

小津安二郎、成瀬巳喜男、川端康成

武富利亜

はじめに

カズオ・イシグロは、多くのインタビューで小津安二郎や成瀬巳喜男の映画の影響について言及している。はじめて観たのは十歳ごろで、英国で放映された深夜テレビだったという。イシグロは、「小さな男の子たちが畳の上を歩き回り、女性たちが古風なしぐさで話すシーンをみるや否や、大きな衝撃を受け」（山川、八）たという。イシグロは、作品を創作するにあたり、「イギリスにやってくる五歳までの長崎の家の情景、そして小津や成瀬巳喜男など五〇年代の映画監督の作品からのインパクト――この二つの要素が渾然一体となって、私の内なる日本が作り上げられている」（池田、一三七）と語るように、戦後の日本映画、特に小津と成瀬の映画は、五歳までのイシグロの中の日本の記憶が完全に忘却の彼方に消えてしまうのを防ぎ、当時の日本を再現・再生・想像する上での重要なツールになっていたことが分かる。
イシグロに対する小津や成瀬の影響は、多くの研究者が論じてきた。例えば、坂口明徳は、イシグロは小津映画に、「日本的なるものの規範」（坂口『英語圏文学』、一三〇）を求めたのだろうと論じている。グレゴリー・メイソン（Gregory Mason）は、「イシグロは、映画のおかげで幼少時代の日本を再訪することができた」[1]（Mason, "Inspiring Images," 40）と述べている。また、坂口は、イシグロが川端康成原作、成瀬巳喜男監督映画『山の音』を『遠い山なみの光』の下敷きにしたという根拠について、「エツコとオガタという嫁・舅の域を超えた親和的関係、またエツコと二郎との閉塞的夫婦関係は、『山の音』の尾形＝菊子＝修一の三者関係と瓜二つだから」（坂口『テクストの声』、一八九）という見解を示している。このようにイシグロは、時代設定、流行した事物、登場人物の名前、家族関係など、こうした日本の巨匠たちの映画から多くのものを採用していると言えるだろう。

海外の研究者の多くは、イシグロ作品の「日本」について論じる際に、「もののあはれ」や「幽玄」といった、抽象的な概念を適用する傾向がある。しかし、小説中のどの場面においてそうした影響が認められるのかを具体的に指摘しているものは少ない。本稿では、小津の『東京物語』と成瀬の『山の音』をとりあげ、どのような場面にイシグロが触発されたのかを『遠い山なみの光』（*A Pale View of Hills*, 1982）および『浮世の画家』（*An Artist of the Floating World*, 1986）と比較して考察する。特に、台詞《せりふ》と映画の字幕、映像刺激に焦点をあてる。また、『山の音』の原作である川端康成の『山の音』の英訳版 *The Sound of the Mountain* は、イシグロが読んだと公言していることから、比較材料として用いる。最後に、これらの媒体から読み取れるものは何かを明らかにしたい。

イシグロと日本映画

台詞についての考察

イシグロは、長篇デビュー作である、『遠い山なみの光』とその後に出版された『浮世の画家』の二つの小説の舞台を日本に設定している。イシグロによると、二篇とも英語で書かれた小説であるが、小説内の物語の中で人物たちが使っているのは、日本語ということである。例外的な場面として、イシグロは、『遠い山なみの光』の悦子の語りについて、次のように説明している。「悦子がときどき、例えば、『くじ引き』など、日本の事物について語るときに彼女は英語で話をしているけれども、英語は彼女にとって第二言語だということが、読者に明らかになるわけです[2]」(Mason, "An Interview with Kazuo Ishiguro," 13)。つまり、作者イシグロは、日本語で進行する物語を、読者のために自分が英語に翻訳したという設定だ、と言いたいのである。さらに、このことについてイシグロは、『浮世の画家』の語り手の小野を例にして、次のようにも説明している。

彼[小野]は日本語でナレーションをしていることになっている。読者は単に、それを英語で理解しているのです。だからある意味、言語は疑似翻訳されたようなものでなければならない。言い換えれば、私が使用する英語は流暢すぎてもいけないし、西洋人が日常会話で使う口語的な表現が多く入っていてもいけない。英語の言語の向こう側で外国語が展開されているような、いわば字幕のようなものでしょうか。[3]

(Mason, "An Interview with Kazuo Ishiguro," 13)

これは、まさに英語字幕でしか日本映画を理解することができなかったイシグロが日本映画を鑑賞したときのメカニズムといえる。

ほかにも西洋の読者に、英語の向こうで日本語が展開していることを意識させる方法として、イシグロは単語やフレーズの使い方にも工夫を施している。例えば、日本の事物(tatami, kujibikiなど)を日本語表記のまま小説に採り入れている。また、レベッカ・L・ワルコヴィッツ(Rebecca L. Walkowitz)が指摘するように、正しくは、"Popeye the Sailorman" と表記されるべきところを、イシグロは日本語に寄り添い、冠詞を除いて "Popeye Sailorman" と一郎に言わせるなどしている(Walkowitz, 1053)[4]。ただし、この場合日本人は、「ポパイ・ザ・セーラーマン」と発音し、冠詞「ザ」を除かない。邦訳者の飛田茂雄も「ポパイ・ザ・セーラーマン」(『浮世の画家』、一五二)と一郎に言わせている。イシグロは、日本人が英語を話すときの特徴として、冠詞が時おり脱落することを、理解しているのだろう。こうした日本人が英語を話すときの文法的な間違いで、第二言語話者の「ぎこちなさ」を演出しているのだ。西洋人読者には、異国情緒として読める箇所になっていると言える。

イシグロの小説の人物の語りが慎重で、字幕翻訳のようになっているのは、イシグロが一度日本語から英語に翻訳しているからだと指摘する研究者もいる。しかし、翻訳するには、英語とほぼ同等の日本語力が必要とされるが、イシグロの日本語能力は「ディナーはフィニッシュしましたか？」（阿川、一四四）というような、イギリスにわたった五歳のレベルで止まっていると本人が明言しているため、懐疑的にならざるを得ない。また、イシグロは、「私は恐らく、日本の映画から影響を受けていると思います。私は大変多くの日本映画を観ています。特に、実際に私の記憶している日本が映し出される、例えば、小津や成瀬といった戦後の日本映画は、私にとって胸をうつほど刺激的です[5]」（Mason, "An Interview with Kazuo Ishiguro," 4）と言っていることから、文献からというよりも、日本映画から受けた影響が絶大といえるだろう。メイソンも「イシグロ作品の『日本性』はいったいどこから来るのか？　両親に育てられたことは別として、イシグロの日本のほとんどは、日本映画から刺激を得たものだろう[6]」（Mason, *East-West Film Journal*, 39）と断定している。つまり、イシグロは、英語字幕から日本人の生きた台詞や一般的な日本人の生活習慣を学びとったと言えるのである。

興味深いのは、初期の日本を舞台にした作品と一線を画し、イギリスを舞台にした、『日の名残り』（*The Remains of the Day*, 1988）を出版した後も、主人公スティーブンスの語りが小野らと同様に、慎重で形式的であると多くの批評家に指摘されたことである（Gallix, 136）。イシグロは、本が出版されるたびに同じことを問われるのに驚いたと回想しながら、インタビューで次のように述べている。「私は次第に困惑してきました。というのも、それは私にとって自然な語りだったからです。［……］だから恐らく、私に原因があるのだと思います、苦しい結論を申し上げますと[7]」（Gallix, 136）。つまり、主人公の穏やかで慎重な台詞は、意識されたものではなく、イシグロ自身の作家の声だというのである。ということは、主人公以外の登場人物、例えば日本の子どもや女性たちのようなイシグロにとって馴染《なじ》みのない言葉づかいなどは、おおむね、映画を参考にしたと考えていいのではないだろうか。以下、小津や成瀬映画の台詞や映像刺激がどのようにイシグロの作品に反映されているかを具体的に考察したい。

まずは、『東京物語』の母子、文子と実《ミノル》の台詞と『浮世の画家』の節子と一郎の台詞を比較する。イシグロは、日本映画を英語字幕で鑑賞したと思われることから、わかりやすく比較するために日本語の台詞の後ろに括弧で、英語字幕を付す。

『東京物語』に登場する長男の平山幸一は、内科医院といっしょになっている二階建ての小さな一軒家に妻、文子と二人の息子の四人で住んでいる。ある日、尾道から老夫婦が上京してくるというので、幸一の息子で長男の実の机が子ども部屋から廊下に出されていた。それに腹を立てた実は、「僕、どこで勉強するんだよ」（"Tell me: Where am I supposed to study?"）▼8と、母親をにらみつけて言いよる。そして、母親に「うるさいわね、いつもしないくせに」（"Keep quiet. You never study anyway!"）と言われると、「じゃ、しなくたって、いいんだね、いいんだねー。あー、らくちんだ、あーのんきだな」（"So I don't have to study, right? No more studying, right?"）と、今度はふざけた調子で言う。文子は「なに、実！」（"What are you saying."）と実をにらみつける。また、突然の患者の来訪のために予定していた「お出かけ」が中止になると、実は、母親に「つまんねぇの、ふん」（"It's not fair!"）と言ったり、「なんだい、嘘つき」（"You liar!"）と憤懣《ふんまん》をぶちまけたりする。祖母が「また今度な」（"There'll be another time."）となだめにかかるが、実は祖母に対し、「いやだい」（字幕なし）[9] と吐き捨てる。母親が間髪をいれずに、「なに、実、あっちへ行ってらっしゃい」（"Behave yourself. Just leave the room."）と言うと、実は居間を出ていく。母親は、祖父母に対し、「本当にしようがありません」（"Bad boys."）と恐縮する。以上のような、親子の間の衝突やそれをなだめる祖父母とのやり取りの映像や台詞は、五歳までのイシグロの記憶に息吹を与えたと考えられる。イシグロは、イギリスではヴィクトリア朝の伝統の影響で、大人がいるところで子どもが騒いだり、遊んだりすると叱責されるのを見て、「長崎で自由に過ごしていたからショックだった」（阿川、一四五）と話している。イギリスに移住してから五年後に、小津映画の中の子どもが家の中を自由に走り回ったり、祖父母や両親に口答えしたりする場面を見て、イシグロが昔の記憶を思い起こしたのは想像に難《かた》くないだろう。イシグロは、幼いころの「普通の日常生活の一コマが断片的に」（阿川、一四五）蘇ると述べている。このように、小津映画の画面を通して、写真のように断片的であった記憶を活性化させたと思われる。また、自らの内にある「日本」を舞台にした物語にインスピレーションを与えたに違いない。[10]

　続いて、『浮世の画家』に描かれる類似の場面をみてみたい。小野と孫の一郎、一郎の母親、節子の三人の間で交わされる会話である。小野の回想という形で描かれている。「彼［一郎］は正座を崩したかと思うと、仰向けになり、両足を空中でばたばたさせた。『一郎！』と節子があわてて小声でたしなめた。『おじいちゃまの前でなんてお行儀の悪い。起きなさい！』」（『浮世の画家』、二一）（"Abandoning his pose, he rolled on to his back and began waving his feet in the air. 'Ichiro!' Setsuko called in an urgent whisper. 'Such bad manners in front of your grandfather. Sit up!'"）(15) あるいは、「からかうつもりで言ったわけではないのに、孫にはグサリときたらしい。一郎は勢いよく体を起こし、わたしをにらみつけて叫んだ。『よくもいったな！　なんにもしらないくせに』『一郎！』と、節子が当惑して大きな声をあげた」(『浮世の画家』、二二)。("I had not meant this remark to be provocative, but its effect on my grandson was startling. He rolled back into a sitting position and glared at me, shouting: 'How dare you! What are you saying!' 'Ichiro!' Setsuko exclaimed in dismay.") (15) 上記の「よくもいったな！　なんにもしらないくせに」という、一郎が祖父に対して使用する台詞に注目したい。原書では、"How dare you! What are you saying!" となっている。この台詞は、孫が祖父に対して言う台詞にしては、少々乱暴すぎるという印象を受けるだろう。しかし、日本人からみても小津映画の子どもの台詞は、端的でぶっきらぼうなものが多い。イシグロが小津映画の親子間で交わされる口喧嘩の台詞を参考にして、そのまま採用したと考えれば納得がいくのではないだろうか。また、一郎が人前で仰向けになり足を空中でバタバタさせるような、イギリスではあまり見られない光景なども、映画の中の実などに刺激され、造型されたと考えられるだろう。

次に、成人の親子の台詞を比較する。『東京物語』では、東京に住む娘や息子が上京してきた老夫婦をあまり歓迎していないさまが描き出される。世話ができないと感じた子どもたちは、親を温泉へと送り出すのだが、そこは若者が宿泊するような騒がしい宿で、老夫婦は早めに東京へ戻ってきてしまう。娘は忙しそうにしながら、「混んでませんでした？」("Was it crowded?") と、ありきたりな質問をする。そこで父親は、「もうそろそろ帰ろうと思って」("We thought it was about time we went home.") と、帰郷を切り出す。すると娘は、「まだ、いいじゃありませんか。たまに出ていらしたのに。今度の休み、歌舞伎にでもお供しようと思ってたのよ。今晩、ちょいと七時から寄り合いがあるけど。いえね、講習会があるのよ。あいにく家が当番だから。［……］だからぁ、熱海でゆっくりして欲しかったのよぉ」（"I was planning to take you to the Kabuki. However, I've a meeting here tonight with other beauticians. It's my turn to provide the place. [……] That's why we wanted you to stay at Atami."）と引き留めるそぶりを見せるものの、今日は家にいられると邪魔だと示唆することは忘れていない。この場面は、『遠い山なみの光』の緒方と息子の二郎の会話を想起させる。父親の緒方が食事中に「『あした帰る』」（"Well, Jiro, I'll be leaving you tomorrow."）（154）と切り出す場面である。そして、会話は次のように展開する。「『帰る？　それは残念だな。ろくなおかまいもしなかったのに』［……］『気にすることはありませんよ、お父さん。ほんとうに急がなくてもいいんだから』『ありがとう。だがそろそろ帰らないとな。やらなくちゃならんこともあるし』『またご都合のいいときにいらしてください』［……］『こんどの取引もやっとまとまったとなると、すこしは暇ができるんです』」（『遠い山なみの光』、二二八―二二九）（"You're leaving? Oh, a pity. Well, I hope you enjoyed your visit." [……] "No need to rush, I assure you." "Thank you, but I must be getting back now. There's a few things I have to be getting on with." "Please come and visit us again, whenever it's convenient." [……] "Now this deal's finally gone through," said Jiro, "I'll have a little more time."）（154-55）二郎はこれまでも、緒方との会話を終わらせる口実として、「忙しい」という言葉を繰り返し使用している（38, 83, 93, 219）。その一方で、「『それなのにお帰りになるっていうのは残念だな。二日ばかり休暇をとろうと思っていたのに。でも、仕方がないでしょうね』」（『遠い山なみの光』、二二九）（"A shame you have to go back just now. And I was thinking of taking a couple of days off too.") (155) などと、心にもない言葉を口にするあたりは、『東京物語』の子どもたちと同様である。このように、あからさまに本音で話すのではなく、相手の気持ちを損なうのを恐れて表面を取り繕おうとする、いかにも日本人らしい会話の様子をイシグロは的確に捉え、小説に織り込んでいるのである。

イシグロが描ききれなかったもの

イシグロは、『遠い山なみの光』の執筆当初、悦子と緒方の「嫁舅関係」を中心とした物語を考えていたが、うまくいかなかったとインタビューで告白している。

> はじめは、悦子と義理の父親である緒方の関係を描きたかったのですが、次第に立消えになりました。あの当時は、言うなれば、私は未熟な作家だったということでしょう。経験豊富な作家に比べて、未熟な作家が陥りがちなものの一つにあげられるのが、小説をコントロールできないということです。[11]
>
> (Mason, "An Interview with Kazuo Ishiguro," 6-7)

こうした、嫁と舅の関係を描くにあたり、イシグロが参考にしたのは、恐らく、川端康成原作、成瀬巳喜男監督の『山の音』と思われる。[12] 草稿の段階で、イシグロがどのような嫁舅関係を思い描いていたかは定かではないないが、ある程度の親密性をもった関係で描こうとしていたのは、二人の会話から読み取ることができる。「『どっちが欲しいかね、悦子さん。男? 女?』『どっちでもいいんです。男だったら、お義父さまの名前をつけようかしら』『ほんとうかい、約束できるかね?』『考えてみると、どうかしら。お義父さまのお名前、何でしたっけ。誠二——しゃれた名前じゃないわね』」(『遠い山なみの光』、四三)。あるいは、緒方が悦子の承諾なしにヴァイオリンを扱ったことに悦子が気付いたときの次の会話などである。「『あの棚の上にあるのを見つけてね。勝手におろしたのさ。そんなに心配な顔をしなくてもいい。大事に扱ったんだから』『どうかしら。お義父さまはこのごろ本当に子供みたいだから』わたしはヴァイオリンを手にとって調べた。『子供なら、高い棚には届きませんけどね』」(『遠い山なみの光』、七八)また、悦子は緒方に対し、自分の名字も「緒方」であるにもかかわらず、「緒方さん」と呼ぶ方がしっくりくると言っている。「緒方さんは夫の父なのでわたしも同じ姓になってからも、彼のことはいつでも緒方さんとしか考えなかったのは、妙な気もする」(『遠い山なみの光』、三五)。つまり、悦子が緒方に対して距離を取っていることを暗に読者に示しているのである。一方の緒方は、義理の娘のことを「悦子」と呼び捨てにしている。イシグロは、呼称によって人間の上下関係をあらわそうとしたのかもしれない。しかし、それを考慮すると、それまでは丁寧な言葉づかいをしていた悦子が、とつぜん緒方を子ども扱いするような冗談を言うのには、いささか違和感がある。舅として一定の心的距離をおいている嫁が、冗談でも「坊やもやっと悪いことをしたのに気がつきましたね」(『遠い山なみの光』、八〇)と発言するのは、不自然であると言わざるを得ない。その場が気まずくならないような配慮を悦子がみせたと解釈しても、嫁が舅に対し、冗談まじりにでも「誠二——しゃれた名前じゃないわね」(“Seiji—that's an ugly sort of name”)(33)と言ったりはしないだろう。ではなぜ、緒方と悦子を中心とした物語の構想は、イシグロの言うように失敗に終わったのだろうか。それは、『山の音』の嫁、舅である、尾形と菊子をもとに、緒方と悦子を中心とした物語を考えたものの、英国人のイシグロにとって、日本人の言葉を介さずに親密な男女の心の交流をあらわすことが難しかったからではないかと推察する。

川端康成の『山の音』は、一九四九年に出版され、川端の傑作の一つにあげられる長篇小説である。一九五四年に成瀬巳喜男が監督して映画化され、エドワード・G・サイデンステッカーによって一九七一年に英訳されている。川端作品を含め、日本人作家についてイシグロ本人は、翻訳を通して小説を読んだことを認めている（池田、一三六）。『山の音』に描かれる嫁舅関係は、普通では少し考えられない異常性をはらんでいる。例えば、義父である尾形信吾は、自らが見た菊子（義娘）の夢に対して、菊子への思いを正当化する場面がある。しかし、正当化するということは、尾形が菊子に対して嫁以上の感情を持っていると認めることになる。また、昆虫や自然の事物に尾形の気持ちは投影され、表現されている。例えば、第一章には、物忘れが激しくなり、老いや死を意識するようになった尾形が、月を眺める場面がある。眠れずに雨戸を開けると蟬の忙《せわ》しく鳴く声が聞こえる。光に誘われ、蚊帳《かや》の裾に飛びこんできた一匹の蟬を尾形が捕まえる。「蟬がとびこんで来て、蚊帳の裾にとまった。信吾はその蟬をつかんだが、鳴かなかった。『おしだ。』と信吾はつぶやいた。ぎゃあっと言った蟬とはちがう。また明かりをまちがえて飛び込んでこないように、信吾は力いっぱい、左手の桜の高みへ向けて、その蟬を投げた」（『山の音』、一〇）。この蟬は、庭で精力的に鳴く蟬と違い、生命力が衰え、光に誘われるままに蚊帳に飛んできた老蟬である。それは尾形にとって、老いてもなお義理の娘の菊子に淡い気持ちを抱いている自分の姿と重なって見えたのだ。小説には、こういった尾形の心情が、所謂《いわゆる》「もののあはれ」といわれる書法で随所に描かれている。また、義理の姉の房子から「お父様が赤んぼに還るのは、まだお早いわ」(『山の音』、二五一)と、指摘されるほど菊子は、「信吾をあまやかし［……］彼が死んだときには子守唄のレコードをかけてくれと彼に頼まれている」(鶴田、二四)ような関係で描かれている。当然のように彼女は、姑からも「菊子」と呼び捨てにされている。菊子が義父に対して気持ちを表現することはない。しかし、房子のような第三者から、菊子が緒方を甘やかしていることが読者に示されるのである。

小説よりもさらにイシグロに閃《ひらめ》きを与えたのは、映画『山の音』だろう。尾形の心情は、小説ほど赤裸々ではないにしろ、視覚的に描出されている。二人の関係を特に象徴的に表しているのは、近所の庭に咲くひまわりを彼らが見る場面である。映画版では、尾形が隣人宅に咲いているひまわりを見上げているところへ、菊子が自転車に乗って登場する。菊子は尾形のひまわりを見る様子に興味を抱く。アミトラーノは、二人は「互いに目を見つめ合うより、同じものを見ている」(七〇)感覚を共有しており、「信吾と菊子の間に交わされる言葉より、発せられない言葉の方が意味深い」(六八)関係だと指摘している。尾形の目となって映し出される、菊子の表情や仕草により、尾形の気持ちは視聴者に示される。こうした、義娘と義父の関係にイシグロが創作意欲を掻き立てられたと考えれば、悦子の緒方に対する言葉づかいや所作にも納得がいくのではないか。しかし、イシグロの構想は完遂することはなかった。それは、なぜか。『遠い山なみの光』では、先述のとおり、二人の親密性を表現する手段として「直接的」な会話が挿入されたからである。イシグロは、二人の親密性を読者に示すために、あえて人物に発言させてしまったのである。人物たちが心を通わせているのを語り手や人物本人たちの言葉による直接的な説明なしに暗示することは、日本の映画や小説ではよく見られるが、イシグロは、そうした婉曲的な暗示の手法で、恋愛に絡《から》んだ日本人の台詞や仕草を描き出すことに難しさを感じたのではないだろうか。そして、いつしか二人を中心とした物語は「立消え」になったのではないかと思われる。

日本映画によるイシグロの記憶の覚醒

イシグロは、『遠い山なみの光』を出版した後、「舞台を長崎に設定したのは、単純に私が覚えている日本であり、ある意味一番なじみのある日本が長崎だからです」▼13(Bigsby, 24)と、述べている。『遠い山なみの光』は、長崎が舞台ということをはっきりと提示しているが、『浮世の画家』の舞台は、「日本」というだけで、日本のどこなのかは特定されていない。それは、実在の日本ではなく、イシグロの記憶の中の「日本」だからなのかもしれない。

小津映画では、静止画のように、その時代を象徴する事物が場面の切り替え時に挿入される。例えば、『秋刀魚の味』では、団地のベランダに干された洗濯物や布団などである。多くの海外の研究者は、この団地のベランダに干されている洗濯物に着目し、異国情緒的な哀愁を感じている(Mason, "Inspiring Images," 47)。イシグロも例にもれず、団地に強いこだわりを示している。それは団地がノスタルジアを誘発するものであり、イシグロの長崎での思い出を覚醒するからにほかならない。

イシグロの小説の舞台となっている昭和三十年代前半ごろの団地に関する資料によると、「千葉県松戸市の常盤平団地では、2DKの当初家賃五千三百五十円に対し、収入は五・五倍以上、約三万円あることが入居条件」（新田『ビジュアルNIPPON昭和の時代』、四一）であったという。その団地に住むということは、社会的なステータス確立の象徴のようなものだったのだ。応募倍率は十倍を超え、庶民の憧れの的であったが、「その人気の一因として、水洗トイレ、ガス風呂に代表される先進的設備が設けられていたことがあげられ」（新田、四一）、畳の上に絨毯《じゅうたん》を敷いて洋室として使うことも流行した。小津が「団地」という社会の流行を、映画の中にいち早く取り入れていたのが分かる。イシグロは、小津の映画を回想しながら、五歳まで住んでいた長崎の生家にも「長崎ふうに、ポルトガルの家具をおいた様式の部屋が一室あった」（山川、八）と述懐しているが、住居や室内の風景の記憶は、まだ活動範囲のそれほど広くなかった子ども時代の記憶の中でとくに重要で敏感な部分を占めていたと考えられ、映像の刺激によって活性化されるのを待っていたのであろう。そして、イシグロは団地を、日本を語る上でなくてはならない要素に位置づけていたと思われる。『遠い山なみの光』では、団地は次のように描写される。

すでに復興が始まっていてやがて、それぞれが四十世帯くらいを収容できるコンクリート住宅が、四つ建った。［……］どのアパートの部屋もそっくりだった。床は畳で、風呂場と台所は洋式。狭いものだから、夏の数か月は暑くてやや苦労したけれども、住人たちはだいたい満足

していようだった。（一一―一二）

『浮世の画家』では、次のように描かれている。

太郎と紀子が住んでいる団地の一室は、四階の小さな二間の間取りで、天井は低く、隣近所の物音が入ってくる。［……］紀子はこの新居を大いに自慢しており、絶えずそのモダンさをひけらかす。たしかに見たところ、掃除はとても簡単そうだし、通風も非常に能率的である。紀子は、特にこの団地はすべてキッチン、バス、トイレが洋式だから、実家の設備とは比べものにならぬくらい便利で使いやすい、と言い張っている。（二三二）

また、『充たされざる者』（*The Unconsoled*, 1995）では、「左手には各住戸が並び、通路と居住棟は、濠《ほり》に小さな橋をかけたように、たくさんの短いコンクリートの階段でつながっている」（三七三）と、ライダーが幼少期のころに住んでいたのがその団地だということを暗に示す重要な場面で挿入されている。こういった団地の様子を、日本を舞台にした小説だけでなく、架空の都市にも採り入れているところに、イシグロのこだわりのようなものが感じられる。そこで、イシグロの記憶に迫る一端として当時の長崎の団地事情を探ってみたい。

日本では、昭和二十二年に「戦後初の壁式構法による四階建鉄筋コンクリート造共同住宅の建設が、東京の高輪で二棟四十八戸で試験的に行われ」（『公営住宅二十年史』、二〇〇―二〇一）ている。

その後、昭和三十年に日本住宅公団が設立され、翌年に一般公募が始まっている。調査の結果、長崎では、それよりも一足早い昭和二十三年に、長崎市魚の町で全二十四戸、八畳、六畳に小さな台所という間取りの鉄筋コンクリート四階建ての県営団地が一棟建設されていることが分かった。間取りもイシグロの小説に描かれる団地と同じである。「魚の町団地」と呼ばれるこの団地は、全国的にみても早い竣工である。長崎県の住宅課に保管されている改修工事等の図面を頼りに魚の町団地を訪れると、市街地の真ん中で当時の面影を残したまま現存していた。魚の町団地は、イシグロの生誕地である新中川町からは、路面電車で三駅、所要時間五分というところにある。長崎市建築住宅部建築住宅概要の示す昭和三十年ごろの旧長崎市地区の資料をみると、昭和三十年代は木造平屋の集合住宅が主流であり、鉄筋コンクリートの、いわゆる中耐構造団地が現れるのは、昭和三十九年以降である。ということは、現在でこそビルに囲まれているが、当時は間違いなく、魚の町団地というのは、画期的で大変珍しいコンクリート団地であり、幼いイシグロが親と一緒に乗ることもあったと考えられる蛍茶屋支線▼14の路面電車からも見ることができたはずである。両親の友人や知人が住んでいた可能性もあるだろう。当時、日本人の誰もが羨望の眼差しでみていた団地は、長崎においても同じである。従って、魚の町団地が幼いイシグロの目に印象深く映り、スナップ写真のように復興の象徴となって記憶に留まった可能性は大いにあると考えられる。イシグロの描く長崎は、必ずしも歴史や地図通りではない。現に、新中川町は、立山のおかげで被災を免れており『遠い山なみの光』で描かれるように、「原爆が落ちて、あとは完全な焦土」（一一）とはなっていない。しかしここでは、小説が事実通りであるかよりも、イシグロの記憶を刺激し、再生させる触媒がどこにあったかを探ることに重点をおいている。小津の映画によって団地の記憶が触発され、小説に書かずにはいられなかったと考えられる。イシグロは、小津映画を観ると「そこで私が見て育ったらしき日本の家具、調度品を再発見する。すると私は、強い懐郷の念に駆り立てられるのです。これが私の日本といってよいかもしれませんね」（池田、一三七）と語っている。また、「私が覚えている日本と同じだということに深い感銘を覚え」（山川、八）たというのは、まさにそうした経緯を指しているのではないか。

結論

イシグロにとっての日本の記憶というのは、五歳までである。それにも拘《かか》わらず、いかにも日本らしい日本を描くことができたのには特別な理由がなければならない。日本に関する文献や日本映画、特に小津や成瀬の映画が、イシグロの中の日本を活性化する記憶再生装置として大いに貢献したことは間違いないだろう。特に、イシグロの初期二作品である『遠い山なみの光』と『浮世の画家』については、その影響が見てとりやすい。また、日本に関する文献を読破し、映画を鑑賞し、日本的な感性を目指したイシグロが、どうしても掬《すく》いとることができなかったのは、日本人特有の細かい心理の動きや、心的距離をはかった日本人同士の会話であることも明らかにした。

イシグロは二作品目以降、日本を舞台とした作品をまったく書かなくなっている。それは、イシグロがこの両作品の中に自らの日本を描ききったという満足感のためかもしれないし、自分はもははや日本人ではなく、英国人なのだと自覚をもったためなのかもしれない。いずれにせよ、イシグロは川端康成の英訳版や、小津、成瀬両監督の映画を通して「とてもプライベートな〝特別な日本〟を創り上げ」(阿川、一四七)たと言えるだろう。戦後の映画に描かれた日本は、イシグロにとって、自らの内に消えゆく「日本」の骨組みとなり、眠っていた記憶を覚醒させ、小説家として飛躍する機会を与えたといっても過言ではない。

＊本稿は、筆者の「カズオ・イシグロと小津安二郎」、「比較文化研究」第百十四号、二〇一四年十二月三十日に大幅な加筆・修正を施したもので、それに併せてタイトルも変えたものである。

注

▼1 訳は筆者による。

▼2 「くじ引き」は、原書中、kujibikiと日本語表記されている。訳は筆者による。

▼3 訳は筆者による。

▼4 要約および訳は筆者による。

▼5 訳は筆者による。

▼6 訳は筆者による。

▼7 訳は筆者による。

▼8 Ozu, Yasujiro. director. *Tokyo Story*. Videocassette. Shochiku, 1953. の英字幕を引用する。

▼9 Yasujiro Ozu, Kogo Noda. *Tokyo Story: The Ozu/Noda Screenplay*. Translated by Donald Richie and Eric Klestadt. Stone Bridge Press, 2003. には、"No!" と訳されている。

▼10　菅野素子によると、イシグロが来日した際の第十四回ハヤカワ国際フォーラムという学生とのパネル・ディスカッション（二〇〇一年十月二十三日開催）において、日本を思い出すとき、「英語の字幕を付けたように思いだします」と答えていたという。

▼11　訳は筆者による。

▼12　詳しくは、武富利亜「カズオ・イシグロの*A Pale View of Hills*に沁みいる『山の音』」、『比較文化研究』第九十九巻（二〇一二）一六七—一七八頁を参照されたい。

▼13　訳は筆者による。

▼14　蛍茶屋と長崎駅前を結ぶ路面電車（現在は蛍茶屋支線と桜町支線に分かれている）。

参考文献

Bigsby, Christopher. "In Conversation with Kazuo Ishiguro." Shaffer and Wong, pp. 15-26.

Gallix, François. "Kazuo Ishiguro: The Sorbonne Lecture." Shaffer and Wong, pp. 135-55.

Ishiguro, Kazuo. *A Pale View of Hills*. Penguin Books, 1982.

———. *An Artist of the Floating World*. First Vintage International, 1989.

———. *The Unconsoled*. Faber and Faber, 1995.

Lewis, Barry. *Kazuo Ishiguro*. Manchester UP, 2000.

Mason, Gregory. "An Interview with Kazuo Ishiguro." Shaffer and Wong, pp. 3-14.

———. "Inspiring Images: The Influence of the Japanese Cinema on Writings of Kazuo Ishiguro." *East-West Film Journal*, vol. 3, no. 2, Jun. 1989, pp. 39-52.

Ozu, Yasujiro and Noda, Kogo. *Tokyo Story: The Ozu/Noda Screenplay*. Translated by Donald Richie and Eric Klestadt. Stone Bridge Press, 2003.

Shaffer, Brian W., *Understanding Kazuo Ishiguro*. U of South Carolina P, 1998.

Shaffer, Brian W. and Cynthia F. Wong. editors. *Conversations with Kazuo Ishiguro*. UP of Missisippi, 2008.

Walkowitz, Rebecca L. "Ishiguro's Floating Worlds." *ELH*, vol. 68, no. 4, Winter 2001, pp. 1049-76.

阿川佐和子「阿川佐和子のこの人に会いたい」、「週刊文春」、第四十三巻四十二号、二〇〇一年十一月、一四四—四八頁。

ジョルジオ・アミトラーノ『『山の音』こわれゆく家族』みすず書房、二〇〇七年。

池田雅之編著『新版イギリス人の日本観』成文堂、一九九三年。

公営住宅二十年史刊行委員会『公営住宅二十年史』、一九六三年。

菅野素子「『疑似翻訳』という身振り」、『ほらいずん』第三十六巻、ほらいずん社、二〇〇四年、三九—五一頁。

坂口明徳「カズオ・イシグロの中の小津安二郎の日本」、『英語圏文学』横山幸三監修、人文書院、二〇〇二年、二一四—三二頁。

——「カズオ・イシグロに谺《こだま》す山の音」、『テクストの声』徳永暢三監修、二〇〇四年、一八〇—九三頁。

武富利亜「カズオ・イシグロの*A Pale View of Hills*に沁みいる『山の音』」、『比較文化研究』、第九十九巻、二〇一一年、一六七—七八頁。

鶴田欣也「まぼろしからうつつへ——『山の音』の錯覚と発見」、『川端康成「山の音」研究』平川祐弘、鶴田欣也編著、明治書院、一九八五年、一六—五〇頁。

新田太郎『ビジュアルNIPPON昭和の時代』伊藤正直編、小学館、二〇〇五年。

山川美千枝「Kazuo Ishiguro日本に対してずっと深い愛情を持ちつづけてきた」、「Ｃｕｔ」、一九九〇年一月、四—九頁。

執事、風景、カントリーハウスの黄昏

『日の名残り』におけるホームとイングリッシュネス

金子幸男

序論――ホームとイングリッシュネス

『日の名残り』(*The Remains of the Day*, 1989)は、一九五六年八月、[1]ダーリントン・ホールの執事スティーブンスが、主人ファラディ氏のフォードを借りて、イングランド西部地方、コーンウォールへと元ハウスキーパーのミセス・ベン(ミス・ケントン)を訪ねる道中、滞在先で、一九二〇、三〇年代の過去の回想と当日の出来事を書き留める旅日記として構成されている。

この小説は従来、イングリッシュネス[2]や大英帝国の終焉をテーマとしているというのが批評家の共通理解である。さらにどこに焦点をあてるかによって複数の読み方に分かれるようだ。[3]小説冒頭の現在には、一九五六年七月という日付が書かれていて、それ以上のことは説明がないが、エジプトによるスエズ運河国営化がなされた時で、イギリス人にとっては大英帝国の没落を表す忘れがたい事件だ。また、作品中、カントリーハウスや、田園風景、執事が際立った存在感を放っているのだから、イングリッシュネスがテーマというのも納得がいく。作者が本小説を執筆した八〇年代のサッチャー時代には、民営化など新自由主義の政策が取られ、社会不安が増し、過去へのノスタルジアから、イギリスらしさがクローズアップされたのであろう。

本稿では、大方の批評家の流れに逆らわずに、本作品がイングリッシュネスを扱った小説であるとの立場から論じていきたいと思うが、まずはナショナル・アイデンティティとは何なのかについて考えてみたい。スティーヴン・ダニエルズ（Stephen Daniels）によれば、それはつぎのようなものである。

> ナショナル・アイデンティティは一定の秩序関係に置かれるものであるが、それは「伝説と風景」、黄金時代の物語、持続する伝統、英雄的行為と劇的な運命によって定義されることがほとんどである。これらは、聖別された場所と風景を持つ古代の、または約束された家郷（home-lands）に位置している。 (5)

ナショナル・アイデンティティにおける故郷の土地（home-lands）の重要性は、A・D・スミス（A. D. Smith）も指摘している。彼はアイデンティティの五つの要素として、①領土または故国（homeland）、②神話と歴史、③大衆の公的文化、④法的権利と義務、⑤経済と移動の自由をあげている。[▼4] また、M・A・フォックス（M. A. Fox）はホームをハウス（house）とは区別して、「ともに住む人々の間の交流（複数の関係）と、ホームの空間におさまる彼らのモノ（所有物、形見、工芸品、品物、商品など）に対する行動である」（66）と定義する。また、ホームを男女の間の愛の交流がなされている過程や、ともに育ち身近にいた人々そのものととらえる見方も提示している。この作品においてホームとは、執事と主人が一体となっているカントリーハウスだけではなく、これから見ていくようにイングランド南部の田園風景もホームと言ってよい。[5] 本稿の目的は、執事スティーブンスのホームの探求、新たなアイデンティティ構築という観点から、西部旅行、イングランドの田園風景、ダーリントン・ホール、それぞれの意味を探ることである。

イングランド西部地方への旅

まずは、旅行に無縁だった屋敷の執事、スティーブンスが、なぜ西部地方へと旅をする気になったのか。加齢による仕事上のミスが多くなり、スタッフ不足も感じられたため、屋敷でハウスキーパーをしていたミス・ケントンを再雇用しにいくことが表面上の理由だ。しかし真実は、屋敷の変化、つまりダーリントン・ホールというホームが一九二〇年代、三〇年代の頃とは違ってしまったことと関係がある。これまでダーリントン卿に忠誠を誓い、仕事一筋に生きてきたスティーブンスの執事人生に揺らぎが生じ、再び新しいアイデンティティを獲得する必要が生じたことが、主たる理由ではなかろうか。[6]

冒頭のプロローグでは、一九五六年七月の時点[7]における寂しい屋敷の様子と二〇年代、三〇年代の活気のある時代とを比較している。変化とは、伝統的なイギリスのカントリーハウスがアメリカ化したことであると言える。二世紀間、ダーリントン家の所有だった屋敷は、三年前にダーリントン卿が亡くなり、今はイギリス的なるものを好むアメリカ人富豪ファラディ氏が所有者。かつては二十八人いたスタッフも、今では四名に激減、屋敷内ではカバーをかけた未使用の部屋も多数。年齢にスタッフ不足が重なり、執事のスティーブンスは、昔ハウスキーパーだったミス・ケントンの手紙から彼女の再雇用を考える。また、最近の執事はパブでサッカーの話を好み、仕事の話を好んだ昔の執事とは大違い。抑制と控え目な物言いを本領としてきたスティーブンスは、主人のアメリカ的な冗談に対応できず戸惑うばかり。大戦間期、屋敷では、紳士淑女の集まりの手伝いをし、ときに会議も開かれていたので、世界の中心の近くにおり、イングランドの本質はよく知っていたつもりであった。スティーブンスにとってダーリントン・ホールは、公私を兼ねたホームであったのだ。[8] しかし、時代は変わりホームも変わった。ファラディ氏が主人公に、田舎へドライブに出かけてイングランドを見てくるようにと言ったのも、変化したホームに適応できるよう、新しいアイデンティティを構築せよとの示唆であろう。[9]

スティーブンスは旅に出る前に、一九三〇年代に出版されたシモンズ夫人の旅行ガイドブック『イングランドの驚異』（*The Wonder of England*, 1921）全七巻のうち、デヴォン州とコーンウォール州を扱った巻を手に取る。これは今でも、スティーブンスが地主紳士の支配する古いヒエラルキーに従って田舎を旅しようと考えていることを示す。三〇年代の古いイングランドのアイデンティティを、まだ脱ぎ捨ててはいないのだ。

スティーブンスは、当初、自動車旅行などあまり気が進まなかったのは事実だが、一九二〇、三〇年代には自動車旅行が流行していたので、自動車でイングランドを探求しようとした二人の作家の旅行記を眺めてみるのもいいだろうと考えている。

一九二七年に初版が出ている、H・V・モートン（H. V. Morton）の、『イングランドを探して』(*In Search of England*) は、コーンウォールも含めてイングランド中をくまなく自動車で旅している。面白いのは、序文で指摘しているように、当時の読者がイングランド探求ブームに取りつかれていたことである。

今日、イングランドについて書く者は、これまでよりも幅広い、より知的な公衆にむかって話しかけることになる。その理由は、これまでにないほど多くの人々がイングランドを探求しようとしているからだ。安い自動車に人気が出たことで、時が熟していなかったイングランドの歴史、古代の遺物、地誌に対する関心が目を覚ましたのだ。これまでの世代には見られなかったほど多くの人々が、初めて本物の田舎を見ているのだ。何百ものそのような探求者が、新たな熱狂的思いを抱いて家に戻ってくるのだ。（Morton, ix）

これはまさに、ファラディ氏がスティーブンスの旅の目的として考えていたようなことである。ただ、スティーブンスは、ミス・ケントンに会いに行き、旅の途上、ダーリントン・ホールにおける自らの過去を思い出し、また村人たちと語らう中、現在のイギリスの変化を感じ取るわけだから、イングランド中をくまなくというより、西部地方に限られた過去への旅と言えよう。

また、J・B・プリーストリー（J. B. Priestley）は、『イングランド紀行』（一九三四年初版）において、イングランド中（コーンウォールなど西部地方は除く）を旅して三種類のイングランド、すなわちオールド・イングランド、十九世紀の産業のイングランド、戦後の新しいイングランドを区別している。オールド・イングランドは、「大聖堂、ミンスター、マナー・ハウス、パブ付き宿屋のイングランド。牧師や大地主、ガイドブックと風変わりな古街道、脇道のイングランド」（二七三）であり、スティーブンスが旅行日記に書き記したイングランドの姿と重なっている。

モートンとプリーストリーに代表されるイングランドへの関心が高まっている大戦間期の文化状況と重ね合わせて、スティーブンスの旅は描かれるのだが、スティーブンスのほうがより地理的に狭い、イギリス的な田園の領域で、時間的にも二、三十年前の記憶を紐解《ひもと》いていきながら、自分にふさわしいホームとは何か、自己のアイデンティティとは何かを考えていく構造になっているのだと言えよう。

風景とイングリッシュネス

旅の一日目の夜、スティーブンスはソールズベリーの宿に泊まるが、その日に出会った風景に対する感動から、風景論、執事論、イングリッシュネスについて語っていく。そこで分かるのは、風景とイングリッシュネスの関係、風景は執事の仕事を映し出す鏡であること、主人公がまだ古い階級秩序の世界の住人であるということ、つまり執事が見ている風景というホームは昔のままだということである。

まず、イギリスの素晴らしい田園風景は以下のように描かれている。

私が見たものは、なだらかに起伏しながら、どこまでもつづいている草地と畑でした。大地はゆるく上っては下り、畑は生け垣や立ち木で縁どられておりました。遠くの草地に点々と見えたものは、あれは羊だったのだと存じます。右手のはるかかなた、ほとんど地平線のあたりには、教会の四角い塔がたっていたような気がいたします。[……]あの場所で、あの景色をながめながら、私はようやく旅にふさわしい心構えができたように思います。胸のうちには、その日初めて健康な期待感が湧き起こってまいりました。これからの数日間、どれほど興味深い体験が私を待ち受けていることだろうか[……]と。

（三八、傍点引用者）

これは典型的なイングランドの田園風景の描写である。「草地と畑」と「羊」は牧畜業、穀物農業、うねるような丘が続く大地、「生垣や立ち木」[10]は、十八世紀から十九世紀にかけて行われた囲い込みの結果生まれた田舎の風景の特徴であり、教会の塔は、ゴシック作りの国教会の教会を示唆している。典型的なイギリスらしさを醸し出している風景である。ダニエルズは、風景はネーションを表現し、道徳的秩序と美的調和の模範として、ナショナルなアイコンの地位を得るというが(5)、まさにナショナルな風景がここには展開していると言えよう。[11]

ここで、風景とは何かについて考えてみよう。

歴史学者のアラン・コルバン（Alain Corbin）は、風景論、『風景と人間』において、風景とは、空間を読み解き、分析し、表象するやり方の一つで、個人や社会集団、時代、場所により、どのような評価のシステム、知の言説を適用するかによって多様に異なるという。評価のシステムには、自然を神の被造物とするキリスト教、健康・不健康なものを区別する医学・衛生学、「崇高」や「ピクチャレスク」の美学、土地整備の論理などがある。ほかに空間評価に影響を与えるのは、旅の目的や移動手段、それに気象状態（雨、霧、雪、嵐）などである。サイモン・シャーマは『風景と記憶』において、森、水、岩山を、風景を構成する基本的な三大要素とし、歴史上古代から近代を経て現代にいたるまで、それらが主として東西ヨーロッパ、北・南米大陸、エジプト、中東などさまざまな地域の個別の風景として立ち上がり、神話、民族、帝国、国家の英雄的、悲劇的な歴史的記憶とからまりあう様子を詳細に論じていく。たとえばイングランドの中世の森は、狩猟のために森を管理する専制的なノルマン人に対する自由と抵抗の場となり、ロビン・フッドの神話を生み出すが、ゲルマンの中世の森の狩猟は部族共同体の表現であったという。水は各地の河川（ドナウ川、テヴェレ川、テムズ川、ナイル川など）と結びついた歴史的、神話的想像力とつながり、噴水となって権力や国家とつながることもある。岩山は怪物の住むところ、霊的な隠遁の場所、恐怖の場所、征服の場所、崇高な美を味わう場所とさまざまである。また、W・J・T・ミッチェル（W. J. T. Mitchell）によれば、風景は五感に訴えてくる「一つの媒介物（例えば大地、石、草木、水、空、音と静寂、光と闇など）であって、その中には文化的な意味合いと価値とが、［……］記号」（二二九）として含まれるという。風景は貨幣に似て、交換価値をもつ商品として機能し、土地に景観の価値を加えたものが値段となる。「パック旅行」では、風景は商品として購入され、消費されて、絵葉書や写真集のような土産物にもなる。具体的な商品価値と、潜在的な文化的価値という二つの役割を風景は持つ。風景は、多くの旅行者が同じ場所を写真に収めるという点でフェティシズム的対象ともなる（二二九―二三〇）。

スティーヴンの場合は、風景を金額に換算するのではなく、フェティシズム的行為の対象とするのでもない。潜在的な文化価値として、風景は、執事という彼のアイデンティティと関係を持つが、まずは、風景について考察を加えている場面をみてみよう。

しかし、旅行の第一日が終わろうとしているいま、この静かな部屋で私の心によみがえってくるのは、その大聖堂でも、ソールズベリーの名所の数々でもなく、やはり、今朝丘の上で見たあのすばらしい光景、うねりながらどこまでもつづくイギリスの田園風景のことです。もちろん、見た目にもっと華やかな景観を誇る国々があることは、私も認めるにやぶさかではありません。私自身、百科事典や《ナショナル・ジオグラフィック・マガジン》で、壮大な渓谷や大瀑布、峨々たる山脈など、地球の隅々から送られてきた、息をのむような写真を見たことがあります。そうした景観に直接触れたこともないのに、こんなことを申し上げるのはおこがましいかもしれませんが、私はあえて、多少の自信をもって申し上げたいと存じます。今朝のように、イギリスの風景がその最良の装いで立ち現れてくるとき、そこには、外国の風景が――たとえ表面的にどれほどドラマチックであろうとも――決してもちえない品格（dignity）がある。そしてその品格が、見る者にひじょうに深い満足感をあたえるのだ、と。

（イシグロ『日の名残り』四一、傍点引用者）

ここでイシグロが描くイギリスの田園風景は、シャーマが語るほどの詳細な歴史的出来事や神話的想像力を持っているわけではないが、ドラマチックな外国の風景と比較されている。その外国とは後に言及されるアフリカやアメリカであり、大英帝国の版図を間接的に示唆している。これらの大陸にみられる「壮大な渓谷や大瀑布、峨々たる山脈」といった崇高な風景は、「疑いもなく心を躍らせはいたしますが、その騒がしいほど声高な主張のため、見る者には、いささか劣るという感じを抱かせる」（四二）という。それらに優越するのは、イギリスの田園風景であり、崇高な風景が持ちえない「品格」を持っているという。その品格は「偉大さ」であると表現され、この偉大さとは、イギリスの風景を美しくしている「表面的なドラマやアクションのなさ」（四二）であり、「美しさのもつ落着きであり、慎ましさ」（四二）であるという。

ここでスティーブンスが間接的に表現し、確認している風景の文化的・社会的・政治的価値は、大英帝国を肯定する古い価値観である。彼はいまだこの価値観の中に住まっている。アジアやアフリカといった植民地の風景はたとえ崇高な美を持っていても、控えめな美をもっている「偉大なブリテン」（四二）には劣るのである。これはまた、植民者のイギリス人が被植民者の現地人に優越するということの比喩でもある。

さらに、この風景の品格の問題は、偉大な執事とは何かという問題とつながっている。「偉大な執事は、今朝私が見た偉大なイギリスの風景と同じです。行き会いさえすれば、偉大な存在に出会ったことがわかるのです」（四五）とあるように、イギリスの田園風景こそ、崇高な美にまさる偉大な執事なのである。このような執事こそが、カントリーハウスとそれが象徴するイギリス、また大英帝国を支えるのである。具体的には、物事に動じず、紳士がスーツを着るように執事職を身にまとい、公の場でそれを脱ぎ捨てることはしない、これが執事の「品格」である（六二）。

具体例として、インドにおいてある執事が、ディナーテーブルの下に入り込んだ一匹のトラを、何食わぬ顔をして射殺し、血の跡をふき取って、何もなかったかのような状況を再び作り出したというエピソードがある（五二―五三）。もう一つは、スティーブンスの父が見せた執事精神である。スティーブンスには兄がいて、ボーア戦争に行って犬死をした。そのときの作戦の指揮をとっていた無能な将軍が、自分の勤める屋敷にやってきた際に、将軍の従者を引き受け、見事に仕事を全《まつと》うする。個人的憎悪の感情は押し殺したのだ（五七―六〇）。このような品格は、イングランドでのみ育成されるという。ヨーロッパ大陸の人間が執事になれないのは、「人種的に、イギリス民族ほど感情の抑制がきかないからです。大陸の諸民族［……］は、感情が激した瞬間に自己の制御ができず、そのため、至極平穏な状況のもとでしか職業的あり方を維持できません」（六一―六二）。風景でもそれと同一視される執事においても、イギリスは他の国々に勝るのである。スティーブンスの考え方には、ホームとしての風景のイギリスらしさや、執事のイングリッシュネスに対する自信、つまり古い地主中心の秩序に対する自信のようなものが感じられる。[12] しかし、この自信は過去のカントリーハウスを回想してゆく中で次第に失われていくようだ。

カントリーハウスとイングリッシュネス

旅行記では、ダーリントン・ホールで行われた、二〇年代の欧州国際会議、三〇年代の英独極秘会談についても語られる。この時の様子をスティーブンスはどう描いているのか、彼の執事のアイデンティティとはどう関わるのかをみていきたい。

ダーリントン・ホールというカントリーハウスがイングリッシュネスの代表的な存在であることは、執事のスティーブンスが、「世界で最も重要な決定は公の会議で下されるものではない」、「この国の大きなお屋敷の密室の静けさの中で決まるものでした」（二六五）と誇らしげに言っていることや、この世界は車輪であり、「偉大なお屋敷を中心にしている車輪なのです。中心で下された決定が順次外側へ放射され、いずれ、周辺で回転しているすべてに――貧にも富にも――行き渡ります」（二六六）ということからも分かる。ここには、古い階層秩序に対する自信、大英帝国の威勢は衰えていないという主人公の姿勢が読み取れる。

しかし、二〇年代の国際会議では、屋敷の危うさが示されている。プロフェッショナルとアマチュアの関係についての議論がそれである。この会議は第一次大戦の戦後処理における、ドイツの賠償金支払いが過酷すぎたため、ドイツが経済的に疲弊し、親友のドイツ人までが自殺したことから、ダーリントン卿がドイツに対する態度を緩和しようと目論《もくろ》んで開いたものであった。しかし、アメリカのルーイス議員は、卿の態度にはイギリス紳士のアマチュアリズムの悪いところが出ていると指摘する。議員は、卿を指して、「古典的な英国紳士だ。上品で、正直で、善意に満ちている。だが、しょせんはアマチュアにすぎない」、「今日の国際問題は、もはやアマチュア紳士の手に負えるものではなくなっている」、「高貴なる本能から行動できる時代はとうに終わっているのですぞ」、「ヨーロッパがいま必要としているものは専門家なのです、皆さん。大問題をよく処理してくれるプロこそが必要なのです」（一四七―一四八、傍点引用者）とたたみかけるように言う。これに対し、ダーリントン卿は、「アマチュアリズム」と軽蔑されたものは「名誉」（一四八―一四九）であり、「プロ」と呼ぶものは、虚偽や権謀術数に等しく、善や正義より貪欲や利権を優先させる人間であるから、「プロ」はいらないと反論する（一四九）。

　この二人のやりとりが意味するところは何か。アマチュアリズムは紳士階級の特質の一つである（Collins）。それがアメリカの政治のプロによって否定されている。ルーイスが正しければ、スティーブンスが信奉していた伝統的な階層秩序が否定されることになり、アメリカの商業主義、自由と民主主義が肯定されることになる。ルーイスに軍配があがったことは、三〇年代の卿の動きから分かる。卿はイギリス・ファシスト党と一時関係を持ち、頻繁にヒトラーのドイツを訪れて、イギリスの首相と在英ドイツ大使リッベントロップとの秘密会談を設定、首相のドイツ訪問を画策するなど、その後の成り行きを知っている読者からすると眉をひそめたくなるような行動をしている。極めつけは、反ユダヤ主義に染まって屋敷の二名のユダヤ人召使を何の落ち度もないのに解雇してしまったことだ（二〇二―二一二）。一年後、後悔の念を表明したとはいえ、この行為は卿にとっての汚点となって残る。

卿は戦後、ナチに協力したということで非難されて、一九五三年に廃人のように亡くなり、カントリーハウスはアメリカ人ファラディ氏により購入される。氏はこの屋敷と執事のスティーブンスを、伝統的なイングリッシュネスを体現するセットの商品として購入したのである。また、この屋敷をファラディ氏の友人ウェイクフィールド夫妻が訪問したのも、商品価値をもった屋敷と執事を眺めるためである（一七五―一七七）。このことは、アメリカ的な商業主義の勝利と、カントリーハウスが古い紳士淑女中心の秩序を支える役割を終え、政治的・社会的権威を失ったことを意味する。

面白いことに、物語の現在は一九五六年八月で、七月にはエジプトのナセルがスエズ運河を国有化するという大事件が起こるが、屋敷の所有者の交代はそれと同じ意味合いを持つ。すなわち、このスエズ動乱は本小説中まったく言及されないものの、背後に強く感じられる出来事で、イギリス人ならば周知の、大英帝国の没落を象徴する事件なのである。スティーブンスが旅日記に記した二〇年代の会議の様子と今の屋敷の様子は、カントリーハウスというホームの衰退、つまり大英帝国の終焉とアメリカの商業主義の侵入を意味しているのである。

さて、旅の理由の一つは元ハウスキーパーの再雇用だったが、そのような表向きの理由の背後に、執事が過去に抑圧してきたミス・ケントンへの思慕があり、それを確認しにいく旅でもある。昔のダーリントン・ホールでは、執事の公的な仕事が最優先で、偉大な執事を目ざしていたので、私的な恋愛感情は抑圧された。二人の間では、仕事のよしあしをめぐる会話が中心を占め、ミス・ケントンがスティーブンスとの間にロマンスの世界を作ろうと努めても彼ははねつけた。執事の私室でもある食器室をミス・ケントンが花瓶で飾ることを拒否し（七一―七二）、ロマンスの小説を読んでいたところをミス・ケントンに見とがめられると、言葉の習得のための読書であると、人間の情感に対する関心を否定して、仕事にかこつけてしまうのである（二三二―二四〇）。このように長い間、公的な仕事のために私的な面を抑圧してきた主人公がなぜ、私的なロマンスを成就できないかどうかを確認する旅に赴《おもむ》いたのか。

それは、ダーリントン卿とダーリントン・ホールが体現する紳士の道徳的価値、大英帝国の大義に対する信頼が揺らいできたからではなかろうか。

三日目以降の日記に出てくるのは、三〇年代のダーリントン卿の様子であるが、スティーブンスは、卿とドイツ、ファシズムとの関係を弁護する。駐英ドイツ大使リッベントロップが何度も屋敷を訪問するに至っては、どの屋敷にも彼は招かれていたとして、卿一人が特別な関係を築いていることを否定する（一九四）。また、卿以外にもドイツに招待され、喜んでいた紳士淑女はたくさんいたのだから、卿が敵と通じていたというのは当時の空気を知らない者の言うことだとする（一九四―一九五）。ファシスト党党首のオズワルド・モーズレーとのつきあいは、まだこの団体の実体がはっきりしなかったときであり、醜さが分かってからは手を切っていると言う（一九五―一九六）。ファシスト党員のキャロリン・バーネットの影響下、ユダヤ人召使を馘首したときには、反ユダヤ主義ではなく、些細なことが誇大に言われただけと擁護する（一九五）。また、一年後、卿は解雇は間違いだったと過ちを認めていると言う（二一一―二一六）。

このように主人を弁護したのは、卿の道徳性が疑われると執事としての自分の価値も下がると考えたからであろう。スティーブンスは、雇主である紳士の徳の高さ、人類の進歩への貢献度で執事としての自分の価値は決まると考えていた。だからこそ主人を擁護する必要があった。しかし、旅行中、二度にわたり自分の主人がダーリントン卿だったことを否定した。車がオーバーヒートした際、近所の屋敷の運転手に助けてもらうが、男にはダーリントン卿に仕えたことはないと嘘を言う(一七二)。数か月前にウェイクフィールド夫妻が屋敷を訪問したときにも、同じ対応をしていた(一七五―一七七)。このように卿との関係を否定した理由は、元主人のダーリントン卿の道徳的正当性に疑いが生じたからではないか。もし認めてしまうと、理想の品格に達しておらず、世界の中心にいて、自分こそ真の「名家に雇われて」いた執事であるとの自負を捨てることになると思ったからではなかろうか(一八二)。

このようにダーリントン卿と屋敷が体現する伝統的な階級の世界観、大英帝国に対する信頼が揺らいできたために、公的な執事としてのアイデンティティを打ち立てることが難しいと感じはじめ、ミス・ケントンとの私的な関係を通じたアイデンティティ形成、ホームの形成ができないかどうかを探ろうとしたのが、今回の旅になったのではなかろうか。

スティーブンスの古きヒエラルキーの世界観が揺さぶられているとき、執事という職業を変えずに、新しい公的な世界に通じる世界観はこの旅でみつかるのだろうか。それによってアイデンティティを再形成できないのだろうか。可能性としてあるのは、デヴォン州タビストック近くのモスクムで、テイラー氏の家に厄介になったときに出会った村人たちとの会話から浮かび上がってくる考え方であろうか。

テイラー氏の家に村人が集まり、議論が始まる（二五八―二八〇）。ハリー・スミスは、自由と民主主義を信じ、市民権の行使に品格ありと考えており、スティーブンスのいう奉仕と尊敬の中に品格ありという考えとは異なる。後者が一般庶民の意見表明に品格を認めない（二七九―二八〇）のは、ダーリントン卿と同じく民主主義は時代遅れだと考えていたからだ（二八五―二八七）。村人たちの民主主義とスティーブンスの古い階層秩序は対立しており、主人公が新しい世界観を身につけることは容易ではない。

リトル・コンプトンでミス・ケントンと再会すると、手紙から感じ取った不幸なニュアンスとは異なって、彼女が夫との間に愛を育み、孫の誕生も近いために、屋敷に戻る気はないということが分かった。屋敷にいたときには思いを寄せたこともあったと、彼女は告白している。スティーブンスの、愛情に基づいたアイデンティティの構築の試みは遅すぎた。私的な新しいホームをダーリントン・ホールに形成することはできないのだ。

旅の最後の滞在は、海浜リゾート地、ウェイマスである。では、その桟橋のベンチで隣に座っていた元執事との語らいは、何か新しい方向性をスティーブンスに示したのであろうか。その男は、夕方こそ一日でいちばんいい時間だ（三四四、三五〇―三五一）と繰り返した。それが幾分の真実を含んでいたことは、桟橋の様子から分かった。

桟橋の色つき電球が点燈し、私の後ろの群衆がその瞬間に大きな歓声をあげました。いま、海上の空がようやく薄い赤色にかわったばかりで、日の光はまだ十分に残っております。しかし、三十分ほど前からこの桟橋に集まり始めた人々は、みな、早く、夜のとばりがおりることを待ち望んでいるかのようです。（三四四）

点燈前の夕景は、仕事を終えて集まった人々の喧騒に満ち溢れており、桟橋のあかりがつくと歓声が自然発生的に湧き上がるほど、楽しいときを送っている。見知らぬ男が言うように、夕方こそのんびりできる時間なのである。旅の途上、ナショナルな風景、執事の仕事、ダーリントン・ホールについて過去の記憶を呼び起こし、ミス・ケントンとの間にも進展はなく、最後に、この夕方の場面は来る。仕事が終わり、肩肘はらずにのんびりと過ごすことのできる夕方こそが大切な時間ということらしい。[13]ウェイマスが最後の場所として選ばれたのも、深い意味がありそうだ。菅野と池園は、引退と老後の問題としてこれを捉えている。[14]仕事から離れてゆっくりしなさいということか。しかし、スティーブンスはこれを人生の最後の輝きを老年で見せる意味ととらえ、見知らぬ男のメッセージは届かない。六、七人の集団が見ず知らずの間柄であるにもかかわらず、点燈を待つという同じ期待を持ち、冗談を通じて人間的温かさで結ばれている（三五二―三五三）。そのことに感銘を受け、自分も主人のファラデイ氏の相手ができるように冗談の練習に励まねばと思うのである。ダーリントン・ホールに戻ったスティーブンスを待ち受けているのは、仕事なのである（三三九）。冗談というアメリカ文化の受け入れは、グローバリゼーションの受け入れなのだろうか。これが品格の新しい意味だとすれば、ずいぶんとスケールが小さくなったものである。イギリス紳士に仕えた立派な執事がこのレベルに落ちて、アメリカ人の主人に仕えなくてはならないところに、世界の中心だったカントリーハウスとそれが体現する大英帝国の終焉を感じ取れるかもしれない。ホームとしてのカントリーハウスはツーリズムの商品価値になり、スティーブンスもそのような存在になるということだろうか。

結び

執事スティーブンスは西部旅行を通じて新たなアイデンティティ構築を試みた。旅の当初は、彼の考え方には、ホームとしての風景や執事の品格というイギリスらしさに対する自信、つまり古い貴族中心の階級社会に対する自信のようなものがまだ残っていた。しかし、この自信は、一九二〇年代、三〇年代のダーリントン・ホールを回想していく中で、またミス・ケントンとの間に私的なホームを築くことはできないということが分かり、失われていく。カントリーハウスが体現する紳士の道徳的価値、大英帝国という公的な世界に対する信頼が揺らぎつつあり、それに代わる私的な世界を構築することもできないことに執事は気がついたのだ。世界の中心だったカントリーハウスとそれが体現する大英帝国の終焉が感じ取れよう。ホームとしてのカントリーハウスはツーリズムの商品価値となり、スティーブンスもその一部となる。スティーブンスは、グローバル社会における一商品となるのみである。これが新しいホームというのであれば、ずいぶん格が下がったものである。むしろ、グローバリズムと土地との間の結びつきが薄いことを考えれば、執事はどこにでもある場所を見出すことはできても、特別な新しいホームを見出すことはできないのだ。その証拠に彼がダーリントン・ホールへ戻った場面は描かれていない。

旅から三十年後、作者がこの作品を発表した八〇年代には、大英帝国の没落を体現するカントリーハウスの運命は、マーク・ジルアード（Mark Girouard）によると、次のような状況になっている。

カントリーハウスのまとまりは、圧迫を受けながらも第二次大戦までは維持されたのであるが、今日（一九七八年）では、ほとんど消滅した。多くのカントリーハウスが破壊され、それ以上に多くの屋敷が私的所有ではない。それらのうち、外国人に所有されているもの、実業家の週末の別荘となっているもの、土地が付属していないもの、不動産帝国の本部や広大な農地の本部となっているものなどがある。たとえ、かなりの数が何世代にもわたって所有してきた家族に属するものだとしても、そのような家族はもはや支配階級とはみなされていない。カントリーハウスの数少ない所有者がいまだに田舎を運営することに携わっているが、昔のような、地所所有と権力行使の間の、自動的な相関関係は消え失せた。カントリーハウスが所有者にもたらすのは、せいぜい、地方および国の大義のパトロンとして政体の中で認められた位置くらいである。[15]（316-317）

八〇年代といえば、サッチャリズムの時代であり、[16]民営化、新自由主義など新しい動きがもたらした社会不安から、[17]過去へのノスタルジアが横溢して、『炎のランナー』を皮切りにヘリテッジ映画が誕生した。カントリーハウスも執事ももはや大英帝国の偉大さを体現することはなくなり、イギリスの田園風景の品格も移民の持ち込む元植民地の風景により相対化される、そのような時代に入ったのではなかろうか。

註

▼1　ファラディ氏がアメリカへ行き屋敷を留守にするのが八、九月だから、出発は七月ではなく八月であろう（イシグロ『日の名残り』一〇）。

▼2　ラシュディ（Rushdie）、ルイス（Lewis）を参照。イギリスらしさをテーマとしつつも、作者とイギリスの間に皮肉な距離があると平井は言う。イシグロ自身がインタビューの中で、本作品は神話的イングランド（葉の生い茂る小道や豪壮なカントリーハウスと執事、芝生の上のお茶会、クリケット）が人々の政治的な想像力の中で大きな役割を果たしていること、その心地よいイングランドを再定義して暗い側面を示す試みであると述べている（Shaffer and Wong, 46, 74）。その暗い側面を、Brian W. Shafferは、ダーリントン卿のファシズムへの加担と執事の自己破壊的な感情抑制に読みとる（63-89）。

▼3　複数の読み方については以下のようなものがある。執事の信頼のおけない語りに注目（Lodge, Wall, Lang）、執事の語りの矛盾、曖昧さを信頼性のなさではなく主体の分裂に帰すもの（Westerman）、公的な記憶と私的な記憶の葛藤（Lang、池園）、個人と歴史の相克（小野寺）、調和と秩序の神話的場所としてのカントリーハウスにおける価値観の対立（Griffith）、大邸宅の生活の下に潜む執事の自信喪失とロマンス（Guth）、読者の背景知識を前提に帝国の没落が控え目な語りから見え隠れする物語（Whyte）、歴史的出来事への言及を省略し、主人と執事の関係の変化に大英帝国の終焉を重ねたもの（Tamaya）、失われたパストラルの国、時代遅れのイングリッシュネス（Trimm, 2009）、伝統的な階級社会と新世界秩序の間で居場所が定まらない執事（Trimm, 2005）、抑圧されたスエズ危機と帝国主義の表面化を扱うもの（Thakker）、パターナリズ

ムと神話的なイングランドの転覆（O'Brien）、ノスタルジー産業が扱う神話的イングランドからの離反（安藤）、主人公の旅に見るイギリスとアメリカの緊張関係とマス・メディアの変化（McCombe）、自動車旅行によるイングリッシュネスの再定義を帝国の終焉とアメリカ化から論じたもの（Gibson）、多数の言語への翻訳のある世界文学としての立場から、ローカルな行動がグローバルな出来事とつながっていることを示すもの（Walkowitz）など。

▼4　クマール（Kumar）は、第七章でイングリッシュネスについて論じている。

▼5　南部イングランドの風景をイギリス的な風景とする見方についてはハウキンス（Howkins）参照。

▼6　新井は、P・G・ウッドハウスの執事ジーブズとスティーブンスの興味深い比較をしている。

▼7　スエズ動乱については、クラーク、長谷川、McCombe（79-83）を参照。

▼8　大藪は、スティーブンスにとって、仕事場がホームであったと言う。

▼9　旅は自己実現の語りを生み出してくれる（Sim, 47）。

▼10　十八世紀後半～十九世紀前半の囲い込みにより、イングランドの景観が大きく変化したことについては、ホスキンス（Hoskins）を参照。

▼11　風景とイングリッシュネスについては、Lowenthalを参照。イングランドの風景は人の手が加わった人間的な景色であるとの指摘は、スティーブンスの賞賛する控え目でおとなしいイングランドの風景を考える上で貴重である（215）。

▼12　しかし、彼の目に入っていないのは、二〇、三〇年代、伝統的なイングランドの風景には近代性が加わり、新たな風景の時代に入ったこと、風景の保全の時代に入ったということである（Matless）。ほかに河野の第五章も参考になる。

▼13　タイトルの由来についてはシム（Sim, 135）を参照。

▼14　海浜リゾート地としてのウェイマスの重要性については菅野を参照。

▼15　二十世紀のカントリーハウスの状況については、マンドラー第六章～第九章が詳しい。

▼16 サッチャリズムについては、クラーク、長谷川を参照。
▼17 ヘリテッジ映画については、ヒューイソン、佐藤を参照。

参考文献

Bermingham, Ann. *Landscape and Ideology: The English Rustic Tradition, 1740-1860*. U of California P, 1986.

Collins, Marcus. "The Fall of the English Gentleman: the National Character in Decline, c. 1918-1970." *Historical Research*, vol. 75, no. 287, 2002, pp. 90-111.

Colls, Robert and Dodd, Philip. *Englishness: Politics and Culture 1880-1920*. 2nd ed. 1986. Bloomsbury, 2014.

Daniels, Stephen. *Fields of Vision: Landscape Imagery & National Identity in England & the United States*. Princeton UP, 1993.

Fox, Michael Allen. *Home: A Very Short Introduction*. Oxford UP, 2016.

Gibson, Sarah. "English Journeys: the Tourist, the Guidebook, and the Motorcar in *The Remains of the Day*." *Journeys*, vol. 5, no. 2, 2004, pp. 43-71.

Girouard, Mark. *Life in the English Country House: A Social and Architectural History*. Yale UP, 1978.

Griffith, M. "Great English Houses/New Homes in England? Memory and identity in Kazuo Ishiguro's *The Remains of the Day* and V. S. Naipaul's *The Enigma of Arrival*." http://www.mcc.murdoch.edu.au/ReadingRoom/litserv/SPAN/36/Griffith.html

Guth, Deborah. "Submerged Narratives in Kazuo Ishiguro's *The Remains of the Day*." *Forum for Modern Language Studies*, vol. 35, no. 2, 1999, pp. 126-37.

Hewison, Robert. *The Heritage Industry: Britain in a Climate of Decline*. Methuen, 1987.

Hoskins, W. G. *The Making of English Landscape*. Penguin Books, 1985.

Howkins, Alun. "The Discovery of Rural England." Colls & Dodd, pp. 85-111.

Ishiguro, Kazuo. *The Remains of the Day*. 1989. Faber and Faber, 2005.

Kumar, Krishan. *The Making of English National Identity.* Cambridge UP, 2003.

Lang, James M. "Public Memory, Private History: Kazuo Ishiguro's *The Remains of the Day*." *Clio*, vol. 29, no. 2, 2000, pp. 143-65.

Lewis, Barry. *Kazuo Ishiguro*. Manchester UP, 2000.

Lodge, David. *The Art of Fiction.* Vintage Books, 2011.

Lowenthal, D. 'British National Identity and the English Landscape.' *Rural History*, vol. 2, no. 2, pp. 205-30.

Mandler, Peter. *The Fall and Rise of the Stately Home.* Yale UP, 1997.

Matless, David. *Landscape and Englishness.* Reaktion Books, 1998.

McCombe, John P. "The End of (Anthony) Eden: Ishiguro's *The Remains of the Day* and Mid-century Anglo-American Tension." *Twentieth Century Literature*, vol. 48, no. 1, 2002, pp. 77-99.

Morton, H. V. *In Search of England.* 1927. Methuen, 2006.

O'Brien, Susie. "Serving a New World Order: Postcolonial Politics in Kazuo Ishiguro's *The Remains of the Day*." *Modern Fiction Studies*, vol. 42, no. 4, 1996, pp. 787-806.

Rushdie, Salman. *Imaginary Homelands: Essays and Cricism. 1981-1991.* Vintage Books, 2010.

Shaffer, Brian W. *Understanding Kazuo Ishiguro*. U of South Carolina P, 1998.

Shaffer, Brian W., and Cynthia F. Wong, editors. *Conversations with Kazuo Ishiguro*. UP of Mississippi, 2008.

Sim, Wai-chew. *Kazuo Ishiguro.* Routledge, 2010.

Smith, Anthony D. *National Identity.* U of Nevada P, 1991.

Tamaya, Meera. "Ishiguro's 'Remains of the Day': The Empire Strikes Back." *Modern Language Studies*, vol. 22, no. 2, 1992, pp. 45-56.

Terestchenko, Michel. "Servility and Destructiveness in Kazuo Ishiguro's *The Remains of the Day*." *Partial*

Answers: Journal of Literature and the History of Ideas, vol. 5, no. 1, 2007, pp. 77-89.

Thakkar, Sonali. "Resurfacing Symptomatic Reading: Contrapuntal Memory and Postcolonial Method in *The Remains of the Day*." *Cambridge Journal of Postcolonial Literary Inquiry*, vol. 4, no. 1, 2017, pp. 89-108.

Trimm, R. S. "Inside Job: Professionalism and Postimperial Communities in *The Remains of the Day*." *Literature, Interpretation, Theory*, vol. 16, no. 2, 2005, pp. 135-61.

Trimm, Ryan. "Telling Positions: Country, Countryside, and Narration in *The Remains of the Day*." *Papers on Language and Literature*, vol. 45, no. 2, 2009, pp. 180-211.

Walkowitz, Rebecca L. "Unimaginable Largeness: Kazuo Ishiguro, Translation and the New World Literature." *Novel: A Forum on Fiction*, vol. 40, no. 3, 2007, pp. 216-39.

Wall, Kathleen. "*The Remains of the Day* and Its Challenges to Theories of Unreliable Narration." *The Journal of Narrative Technique*, vol. 24, no. 1, 1994, pp. 18-42.

Westerman, Molly. "Is the Butler Home? Narrative and Split Subject in *The Remains of the Day*." *Mosaic: a Journal for the Interdisciplinary Study of Literature*, vol. 37, no. 3, 2004, pp. 157-70.

Whyte, Philip. "The Treatment of Background in Kazuo Ishiguro's *The Remains of the Day*." *Commonwealth Essays and Studies*, vol. 30, no. 1, 2007, pp. 73-82.

新井潤美「『日の名残り』と執事という語り手」、「ユリイカ」一五八—六八頁。

安藤聡「カズオ・イシグロ『日の名残り』——神話的イングランドの崩壊」、『愛知大学文学論叢』第百三十五号（二〇〇七）一六五—八五頁。

池園宏「カズオ・イシグロ『日の名残り』における時間と記憶」、『ブッカー・リーダー——現代英国・英連邦小説を読む』開文社、二〇〇五年、二一一—二九頁。

大藪加奈 "Stevens' 'Unhomely' Home-Profession as Home in Kazuo Ishiguro's *The Remains of the Day*"『言語文化論叢』第九号（二〇〇五）二七—四〇頁。

小野寺健「現代英国小説における歴史と個人――Kazuo Ishiguro, *The Remains of the Day* を中心に」、『横浜市立大学論叢　人文科学系列』第四十四巻第一・二号（一九九三）九三―一〇四頁。

河野真太郎『〈田舎と都会〉の系譜学――二十世紀イギリスと「文化」の地図』ミネルヴァ書房、二〇一三年。

ピーター・クラーク『イギリス現代史　1900―2000』西沢保他訳、名古屋大学出版会、二〇〇四年。

アラン・コルバン『風景と人間』小倉孝誠訳、藤原書店、二〇〇二年。

佐藤元状「まがい物のイングリッシュネス、あるいはヘリテージ映画としての『日の名残り』」、「ユリイカ」一一五―一二三頁。

サイモン・シャーマ『風景と記憶』高山宏・栂正行訳、河出書房新社、二〇〇五年。

菅野素子「時代の足音、日没の歓声――カズオ・イシグロの *The Remains of the Day* におけるウェイマス」早稲田大学英文学会『英文学』第九十五号（二〇〇九）一―一二頁。

長谷川貴彦『イギリス現代史』岩波新書、二〇一七年。

平井杏子『カズオ・イシグロ――境界のない世界』水声社、二〇一一年。

J・B・プリーストリー『イングランド紀行』（上・下）橋本槙矩訳、岩波文庫、二〇〇七年。

「ユリイカ」、「特集　カズオ・イシグロの世界」青土社、二〇一七年十二月号。

W・J・T・ミッチェル「帝国の風景」永富久美訳、『現代批評のプラクティス4　文学の境界線』富山太佳夫編、研究社、一九九六年、二〇九―七〇頁。

英語の授業で読む『遠い山なみの光』

ネガティブ・ケイパビリティーを養う教材として

五十嵐博久

はじめに

筆者が担当する英語の授業では、できる限り教材に文学を取り入れるようにしている。最近ではどの大学でも授業評価アンケートを行っているが、筆者の担当する授業に限っていえば、文学を取り入れることで、そうしたアンケートに基づく学生の「満足度」も高くなる傾向がみられる。カズオ・イシグロの作品では、『遠い山なみの光』(*A Pale View of Hills*, 1982)をメインの英語教材として何度か使用した。二〇〇九年まで十年間勤務していた広島女学院大学(文学部)のクラスで二度、その後現在に至るまで勤務している東洋大学(生命科学部・食環境科学部)のクラスで一度、いずれも半期の英語授業でこの作品を読んだ。[1] 多くの学生が、「おもしろい」、「刺激的だった」等と好意的な感想を寄せてくれた。「英語の小説を読んだのははじめてだが、もっといろいろな作品を読んでみようと思った」という反応もあった。

いうまでもないが、大学の授業で使用する教材選択は、通常、授業担当者の裁量で決める。したがって、授業担当者は学生の英語力に合った「良質な教材」を見極める必要がある。筆者の経験からいえば、少なくとも註1に記したような環境（または、それに類似する多くの環境）において、『遠い山なみの光』は教材として適切と判断される。そこで、本稿では、『遠い山なみの光』の英語教材としての価値、すなわち、大学教養課程レベルの英語教材としていかに適した作品なのかという観点から、本作品を評価してみたいと思う。

『遠い山なみの光』の英語教材としての価値についての所感

筆者は、大学の英語教育が、英語を聴く、話す、読む、書くといういわゆる四技能の向上のみを目標とすると素直には考えていない。四技能の向上は、教育によって得られる副次的な効果であって、大学英語教育の第一の目的は、英語がその主要言語であるグローバリゼーションが進行する世界に適応できる人格陶冶《とうや》にあると思う。換言すれば、「多様性に富む異文化・差異に対するアティチュード、アウェアネス、人権文化の意識、そして、襟度《きんど》と忠恕《ちゅうじょ》をベースに自らを相対視する姿勢」[2]を学ぶことが、まず肝心である。四技能（仮に言語運用力を技能と呼べるとして）は、いわば構築された主体というハードディスク上で稼働するアプリケーションであって、それだけが独立して向上することはありえない。したがって、特に大学英語の初歩的段階においては、教養の糧となる文学を読む経験を積むことが必要である。文学的経験が思考できる人間を創るのである。また、文学を多く読み思考することは、自己を差異の体系である言語表象された想像世界の中で相対視する知覚と言語感覚を鍛える。これは、今も昔と変わらない。

しかし、現代の問題は、価値ある古典的文学作品の多くが一般の大学生にとって「難しい」と感じられるようになっていることだ。その理由は、第一に、日本の大学が大衆化、受験産業化してきていること。そして、第二に、皮肉なことだが、近視的な四技能重視の風潮の中で、高校英語のレベル（特に読解力）が低下していること。[3]この二つの理由による。シェイクスピアやディケンズの作品は、「正典《キャノン》」としての価値が定着していても――これらは、数十年前には高校の英語教材によく使用されたが――、今日の英語授業の環境では、ややレベルが高すぎるのである。古典的文学作品を読む読解力の養成（多くの作品を読めば自ずと達成される）と、読むという知的活動の醍醐味への導入が達成できる良質なテクストが求められる時代なのだ。

古典作品の価値の一つとして、その時空において国境や文化を越えた他者の声に読者を共振させる力を有していることが挙げられる。例えば、ジェーン・オースティンの小説などは、南イングランドの片田舎の村における、日本の読者にとって「異質」な日常を描くものだが、そこに読者は自分の身近に起こりうる出来事を想像し、それらを作品世界に投影することができる。英文科の学生などはよく、オースティンの作品を卒業論文の題材に選んで、そこに現代日本人の結婚観などを読み込もうとしたりする。換言すれば、そのように書かれているからこそ日本人読者にも広く愛されてきたのであるし、英語学習の目的を離れて翻訳で読んでも純粋におもしろい。しかし、オースティンの場合は、原文の英語じたいは学生にとってそれほど難解であるとはいえないにせよ、十九世紀の英国文化や歴史に関連する英語の知識を必要とする。馴染みのない経験やものの名前が多く使用されるテクストの場合、学ぶ側に心理的抵抗が生じやすいことを、教師は普段の経験からよく知っている。『遠い山なみの光』は、その大半が日本の日常風景を綴《つづ》ったとても明快な英文で書かれていることから、大学教養課程レベルの学生にとって抵抗が少ないテクストである。なおかつ、右記したような古典的文学作品に求めるべき教育効果も達成できる作品であると思われる。

『遠い山なみの光』の英語教材としての魅力を一言でいうなら、国境や文化を超越した領域において語り手が経験する脱構築的主体形成のプロセスに読者を共振させる親和力のある小説だということだ。語り手に共振する読者もまた、無意識のうちに主体の脱構築を経験し、その結果として、異質な文化に対して「襟度と忠恕をベースに自らを相対視する姿勢」を示す許容力、すなわち「ネガティブ・ケイパビリティー」を発達させることになる。[4] このことが、本作品が英語教材に適しているると判断される理由だ。この許容力こそ、次により難解で本格的な古典作品にも挑戦していく基礎力となり、実社会において求められる文化間コミュニケーション力の素地となるのである。

作品評価と英語教材としての価値についての分析

小説の冒頭で、語り手は、これまで日本にまつわる自分の記憶や過去を葬ることで、一人のイギリス人として生きていこうとしていた事実を示唆的に語る。二女ニキの訪問を受け、ニキというその名が「日本名をつけたがった」イギリス人である夫の主張に対して、自分は「過去を思い出したくないという身勝手な気持ち」から「英国名に固執」した結果たどり着いた「妥協」であったことを、語り手は最初に想起する（『遠い山なみの光』七）▼5。読み進めるとすぐに判明することだが、語り手は、少し前までの人生において、一人のイギリス人として主体形成を遂げようとしていた。そして、その過程で、自分が日本人であることを想起させる存在であった（と考えて間違いない）長女景子を自殺へと追いやってしまった。景子の父である緒方二郎との離婚後、再婚したイギリス人シェリンガムとの夫婦関係がどのようなものであり、その結果として景子を自殺に追いやってしまったのか語り手はあまり触れようとはしない。しかし、景子の自殺の原因が、景子の主体形成にとって重要である、日本と繋がる記憶に蓋をかぶせようとする母（語り手）にあったことが明らかとなる。

語り手の夫シェリンガムは日本に造詣のあるイギリス人であったという。シェリンガムが親日家であったことは間違いなく、それが語り手と出会うきっかけをつくったのであろうし、子に日本名をつけたいと主張したのもその現れであろう。語り手に遺した屋敷には日本庭園を思わせる庭があり、池には金魚もいる。日本についての論説も数多く書いている。しかし、語り手は、その庭の管理をほぼ放棄しているとみえ、荒れた状態になっている。夫の日本文化の知識について語り手は、一言、「わかっていない」（一二八）と言及するのみで、極めて冷淡なみかたをしている。このことから、自分の内奥に秘めた過去の記憶や日本人としての感覚について、シェリンガムに語ることはあまりなかったと推測される。家庭内においては、西洋人の感覚では男尊女卑とも見える古い日本文化を母体として形成されていた過去の自分を隠蔽し、個としての尊厳を固持する西洋的女性を演じていた。その姿を、母の過去を知らないニキは「お母さまのしたことは正しかった」(二五〇)と感じているが、過去を知る景子は母を喪失した思いに苦しんでいたと容易に想像される。景子の自殺についてのニキの言い分は「お母さまを責められる人なんかいない」(二五〇)というものであるが、語り手は罪の意識に苛《さいな》まれている。自分が隠蔽し、放棄しようとしてきた過去を偲ばせる景子を、そうした自分の生き方の犠牲にしてしまったという自責の念が、語り手に長崎での日々を追憶させるのである。

英語を学ぶ大学生は、自然に、小説の語りに共振してゆくことになる。というのも、語り手が経験してきた日本人である主体の隠蔽は、英語の学習過程において作用する心理とよく似ているからである。日本語から英語へとコードシフトしてゆく過程で、学習者は英語の「正しい」発音や英文法、さらには英語文化に特有の思考パターン(つまりは現象世界の切り取りかた)を学んでいく。すると、自ずと、英語世界の精神文化への興味が沸き起こる。と同時に、これまで主体形成の基盤となっていた母語文化を異化(defamiliarize)する心理作用が起こり、小説の語りはそのメタファーとして機能することになる。事実、これまで『遠い山なみの光』を扱った筆者の授業では、多くの学生が過去を隠蔽しようとする語り手の態度に敏感に反応し、それを日英の文化間におけるアイデンティティー形成の問題と絡《から》めながら説明しようとしていた。教師による解説的な介入がなくとも、学生の意識を語りと共振させ、反応を誘うからくりが、(作者の意図とは関係なく)この作品じたいに仕組まれているのである。

作品の語りは、すぐに読者を、小説の大半を占める語り手が想起する戦後の長崎へと誘う。その語りと共振しながら、読者（学生）の意識は、異化された日本と現代の西洋文化の狭間において自らを相対視する方向へとむかう。語り手が回想するのは、第二次世界大戦後十年ほど経過した復興途上の長崎である。長崎の復興は、戦前の建築や文化の再生ではなく、過去を葬りながら急ピッチで進行する近代化／西洋化のプロセスとして表象される。その長崎において、戦争孤児であった語り手は、彼女の里親で元学校教師である緒方誠二（以下「緒方」）の息子緒方二郎（以下「二郎」）と結婚し、不自由のない生活をしている。しかし、彼女が暮らしていた住居は、今住んでいるイギリスの屋敷とも、孤児の時代を過ごした和風建築の緒方家の屋敷とも違い、「床は畳で、風呂場と台所は洋式」（一一）というちぐはぐなつくりの賃貸アパートで、「ここは仮の住まい」（一二）と感じられる趣《おもむき》のない建物である。他方、二郎も、戦前の日本において家族の大黒柱となっていた緒方のような古典的な日本人男性主体とは異なり、学校時代の朋友である松田重夫に対してさえ自分の意見が主張できず、緒方との将棋（原文ではチェス）の勝負にさえ決着をつけようとしない人間である。しかし、一方では、妻（語り手）に対して亭主関白な偉ぶった態度をとる。二郎という主体において、古い父権制社会の名残と近代化／西洋化の波長がうまく合わない状況が生じていて、語り手は、そこに苛立《いらだ》ちを覚えていた（と少なくともそのように回想される）。

曖昧な主体として描かれるのは、二郎だけではない。語りの中では、二郎と同世代に属する日本の夫たちも同じように描かれている。目まぐるしく変化する戦後民主主義の潮流の中で、緒方を含む教育者たちの、戦前の軍国主義教育の名残ともいえる「古い」思想を糾弾する論文を書いた松田重夫も、かつての恩師である緒方に対しては逃げ腰な態度を示し、堂々と議論を戦わせようとはしない。また、二郎の会社に勤務する部下たちは、支持政党について妻と意見が異なる場合も、暴力に訴えたとしてもそれを制する権力をもたない。こうした夫たちの姿勢は、ジェンダーを問わず個を尊重する現代西洋の人権文化の影響を色濃く受けたものであることは明白だが、その文化を完全には受容しきれていない曖昧なものとして表象されている。語りの中で、彼らと対比されているのが、緒方とシェリンガムという二人の男性主体である。緒方は、いうまでもなく、戦前の父権制社会の名残と映る「日本的」な男性主体として描かれている。他方、シェリンガムは、二女の名前を決める際にも自分の意見と妻の意見の妥協点をみつけるといった、父権制の象徴とは対照的な「西洋的」男性主体である。語り手が、二郎と離婚し、景子を連れてイギリス人になる決意をした主な理由はそこにあったと推測できる。

語り手の周囲には、語り手に影響を与える女性たちが存在する。うどん屋（原文ではヌードル・ショップ）を営んで力強く前向きに生きる未亡人藤原と、そして、その後の自分と二重写しとなる佐知子である。彼女たちは、団地で近所の噂話などに流される無数の女たちと対比され、「個」であるという点においてその存在が際立っている。古い世代に属する藤原の場合、夫が戦死したことで主体的な生き方を余儀なくされている。一方、語り手とほぼ同世代に属する佐知子は、夫を失いつつも、伯父の家に入って義娘として生きていく選択も可能であるものの、その道を自ら絶ち、幼い女児を伴って米国に移住する策を講じている。佐知子の計画は、米国人フランクのつれあいとなって渡米することで「伯父の家へ行って［……］そこに座りこんで年をとっていくだけ」（二四二）と感じられる現実からの脱却をはかることである。佐知子はまた、渡米は万里子の将来にとってもいいことだと考えている。「日本では女はだめ。日本にいたんじゃ、将来の希望なんかない」（二四二）と彼女はいう。語り手は、周囲に存在していたこのような女性たちに感化されつつ——あるいは、そうした女性たちが優位にみえる環境において——価値形成をしていたのであり、回顧的にみるならば、そのことが過去における語り手の主体形成につながっていた。

回想される長崎の時点では、語り手は英語を理解することはできない。語り手は、そのことを、稲佐での米国人女性との邂逅にまつわるエピソードを語ることによって読者に伝えようとしている。米国人女性を伴った中産階級の日本人の女性（晃という男の子の母親）に比して、流暢な英語を操るその日の佐知子を敬意のこもった眼差しで傍観している自分自身の姿が、現在の語り手の無意識の記憶に蘇ってくるほどである。また、佐知子の英語力に象徴される近代化／西洋化した彼女の性格は、その子育ての流儀にも反映されているように見える。晃には算数、理科、社会に代表される学校教育課程の教科で優秀な成績をおさめることで、家族を養うべく安定した上場企業に就職させたいと願うその母親の教育方針に対し、佐知子の教育方針は、ジェンダーとは関係なく万里子の個性を伸ばして夢をかなえさせることである。二人の教育方針の対比は、稲佐での万里子の木登りのエピソードに読みとることができる。語り手にとって、稲佐での記憶に蘇る佐知子は魅力的と感じられる女性主体であったのである。当時の語り手が佐知子に抱いていた憧れは、ジェンダーを問わず英語学習者である学生を共振させるものである。語りに表象される佐知子という人物は、戦後の時代を強く生きる女性主体である以前に、初歩的な英語学習者が到達しようと思い描く主体のメタファーとして機能する。筆者の授業における学生の議論の中でも、英語を話す佐知子を憧れの眼差しでみていた語り手の心理を解明しようとする発言が目立っていた。

この小説の深読みへの誘いとして、筆者は、「悦子（語り手）はなぜ、そしていつ英語を学んだのか」という問いを学生に投げかけてきた。小説の語りはそのことに一言も触れてはいないので「正しい」答えはもちろん要求しないが、文学を読みながらある程度自由に想像することは知性の発達のためにいいと考えるからだ。英語授業での文学の読み方は、読者反応的（reader responsive）であってよいと思う。多様な文化的価値が錯綜するポストモダンの時代には、解釈的な読みを求める作品よりも、読者反応的な想像を許容する作品の方が教養課程レベルの英語教材に向いている。読者は、右記したような解答不可能な問いに対して自分のエゴを投影して自由に答えを想像することで、最終的には、照射された自分の姿を相対視して捉えようとするからである。

語り手が英語を学んだ経緯は何も語られていない。しかし、そこに佐知子の生き方、あるいは佐知子のような女性主体を形成した社会の風潮が大きく影響したことは、容易に想像できる。女が主体的に生きる道は二つ示されており、一つは未亡人藤原の生き方、そして、もう一つは、佐知子の生き方である。前者は、運命に翻弄されながらみすぼらしくても力強く生き抜こうとし、後者は、英語力を武器として運命に抗《あらが》い、現実から脱却しようとする。その後、語り手には長女景子が誕生し、その子の運命をも左右する道の選択が迫られたことを想像するなら、彼女は、おそらく、藤原ではなく佐知子の生き方を手本としたであろう。いずれにせよ、現在は、語り手はイギリスにおいて、緒方悦子という日本名ではなく「シェリンガム夫人《さん》」として社会的アイデンティティーを付与されている。英語を学ぶ学生にとっては、語り手もまた、かつて彼女にとって佐知子がそうであったと想像されるように、その欲望が向かう理想的主体として提示されることになる。

＊

グローバリゼーションが進行する現代の大学においては、英語話者となることが理想とされる傾向が強い。語学ではない教養科目や専門科目の教育までもが英語媒体で行われることが理想とされる時代である。もちろん、こうした風潮に大学も、教師も、学生も抗うことはできず、ネイティブスピーカーのような英語話者となることが英語授業の到達目標として強く意識される傾向が強い。然《しか》るに、多くの学生は、稲佐での佐知子を描写する語り手の言葉の裏に「憧れ」を読み込もうとするのであろう。しかし、今や語り手自身がかつての佐知子を映す鏡のように英語人化《アングリカナイズド》されていることを知っていく読者は、同時に、語り手とともに佐知子の主体性における闇の部分に目を向けることになる。それは、かつて彼女が日本人として主体形成していた場所を放棄するばかりではなく、子である万里子にもその場所を放棄させたことである。

フランクを利用して渡米する選択肢以外に、佐知子には二つの選択肢が与えられた。一つは、すでに述べたように、伯父川田の家に入り不自由のない生活をおくる選択肢。もう一つは、未亡人藤原の営むうどん屋で働きながら貧しくともシングルマザーとして力強く生きる選択肢である。万里子にとっては、慣れ親しんだ日本を離れて米国へ移住することは恐怖でしかない。というのも、万里子にとって米国は、彼女が「泥んこの豚」（二一〇）と呼ぶフランクという人間の性格を連想させるからだ。万里子が渡米を拒もうとする心理は、彼女の突然の失踪や、野良猫への愛着という形を帯びて可視化されている。稲佐でのくじびきの賞品に猫の家となる木箱が当たった瞬間や、川田家に引っ越せば猫が飼えると知った瞬間に、無表情の万里子が笑みを浮かべたことを語り手は記憶している。しかし、佐知子は、万里子の目の前で猫をその木箱に入れ、川に沈めて殺してしまう。万里子が日本に残る選択肢はないことをこうした残酷な方法で象徴的に示し、子に覚悟を求めたのである。

小説の語りにおける猫殺しの描写は、エドガー・アラン・ポーの「黒猫」(*The Black Cat*, 1843)を彷彿とさせるゴシックな印象を与える。語り手の追憶の中で、子の心の内奥に目を向けようとせず、自己中心的な信念に突き動かされて景子を連れてイギリスへ渡り、それが景子の自殺へと繋がったことに対する自責の念が、佐知子による猫殺しの記憶という形態を帯びて語り手を苛んでいるように思われる。語り手がいうように、記憶は「思い出すときの事情しだいで、ひどく彩りが変わってしまう」(二二一)ものであるから、佐知子による猫殺しが本当に起こった出来事なのか、語り手が作りあげた空想なのかは定かではない。しかし、猫殺しにまつわる記憶は、語り手が口を閉ざす自分の過去の選択に対する罪の意識が転化されたものであると解釈できる。猫殺しにまつわる記憶について語ると、その直後に、語り手は、川に流されてゆく猫を追いかける万里子の姿を思い出す。次に、万里子のその行動を気にとめようとしない佐知子の冷淡な反応が思い出され、そのゲシュタルトの連鎖に刺激される形で、かつて長崎で語り手と景子の間で交わされた対話が断片的に蘇る。その対話の場も、同じく川の土手である。「あたし、行きたくない。そして、あの男《ひと》も嫌い」(二四五)と駄々をこねる景子に、語り手は「とにかく、行ってみて嫌だったら、帰ってくればいいでしょ」（二四五）と繰り返して説き伏せるのである。[6] この断片的記憶のフラッシュバックの中に、縄を持つ母親とそれに恐怖を覚える娘の姿も映し出される。「足にからまっただけ」（二四五）とはいいつつも、母は娘を殺そうとしているかのように感じられる。女の子は逃げる。[7] すると、次の瞬間には、語り手の記憶はその姿を万里子が土手を走る姿へと転化してしまう。

語り手がかつて長女景子を殺そうとしたのか、それは分からない。しかし、この記憶の連鎖は、景子が下宿の部屋で「縄」で首を吊って自殺したという事実から生じていると考えて間違いない。語り手の記憶（非空想）においては、「死」は「縄」と連鎖しており、そして、それは語り手の罪の意識と縺《もつ》れ合っているのである。ポーの「黒猫」においては、語り手が縄で絞首して殺したプルートー（黒猫）と瓜二つの黒猫の首にみえる白模様が、しだいに増大して見えてくる様子が描かれていて、それが語り手の罪の意識と連鎖している印象を与える。『遠い山なみの光』に描かれるゴシックな記憶の連鎖は、ポーのこの手法に倣《なら》ったものかもしれない。それはさておくとして、『遠い山なみの光』の語りでは、「縄」が一つの支配的なイメジャリ（imagery）の連鎖を生んでゆく。一つが、稲佐のロープウェイである。ゴンドラはいわば稲佐での満たされた時間を運んでいたのだが、そのイメージはニキと出かけた公園で目撃したブランコ遊びをする子供たちと重ね合わせられる。その吊るされた幸福のイメージは、語り手の住む屋敷の庭で木から落ちたリンゴの光景と連鎖している。そして、想像された景子の自殺の光景へと収斂し、それが川での佐知子の猫殺しの記憶へと転化していくのである。

*

記憶を紡《つむ》ぐという行為を通じて、「シェリンガム夫人《さん》」という主体の脱構築が起こっている。語り手は、これまで蓋をかぶせていた戦前の日本における母性のあり方とかかわる支配的な声を呼び起こし、その声によって自己を戒めようとしているように見える。記憶に蘇る緒方は、「偉い」主人を亡くして自立した生活をしている藤原について、「まったく気の毒だ」（一九八）という。佐知子の従姉川田靖子は「女が、後楯になってくれる男の人もいずにいるのはよくありません」（二二九）という。こうした考え方は、当時の語り手には許容できないと感じられるものであった、そして、おそらく現在でもそうであると考えられる。また、ニキの周辺に存在するロンドンの若者にとっても、当然、許容できない男尊女卑の考え方である。現に、ニキは、そうした古い価値観が残る日本を棄てた母に景子の自殺について罪を感じる必要はないと言っている。また、ニキの友人であるという詩人は、語り手の生き方を称賛する詩を書いているともいう。今、語りが行われている瞬間に語り手が記憶の中で回帰してゆく川田靖子や緒方の価値観は、もはや過去の時代のものでしかない。現在日本の大学で英語を学ぶ多くの大学生にとっても、彼らの価値観は古く、許容しがたいものと映るに相違ない。

しかし、ここで語り手と読者（学生）双方にとって明確なことは、どのような状況であれ、それが不幸のどん底といえるものでないなら、その価値体系の中で子を育む以外の利己的な選択には、現実以上の不幸を伴う可能性があるということだ。語り手の場合、緒方家との離縁、そしてイギリスへの帰化という選択は、景子の自殺という不幸を招いた。日本を去る前に語り手が景子に言った「とにかく、行ってみて嫌だったら、帰ってくればいいでしょ」という約束が果たされることはなかったが、語りは、無意識の記憶に蘇ってくるその約束が交わされた瞬間に碇《いかり》をおろそうとしている。すると、この語りに共振する読者の側にも自ずと変化が起こる。読者が共鳴してきた語り手が、これまで蓋をしてきた古い日本の価値観に対し襟度を示すモードへと変わり、読者もまたその変化に共振していくのである。

読者がこの「変化」に気づかされるのは、最終章（第十一章）においてである。この章は前半の第六章後半の語りと呼応しているのだが、現代のイギリス人として主体形成された二女のニキの様子や態度が異化されて描かれる部分である。現在ロンドンに生活するニキは、ポスト・フェミニズム時代を生きる現代っ子であり、戦後の日本を生きた語り手や佐知子たちが夢見た自由を享受する主体である。倫理観や人生観は、現代の日本人学生のそれとさほど大きな隔たりはない。結婚して家庭を持つことなど「まっぴら」（二五六）と考えるニキの主体形成には、過去に蓋をしてきた語り手が大きな影響を及ぼしてきたこともよくわかる。「幼児期にはまったく同じ」（一三四）気質を有していながら、自殺した景子とは大きく異なる主体形成を遂げたニキという女性が再び焦点となる。景子と語り手の母子関係や、日本での義父や夫との関係、そして、語り手を苛む景子への罪の意識……。これまで語り手が読者と共有してきた諸々のことに対して沸き起こる感情についてニキに理解を求めることは不可能である印象を強く与える。ニキは、かつて語り手が二郎と結婚した年齢に近づく頃と思われるが、その意思が結婚へと向かうことはない。これは、過去において母（語り手）

が閉塞感を覚えていた父権制社会を象徴するものへの反発であると思われる。ニキの主体形成には、語り手の「過去を思い出したくないという身勝手な気持ち」が影を落としてきたのである。しかし、ここでの語り手は、ニキに対し、結婚して家庭に入るという選択の「ほかにたいしたことがあるわけじゃない」（二五六）とか「昔の日本の風習というのも、けして悪くはなかった」（二五八）という考えを表明している。さらに、自分が「シェリンガム夫人《さん》」として生きてきた家を売却し、まるで長崎での借家暮らしの時代へと回帰していくかのように「もっとこじんまりした所へ越す」（二六一）という考えを述べる。ニキは、母のこの予想外の変化に、「バツのわるそうな顔」（二六一）で反応しながら、ロンドンへと帰ってゆく。

小説の冒頭に現れる「ニキ（Niki）」という記号（文字）は、それが安定して碇をおろすシニフィエと出会うことはなく、無秩序の向こう側に包摂されていくかのように感じられるだろう。語り手にとって過去を封印する意思表明の象徴として機能しているかのように見えていたものが、今や、語り手を過去へのノスタルジーへと誘う記号へと変化していく。それによって語り手が意味しようとしていたものの流動性、また意味することのもどかしさを受け入れながら、読者（学生）は、言語表象された不安定な想像世界の中で記号の意味を理解しようとする自分自身の主体性を相対視しようと足掻《あが》くことになるだろう。彼らは、自分の常識を形成する殻を破り、自らの主体を脱構築することで語りに共振し続けようとする。

まとめ

英語教材としての『遠い山なみの光』は、学生に以上のような文学的経験を与える。この作品を扱った授業について、多くの学生から「おもしろい」、「刺激的だった」という反応がえられた理由は、そこにあると思われる。そして、こうした経験は、単に「おもしろい」というだけではなく、冒頭に述べたような教育の目的にも合致したものであり、学生にグローバル市民としての成長を促すことにもつながると思われる。

筆者はシェイクスピアが専門なので、授業における小説の読み方も芝居のように、時代状況や時事的話題、授業が成立する環境等に応じて「演出方法」を変えるべきと考えている。『遠い山なみの光』を最初に広島女学院大学の授業で読んだとき、この作品を教材に選んだ大きな理由の一つは、いうまでもなく、広島が、小説に描かれる長崎と同じように原爆による甚大な被害から復興を遂げた都市であるからである。三世代から四世代前の広島と状況がよく似た都市空間の生活状況を英語で描いた想像世界に学生がどう反応して読み、想像力と読解力を育むかをみたいという意図があった。だから、学生には、周囲のヒバクシャへのインタヴューを含めた戦後復興期へのリサーチも要求した。二度目に読んだときは、同大学においてアメリカの大学生との合同平和セミナーが開催される年と重なったため、学生には、戦後復興期におけるGHQの教育と被爆地の「アメリカ化」についても調べてもらい、その視点から、語り手や佐知子、そして、他に言及される人物の思想について意見を求めた。三度目は、二〇一四年度の東洋大学での授業であったが、東日本大震災と福島原発の爆発事故による甚大な被害を克服しようとする時代の空気に照らし、戦後に孤児となった人々やヒバクシャの心理を想像させながら読んだ。

筆者は、英文科の専門の授業でシェイクスピアを教える場合にも、毎年、時代状況や学生の嗜好等を考慮して作品へのアプローチを変えることにしているが、小説を英語教材として読む場合も、基本的には同じやり方がいいと考えている。専門の授業でシェイクスピアを読む場合、教師が工夫すべきはただその一点だけであって、あとは司会に徹していれば、学生と作品との間に、そして、学生同士の間に自ずと文学的対話が成立する。シェイクスピア作品は、人間の固定観念や社会性といった殻の内側にある個を照らし、そのありようについての自問（"The mind's dialogue with itself"[8]）を促す最も優れた文学作品であるからだ。筆者は、イシグロをシェイクスピアと比較しうる対象とは考えていないが、少なくとも現代の大学英語教育の文脈においては、『遠い山なみの光』にもシェイクスピア作品に通じる資質が多少はあるように思う。その資質は（学生にとってより難解な）多くの古典的文学作品にうかがえるものであるが、今日の大学における英語授業の環境でも原文のままで読める古典文学への導入的な作品を拾い上げていくとすれば、『遠い山なみの光』はそう多くはない例の一つに数えられると思う。

註

▼1　筆者は英文科の専門の授業で『日の名残り』を講読したこともあり、生命科学部の英語授業で『わたしを離さないで』の抜粋と映画を補習教材として使用したこともある。また、課外で行った英文法のリミディアル講座で「ある家族の夕餉」を訳読形式で読んだこともある。しかし、これらの授業は、正課の「教養英語」の授業とは性格や目的が異なるので、本稿では、筆者のつたない経験から通常の英語授業においてメイン教材として使用した『遠い山なみの光』のみに焦点を絞って論じざるをえない。筆者は、カズオ・イシグロという作家あるいはその名によって連想される作品群の研究、つまり「イシグロ研究」に興味があるわけではない。『遠い山なみの光』をメインの教材として読んだクラスは、いずれもTOEICテストで四百点程度以上の英語基礎力はあるものの、大学受験英語や課外での英会話レッスン以上の英語運用経験をもたない「一般的」な学生からなるクラスであった。一回（九十分）の授業に十頁―十五頁程度の範囲について、前半はグループの発表に基づく討議を日本語で、後半は教師がリードするグループ討議を英語と日本語を混ぜながら行う形式で授業をした。

▼2　茅島篤・五十嵐博久「まえがき」、リベラルアーツ英語教育研究会編『リベラルアーツのための英文精読演習』、風間書房、二〇一六年、i―ii頁。

▼3　斎藤兆史「新時代の英語教育と文学――本ハンドブックの推薦文に代えて」、吉村俊子、安田優他『文学教材実践ハンドブック――英語教育を活性化する』、英宝社、二〇一三年、五―八頁。

▼4　自分とは異なるさまざまな他者に対して深い理解と洞察を示すシェイクスピアの才能をジョン・キーツは「ネガティブ・ケイパビリティー（negative capability）」と呼んだ（John Keats, "Letter to George and Thomas Keats" 21, [27?] December 1817", *Selected Poems and Letters*, ed. Douglas Bush [Houghton Mifflin, 1959], p. 261）が、これは優れた文学によって読者の側にも養われていく能力である。それは、多様な価値や文化が共生するグローバリゼーションの時代に求められる能力であり、大学の「教養英語」によって強化されるべき文化間コミュニケーション力の基幹をなすものといえる。

▼5　『遠い山なみの光』から引用する場合は、本書の凡例に従い、カズオ・イシグロ『遠い山なみの光』小野寺健訳、早川書房、二〇〇一年を底本としており、括弧内の頁番号はこのテクストに拠っている。
▼6　小野寺はこの部分を語り手（悦子）と佐知子の子（万里子）の会話であるかのように訳してしまっているので、原文のニュアンスが伝わりにくくなっている。
▼7　語り手の足にからまったものが「縄」であることは、この部分からは明確ではない。しかし、この部分は、第六章の冒頭で語られた曖昧な断片的記憶がもう一度フラッシュバックとして繰り返されたものであることが明らかなので、「縄」であると考えて間違いないだろう。
▼8　Harold Bloom, *The Western Canon: The Books and School of the Ages*, Papermac, 1995, p. 30.

カズオ・イシグロの運命観[1]

森川慎也

はじめに

二〇一七年にカズオ・イシグロのノーベル文学賞受賞のニュースが流れると、日本のメディアはイシグロを大々的に取り上げた。記憶、日本、普遍性、文体などイシグロ文学の特徴が紹介された。全国の書店でイシグロの作品が売り切れ、出版元の早川書房は増刷を決めた。イシグロが日本でも広く認知されたのは喜ばしいことである。しかし、イシグロの文学は注目されても、彼の文学を貫く独特のものの見方が十分に理解されているようには見受けられない。本稿では、イシグロの文学がどのような世界観に基づいて構築されているのかを考察する。

イシグロの文学作品を通読すると、そこには広い意味での運命観が横たわっていることがわかる。イシグロの作品では運や偶然に大きく左右される人物が好んで描かれる。初期作品の主要人物は戦前戦後の価値観の変動に翻弄される。彼らは自分を取り巻く環境を俯瞰できない。言い換えれば、周りの状況を大きな視座（これをイシグロは「パースペクティヴ〔perspective〕」と呼ぶ）の中で捉える力さえあれば、時代の波に翻弄されずに済んだという作者の前提が見え隠れする。ところが、中期作品になると、自分の置かれた状況を超越的な視座の中で捉えることができれば、という前提条件は否定され、むしろ運や偶然や状況の絶対的優位性が強調される。この絶対的優位性をイシグロは「コントロール（control）」不可能性という概念で捉える。人間は自分の状況を俯瞰するパースペクティヴを持つことなどできず、したがって自分の置かれた状況をコントロールすることは不可能である、という悲観的な認識が中期作品に反映されている。さらに後期作品になると、コントロール不可能性という認識は後景化され、生は「定められている（fated）」という諦観が前面に押し出される。ただし、この諦観は人智を超えた「何か」によってあらかじめ決められた天命や宿命といった宗教的観念によってもたらされるものではない。イシグロの諦観はあくまで人間の生に本質的に内在するコントロール不可能性と生の有限性に関する認識によってもたらされる。イシグロの後期作品に見られる「運命（fate）」という概念は、個人のパースペクティヴやコントロールの範疇を超えた外的状況を意味し、究極的には死（"fate" の語義に含まれる）を包摂する。ここに至って、状況や死が人間に制御できない「運命」として立ち現れる。運命に抗《あらが》えない状態が人生のデフォルトとして提示され、その生をいかに「受け入れるか（accept）」という根源的な問いがせり出しているのである。

イシグロの運命観が読者の関心を引くきっかけになったのは、二〇〇五年に出版された長篇第六作『わたしを離さないで』(*Never Let Me Go*)である。人間に臓器を提供する目的のために作り出されたクローンを描いた本作は、英語圏で出版された当時、多くの批評家を困惑させた。どうしてクローンは自らの置かれた環境から逃げ出そうとしないのか、身勝手な人間が一方的に押しつける運命をなぜクローンは受け入れるのか、と書評家たちは問うた。[2] クローンによる運命の受容という問題に研究者も反応し、マーク・ジャーング(Mark Jerng)、ワイ＝チュウ・シム(Wai-chew Sim)、荘中孝之は、クローンが理不尽な運命を受け入れる態度に作者イシグロの運命論的な見方を看取した。[3]

ただし、イシグロの運命論的な見方は本作において初めて提示されたわけではない。平井杏子はイシグロの初期作品にも作者の「宿命論的な思い」(五八、六九)を見出しているし、シンシア・F・ウォン(Cynthia F. Wong)[4] は初期作品におけるイシグロの運命観と後期作品で提示されている運命観との差異を考察している。長柄裕美は、イシグロ作品における子どもの役割に着目し、作品を追うごとに子どもの無力さが前景化されることで運命の不可抗力性が高まり、『わたしを離さないで』においてその不可抗力性は頂点に達した、と論じている(七一一〇)。

したがって、初期作品にも見られるイシグロの運命観は、質的変化を経て最終的に『わたしを離さないで』において運命の受容という形で結晶化したと言える。そこで本稿は、人間と人生に対するイシグロの認識を包摂する概念として彼の運命観に着目し、それがどのように形成されていったのかを明らかにする。以下の節では、イシグロの作品やインタヴューでしばしば言及される「パースペクティヴ(perspective)」、「コントロール(control)」、「受容(acceptance)」という一連の概念を考察することで、イシグロの運命観の形成過程をたどる。イシグロの運命観の形成過程をたどるには、彼の文学の総体を射程に入れる必要があるため、最新作『忘れられた巨人』(*The Buried Giant*, 2015)を除いたすべての長篇作品を扱う。これによりイシグロという作家の世界観に新たな光を当てたい。

パースペクティヴ(perspective)

イシグロは、長篇第二作『浮世の画家』(*An Artist of the Floating World*, 1986)の主人公である元画家小野益次についてインタヴューで次のように述べている。

小野が没落した大きな原因は、自分の置かれた環境の外に目を配り、同時代の支配的な価値観の外に立つのに必要なパースペクティヴが欠けていたことにあります。ですから、この偏狭なパースペクティヴという問題は本作の中心にあります。私はこの問題を物語全体に組み込もうとしたのです。(Interview, 1986, Mason 9)[5]

小野は戦前戦中の日本において名の知られた画家だったと自負する。しかし、戦中の日本において轟然たる国威発揚の掛け声が鳴り響く中で軍国主義に共振させるような画家活動を行った結果、民主主義的価値観が幅を利かせる戦後の日本で自分の立ち位置を失う。小野の没落の原因は同時代的価値観の枠外に出るのに欠かせないパースペクティヴを持たなかったことにある、とイシグロは述べている。しかし、イシグロによれば、この狭隘なパースペクティヴは小野個人の問題ではなく、人間全般に関わる問題のようである。イシグロは同じインタヴューでこう付け加えている。「同時に私が言わんとしているのは、小野がごくありふれた人間だということです。私たちの大半は同じように狭い視野（vision）を持っているのです」（Interview, 1986, Mason 9）[6]。別のインタヴューでも同様の発言をしている。「そうした特別なパースペクティヴを持っている人はごく少数のように思えます。周りの状況を正しく理解し、大衆が求めることに左右されずに決断を下せる人は稀です」（Interview, 1987, Bigsby 22）。では、そうしたパースペクティヴを持たない人間はどうなるのであろうか。イシグロはこう言う――「大半の人には周りの世界を広く見渡す力（vast insight）が備わっていません。私たちは集団に従い、自分の小さな世界から外を見ることができない傾向にあります。ですから往々にして理解できない大きな力に翻弄される運命（fate）にあります」（Interview, n.d., Shaikh）。個人は「小さな世界」に閉じ込められており、その小さな世界から外の世界を正しく認識するには、パースペクティヴが必要になるが、多くの人間にはそれが備わっていないか、あるいはパースペクティヴが狭いために、外の世界で目まぐるしく変わる状況に翻弄されることが「運命」づけられている。このようにイシグロは、大きな世界の中で個人がどのような立ち位置にあるのかを正確に判断する力、同時代的価値観の行く末を見定める力を、perspective、vision、insightといった用語を用いて説明を試みている。以下では、イシグロの言うこうした能力を便宜上「パースペクティヴ」という用語で包括する。英語のperspectiveに対応する日本語として、「遠近法」、

「見通し」、「視野」、「視点」、「視界」、「視座」、「大局観」、さらには「世界観」などの訳語が考えられるが、どれも原語が有する拡張的な意味の一面しか表さないため、「パースペクティヴ」と表記する。

　では、イシグロのパースペクティヴに関する認識は彼の作品にどのように取り込まれているのだろうか。『浮世の画家』の小野は過去を振り返り、かつて弟子たちに向かって「時勢に押し流されるな」（一〇九）と説いたことを回想する。▼[7] 小野の言う「時勢」は、戦中の軍国主義とは一線を画した浮世絵的世界観を指す。しかし、そうした世界観から抜け出すことで、小野は軍国主義的体制という別の「時勢」の中に自らを放り込んでしまう。弟子に向かって「時勢に押し流されるな」と説きながら、自らは戦時中の軍国主義的体制に「盲従し」（一〇九）、その体制と共振するような芸術活動に勤しんだ。小さな世界から抜け出ることが可能であるという小野の認識は、イシグロにすれば、まさしく幻想である。時勢から抜け出ることができたと信じ込む小野の姿に平井は「イシグロの宿命論的な思い」（六九）を見出している。戦後になって小野自身は自分の芸術活動が国家を誤った方向に向かわせたという誇大妄想的な考えに囚われるが、この小野の肥大化した自己認識に釘を刺すように、小野の長女節子は父に向かって「ものごとを広い視野で見る」（二八七）ように説得する。物語の結末で、友人松田知州が自分と小野を指して「ふたりとも十分に広い視野なんか持ち合わせていなかったらしい」（二九七）と語るとき、ようやく小野は「画家の狭い視野」（二九七）を認める。

　自らの置かれた状況を判断し、その状況がどのような結末に至るのかをあらかじめ見通すことは困難である、というイシグロの認識は、戦後の長崎を描いた長篇第一作『遠い山なみの光』（*A Pale View of Hills*, 1982）における元教師の緒方さんとその教え子松田重夫との会話にも投影されている。戦中に緒方さんが反戦的態度を示した五人の教員を当局に密告したために彼らが投獄された事件に青年松田は触れて、緒方さんを糾弾する。しかし、松田は緒方さんに向かってこうも言う――「公平に言えば、ご自分の行為の結果がわからなかったからといって、責めるのは酷だと思うんです。あのころ将来が読めた人はほとんどいなかったんですし」（二〇九）。同じ松田という名前の人物が二つの作品でパースペクティヴを獲得することの困難さに言及しているのは注目に値する。ただし、松田重夫が自分の政治的立場の将来図を「読めた」かといえば、それはあやしい。松田は熱心な共産党員であることが本作で示唆されているが（三九）、本作が出版された一九八二年当時、戦後に興隆した共産主義も陰りを見せていた。一九八〇年代初頭の政治的文脈に照らして見れば、戦後間もない長崎において将来の政治的状況を「読む」ことの困難さを説きながら自らの政治的立場の正当性を説く松田もまた、自身の政治的立場の将来図を十分に読めなかったと読める。松田が去った後、その場にいた息子の妻悦子に向かって緒方さんが青年時代の自分も松田のように自らの意見に「確信」（二一〇）を持っていたと述懐するのも、青年松田の狭隘なパースペクティヴを仄《ほの》めかすイシグロの意匠なのであろう。▼8

では、長篇第三作『日の名残り』（*The Remains of the Day*, 1989）の主人公スティーブンスはどうだろうか。執事としての半生を振り返るスティーブンスは人生のターニングポイントを見出す。「私が下したあの小さな決定こそが、決定的な転機だったのではありますまいか。あの決定のゆえに物事が不可避の道を進みはじめ、あとは坂道を転がるようなものだったのではありますまいか」（二四九）と語るスティーブンスは、「不可避」という言い方が示すように、一つの出来事が別の出来事へと必然的につながっていくという決定論的な見方を提示している。この見方は時間的遠近法（現在から過去を振り返ること）によって得られるものであり、必ずしも物語の過去の時点において獲得されたものではない。スティーブンスは過去を振り返ることで、決定論的な出来事の連鎖を見出し、最終的に一つの大きなパースペクティヴを獲得する。すなわち、執事は運命を主人に委ねるしかない、という認識である。

私どものような卑小な人間にとりまして、最終的には運命をご主人様の――この世界の中心におられる偉大な紳士淑女の――手に委ねる以外、あまり選択の余地があるとは思われません。それが冷厳なる現実というものではありますまいか。自分の人生の進む方向をコントロールするのに何ができて何ができなかったのかなどとくよくよ考えて何の意味がありましょう。（三五二）

右の引用の中で重要な箇所は「あまり選択の余地があるとは思われません」という言い方である。選択の余地があまりないということは、執事は運命を主人に委ねることがほぼ決定づけられているということになる。これはきわめて運命主義的な認識である。とはいえ、スティーブンスがこうした運命主義的な認識に到達するのはあくまで物語の後半であり、しかもその認識は一時的にしか保持されない。物語の前半では、偉大な紳士に仕えることによって執事は間接的に人類に貢献することができるという理想主義的な弁を振るう。物語の結末においても、軽口の技術を身につければ現在の主人であるアメリカ人実業家ファラディ氏を喜ばせることができると思い込み、今後は軽口の練習に精を出すと読者に向けて宣言する。したがって、右の引用におけるスティーブンスの運命主義的な認識は語りの中で一時的に獲得されたものにすぎず、作品全体で見れば、スティーブンスはそうしたパースペクティヴを恒常的に保持しているとは到底言えない。語りの中でやや唐突に展開されるスティーブンスの運命主義的な語りは、正しい認識に至ることが困難であるがゆえに人間は運命に身を委ねざるをえない、というイシグロ自身の運命観が図らずも滲み出た箇所なのではないかと思われる。

イシグロはのちにパースペクティヴそのものを主題にした小品を書いている。『夜想曲集——音楽と夕暮れをめぐる五つの物語』(*Nocturnes: Five Stories of Music and Nightfall*, 2009) に収められた「降っても晴れても」("Come Rain or Come Shine") は、パースペクティヴの欠落を扱っている。主人公レイモンドは、外国で長年英語教師をしている四十七歳の男で、大学時代の友人チャーリーとエミリの夫妻に招かれてイギリスに一時帰国する。本作の興味深い点は、登場人物たちが自分の置かれた状況を正しく把握するパースペクティヴを持たないことである。

チャーリーとエミリはそれぞれ別の場面で、レイモンドが人生のコントロールを失っていると言って説教する（五三—五四、五八）。チャーリーはレイモンドの状況が「絶望的だ」（五三）と言い切るし、エミリもレイモンドが崖から落ちそうな状況にいると断定する（六二）。二人ともレイモンドが自身の人生を大きなパースペクティヴの中で捉えていないと考えている。ところが、チャーリーに言わせれば、彼の妻エミリもまたこのパースペクティヴを欠いているようである。

「おれが自分を見限っていると思い込んでいる」とチャーリーは言った。「見限ってなんかいない。ちゃんとやっているんだ。若いころなら、果てしない地平線だけを見つめつづけるのもいいだろう。だが、この年になったら、もっと広く周囲を見る(perspective)ことも必要じゃないか。エミリの期待が堪えがたくなるたび、おれはそう思った。もっと広く見渡せ(perspective)——エミリに必要なのはそれ(perspective)だ。おれはちゃんとやってる。ほかの連中を見てみろ。昔の仲間はどうだ。たとえば、レイは? あいつのどうしようもない人生を見てみろ——エミリには広い視野(perspective)が必要なんだ」(六〇)

チャーリーの魂胆は、レイモンドを家に招いて、自分が海外出張をしている間に、エミリとレイモンドを二人で過ごさせれば、おのずとエミリが自分とレイモンドとを比較し、その結果、夫である自分の状況について正しいパースペクティヴを持つことができる、というものである。ここでレイモンドはようやく自分が"Mr Perspective" (*Nocturnes* 51) としてチャーリーに招かれたことに気づく。パースペクティヴを欠いているはずのレイモンドがエミリにパースペクティヴをもたらすために、Mr Perspectiveとして招待されるというのは面白い設定である。出張先のチャーリーは自宅にいるレイモンドに何度も電話をかけてくるが、その電話での会話でチャーリーは、理想主義に燃える歯科医にほれ込んでいるとレイモンドに告白する。皮肉にもこのときレイモンドがチャーリーにかける言葉は、"Get things in perspective"（「ものごとを視野の中で見ろ」）（*Nocturnes* 74）である。つまり、チャーリーもパースペクティヴを欠いているのである。

作品の山場は、エミリが仕事で出かけている間に、レイモンドがエミリの手帳をのぞき見し、そこに「ぐちぐち王子にワインを」（六六）の文字を見つけて発作的にページを破ってしまう場面である。エミリがレイモンドの状況を悲観的に見ていることはレイモンド自身了解していたものの、「ぐちぐち王子」と見られていることを知ってレイモンドは一瞬かっとなる。出張先のチャーリーからふたたび電話がかかってきたので、レイモンドは状況を説明して助言を求める。チャーリーの助言に従って、エミリの手帳を破ったのを隣人の飼い犬ヘンドリックスのせいにすることにして、あたかもヘンドリックスを家に入れたかのような形跡を作るために、レイモンドは部屋を荒らすのだが、途中でレイモンドはあることに気づく。それはヘンドリックスのパースペクティヴだった。

> ヘンドリックスという生き物の観点（perspective）に立つことを完全に忘れていた。エミリを納得させられるかどうか――それは、ぼくが身も心もヘンドリックスになりきれるかどうかにかかっている。［……］ぼくはヘンドリックスの視線（eyeline）で見たらどうなるだろうと思い、腰をかがめて部屋に入ってみた。（八七）

そこにたまたま帰宅したエミリは、雑誌に嚙みついているレイモンドの姿を見てついに正気を失ったと判断する。ここでは、レイモンドが犬のパースペクティヴを採用することで、レイモンドに対するエミリの否定的評価がさらに補強される仕掛けになっている。原題の"Come Rain or Come Shine"は直訳すれば「降っても晴れても」だが、意訳すれば「どんな時でも」の意味になる。要するに、本作では「どんな時でも」正しいパースペクティヴを獲得できない人物たちの状況が戯画化されている。初期作品では狭隘なパースペクティヴを持つ人物を描いていたイシグロが、二〇〇九年に出版された『夜想曲集』所収の「降っても晴れても」でパースペクティヴの「欠落」を描いたのはなぜなのだろうか。そこには人生をコントロールすることの困難さというイシグロの新たな認識が作用していると思われる。

コントロール（control）

イシグロは長篇第三作『日の名残り』と長篇第四作『充たされざる者』（*The Unconsoled*, 1995）との間で大きな人生観の変化があったと複数のインタヴューで述べている。[▼9]『充たされざる者』が出版された一九九五年（イシグロ四十一歳）のインタヴューでイシグロは、「三十二歳のときには世の中がどのように動いているのかについてある考えを持っていましたが、今では自分がどれほどコントロールできかねているかということが分かり始めています」（Interview, 1995, Smith 17）と語っている。[▼10]一九九五年頃から、他のインタヴューでも「コントロール」という言葉を繰り返し用いるようになる。すでに見たように、『日の名残り』のスティーブンスも人生をコントロールすることの困難さに触れていたが（「自分の人生の進む方向をコントロールするのに何ができて何ができなかったのかなどとくよくよ考えて何の意味がありましょう」）、『充たされざる者』を執筆していた三十代後半のイシグロが到達したコントロールに関する認識とは少し性質が異なるようである。イシグロは初期三作品におけるコントロールの問題についてこう語っている。

こうした初期の作品は人生をコントロールすることの難しさについて書いたものですが、そのトーンにはどこか、人生はコントロールできるもので、かなり秩序だったものだ、という印象を与えるところがあります。振り返って、ああ、あそこで間違った方向に進んだ、あの道を進んできた、と言えそうなところがあります。ところが私自身が三十代半ばになる頃には、矛盾するようですが、物事がもっと複雑で無秩序に見えてきました。二十代の頃よりも物事がもっと込み入って見えてきたのです。(Interview, 1995, Wachtel 29-30)

スティーブンスが人生をコントロールすることの困難さに触れつつも、人生のターニングポイントを見出すように、初期三作品の主人公たちは人生をコントロールできたかもしれないという思いに囚《とら》われている。一方、長篇第四作『充たされざる者』を執筆していた当時のイシグロはこうしたコントロールの可能性について微妙に立場を変えている。右のイシグロの発言に沿って、『日の名残り』の次に書かれた『充たされざる者』を読むと、確かにそこで描かれている世界は「無秩序」に見えてくる。著名なイギリス人ピアニストとしてヨーロッパのある町に降り立った主人公ライダーは町の住人の要求に振り回される。音楽を通して町を再生してもらいたい、三十年以上一言も会話を交わしていない父娘の間を取り持ってもらいたい、ライダーの記事を切り抜いたアルバムを見てもらいたい、亡くなった飼い犬を弔う曲を弾いてほしい。こうしたさまざまな要求に応えようとするうちに、ライダーは自分の状況と感情をコントロールできなくなっていく。依頼された演奏の時間が迫っているにもかかわらず、少年ボリスの玩具を以前住んでいた家に取りに行くのに付き添ううちに帰り道がわからなくなり、「またもや事態をコントロールできなくなりそうな気配」を感じたり（四三〇）、息子ボリスを自分に預けたまま突然行方をくらますソフィーに対してライダーは「怒りをコントロールできなくなりそうな気が」する（一四三）。ライダーは方向感覚を失い（六八二―六八三）、激昂し（五八三、六〇三）、感情を抑制できなくなり（五二九）、涙を流し（六九一）、すすり泣く（九三四）。そもそもライダーがピアニストとして都市を渡り歩くのは、自分の両親に演奏を聴いてもらいたいという個人的な欲求があるからだが、両親のことを考えるたびにライダーは感情をコントロールできなくなる（七八〇、八三六）。このように『充たされざる者』では状況や感情に対するコントロールを失っていくライダーの姿が描かれている。どうやらこの『充たされざる者』においてイシグロはコントロールの不可能性という自身の新たな認識を表現しようとしたようである。

イシグロは本作について次のように語っている。

『充たされざる者』で私が伝えたかったのは、人生がそれほどコントロールされたものではなく、道などないという感覚です。運命（Fate）、状況、決定論的な力によって私たちは拾い上げられ、ただ別の場所に置かれるのです。「そう、この仕事を選んでよかった。この人と結婚してよかった」と私たちは言ったり、将来こんなことをやるんだと宣言したりするのですが、この風によってふたたび拾われ、別の場所に置かれると、私たちは全然違うことをしているのです。そこではかつて擁護した価値観はまったく別のものになっています。（Interview, 1999, Gallix 155）

つまり、『日の名残り』では、人生をコントロールすることの困難さに言及しながらも、大きなパースペクティヴさえ獲得できれば人生をコントロールできたかもしれない、という前提がスティーブンスの語りの中に見え隠れしていたのに対して、『充たされざる者』では人生はコントロール不可能であるというイシグロの認識が前面に押し出されている。ここで両作品の前提となる認識の違いを確認しよう。初期三作品では、緒方さん、小野、スティーブンスの職業的価値観によって彼らの人生が大きく左右されていた。とくに小野とスティーブンスは誤った価値観を信奉したと考えているが、誤った価値観を信奉したという認識には、正しい価値観を持てたのではないかという可能性の含みがある。われわれがすでに検討したパースペクティヴという言葉を用いれば、彼らにもし大きなパースペクティヴが備わっていたら正しい価値観を持てたかもしれない、という可能性が残されていることになる。実際、スティーブンスは、過去を振り返って自分の人生のターニングポイントを見出し、運命主義的な大きなパースペクティヴを一時的に獲得している。それに対して、長篇第四作『充たされざる者』のライダーにはそうしたパースペクティヴが一切与えられておらず、状況や感情に対するコントロールを失っている。思えば、『夜想曲集』所収の「降っても晴れても」のレイモンドもまた人生のコントロールを失っていた。同作においてパースペクティヴの欠落がテーマ化されていたのも、そもそも大きなパースペクティヴを獲得できるのか、という問いそのものにイシグロが懐疑的になったからではないか。事実、右の引用の最後で、一つの価値観を信奉していても、場所が変われば異なる価値観を持つものだと言っている。別言すれば、大きなパースペクティヴを持つことができれば、という条件そのものをイシグロは疑っていることになる。イシグロの関心がパースペクティヴの獲得の困難さから人生におけるコントロールの不可能性へと移ったために、「降っても晴れても」では狭隘なパースペクティヴではなくパースペクティヴの欠落そのものがテーマ化され、人生のコントロールを失うレイモンドが描かれたと考えられる。

人生はコントロールできないというイシグロの認識は、右の引用における「この風」という比喩に端的に表れている。他のインタヴューでも、イシグロは人間が風のような予測不能なものによって翻弄される存在だと述べている――「大半の人は状況によって振り回されるだけです」(Interview, 1995, Smith 17)、「私たちはただ偶然に吹き回されるようなものなのです」(Interview, 2000, Chapel)。別のインタヴューでは、イシグロは風を「人生 (Life)」そのものに置き換えている――「私たちは人生によって拾われ、どこか別の場所に落とされるのかもしれません」(Interview, 2005, Inverne 67)。こうした一連の比喩には、コントロール不可能性を人間の運命と見做《みな》すイシグロの認識が見て取れる。正しい価値観や大きなパーステクティヴといったものはじつは仮想にすぎず、人間は「風」に舞う落ち葉のように、自らの意志や願望の外にある、それらを超えた要因、つまりは運命によって翻弄され、その時々にその場にふさわしい価値観を持たざるをえない、というイシグロの認識がこうした比喩を生み出しているのではないだろうか。

人間を翻弄する「風」の比喩は『わたしを離さないで』にも見られる。たとえば、作品の最後の場面で、ノーフォークの畑を囲むフェンスにひっかかったゴミが風に吹かれてはためいている。

柵のいたるところに——とくに下側の有刺鉄線に——ありとあらゆるごみが引っかかり、絡《から》みついていました。海岸線に打ち上げられるがらくたのようです。何マイルもの遠方から風に運ばれてきて、ようやくこの木と二本の有刺鉄線に止めてもらったのでしょう。木を見上げると、こちらでも、上のほうの枝にビニールシートやショッピングバッグの切れ端が引っかかり、はためいています。(四三八—四三九)

何マイルも離れたところから「風」によって運ばれたであろうゴミは、臓器提供という運命に翻弄されるキャシー・Hや他のクローン、さらには彼らの臓器とも重なる。「風」によって運ばれるゴミのように、キャシーたちもまた自らの運命に対して何のコントロールも持たず無力である。彼らの臓器は体から取り外され、彼らの知らない人間の体に移され、ばらばらになる。ちょうど気まぐれな風によってゴミが運ばれるように、キャシーたちの臓器もまた人間の欲望によって一つの体から別の体へと移し替えられる。

コントロールの不可能性は、風だけでなく、「川」の比喩にも表れている。トミー・Dはキャシーに向かって、自分たちは流れの速い川の中にいるようだと語る。

おれはな、よく川の中の二人を考える。どこかにある川で、すごく流れが速いんだ。で、その水の中に二人がいる。互いに相手にしがみついてる。必死でしがみついてるんだけど、結局、流れが強すぎて、かなわん。最後は手を離して、別々に流される。（四三二）

川の中にいる二人は、ゴミの比喩に見たクローンの無力さを思い起こさせる。しかし、川に押し流されるキャシーたちの無力さを捉える作者の視線は作中の人間にも向けられる。ヘイルシャムを運営していたエミリ先生は、同校を閉校した理由についてキャシーとトミーにこう語る。資金援助を受けている間はどうにかヘイルシャムを運営できていたものの、いったん潮目が変わり援助が打ち切られると、"we were all of us swept away"（わたしたちはみな流されてしまいました）(*Never Let Me Go* 258)。つまり、クローンだけでなく、彼らをコントロールしていると思われたエミリ先生（＝人間）たちもまた時代の流れに翻弄される存在として描かれている。キャシーたちも、自分たちが「風」や「流れ」に翻弄される存在だという意識があったからこそ、コテージに着いてからしばらくの間「周りの世界を恐れる」あまり「互いを離せなかった（unable quite to let each other go）」（二一八）のだろうし、お気に入りの歌"Never Let Me Go"の歌詞からキャシーが想像する、赤ん坊を抱きしめる女性の姿もまた同じ不安から作り出されたのだろう（七〇）。このように『わたしを離さないで』にはコントロール不可能性というイシグロの認識が取り込まれることで、運命をコントロールできないクローンと人間の無力さが前景化されている。

こうしたコントロール不可能性はクローンの感情にも見られる。キャシーとトミーは、エミリ先生とマダムとの面談で臓器提供までの猶予が噂話に過ぎないことを知らされる。その帰路でトミーは車から一人で降り、少し離れたところで三度叫び声を上げる（四一八）。幼少期のトミーがそうであったように、猛烈に憤り、大声を上げ、拳を振り回し、蹴り上げるトミーの姿をキャシーは目撃する。トミーが怒りの感情を露わにするのは、未来を変更できない自らの運命をエミリ先生たちによって突きつけられたからに他ならない。読者もまた、トミーの感情の爆発をキャシーの視線で目撃する。だからこそ、小説の最後でノーフォークの畑の前に一人で立ちながら、「顔には涙が流れていましたが、わたしは自制し、泣きじゃくりはしませんでした」（四三九）とキャシー自身が語るとき、読者は静かな感動を覚える。この場面のキャシーの感情の抑制は、感情のコントロールを失うライダーやトミーの反応とは明らかに異なる。[11] しかし、最後の場面でキャシーが感情を抑制できたのは、次節で見るように彼女が自らの運命（死）を受け入れたからに他ならない。

受容（acceptance）

運命という用語は、これまで見てきたように、イシグロがインタヴューにおいて「パースペクティヴ」や「コントロール」に言及するときに繰り返し出てきた。パースペクティヴとの関連でいえば「往々にしてよく分からない大きな力に翻弄される運命にあります」という発言がそうだし、コントロールとの関連でいえば「運命、状況、決定論的な力によって私たちは拾い上げられ、ただ別の場所に置かれるのです」という発話がそれである。運命という用語がインタヴューに登場し始めるのは一九九九年頃からだが、作品に即して見れば、イシグロはすでに一九八〇年代の作品において大半の人間が大きなパースペクティヴを持つことができないという運命観を提示し、九〇年代の作品では人間には人生をコントロールすることができないという運命観を提示している。

運命とコントロール不可能性という二つの概念を同時に提起したのは、二〇〇〇年に出版された長篇第五作『わたしたちが孤児だったころ』(*When We Were Orphans*)である。イギリス人探偵である主人公クリストファー・バンクスの両親は、バンクスの幼少期に上海租界で失踪する。バンクスが探偵になってイギリスから上海に戻ってくるのは、一つには両親を救い出すという目的のためである。かつて両親の庇護の下で育ったバンクスにとって、両親の失踪は人生のコントロールを失う契機となった。換言すれば、バンクスは両親によってコントロールされた安全な世界からコントロールできない現実世界に放り出されたのである。孤児であることを運命づけられたバンクスの幼少期へのノスタルジーは、彼を幼少世界に回帰させようとする。自分と同じように孤児であることを運命づけられたサラ・ヘミングズを回想しながら、バンクスは孤児の運命について次のように語る。

使命感や、それを回避しようとするなど無駄だと口にするとき、彼女はわたしのことと同時に自分自身のことも考えているような気がしてならない。おそらくそんな心配などせずに、人生を送っていくことのできる人々もいるのだろう。しかし、わたしたちのような者にとっては、消えてしまった両親の影を何年も追いかけている孤児のように世界に立ち向かうのが運命なのだ。最後まで使命を遂行しようとしながら、最善をつくすより他ないのだ。そうするまで、わたしたちには心の平安は許されないのだから。（五二九—五三〇）

バンクスやヘミングズにとって、両親を探す旅は終わらない。彼らは決して回復できないものを回復しようとするからである。失われた幼少世界を取り戻そうとする彼らのノスタルジックな感情は、右の引用中の「最後まで使命を遂行しようとしながら、最善をつくすより他ない」という言葉が物語るように、彼らには制御できないものである。高津昌宏（Masahiro Takatsu）が指摘するように⑻、バンクスが探偵として世界を救うという理想主義的な理念を掲げるのも幼少期への強いノスタルジーが作用しているからである。だからこそバンクスたちはコントロール不可能な現実世界の中にあって、かつてのコントロールされた幼少世界を回復しようとする。『充たされざる者』のライダーは状況や感情に振り回されてコントロールを失っていたが、『わたしたちが孤児だったころ』のバンクスはコントロールを失った状況の中で、コントロールされたかつての幼少世界へと回帰することが自分の運命だと認識している。この運命の認識こそが『充たされざる者』と『わたしたちが孤児だったころ』という前後する二つの作品を分かつ重要な点である。

このように『わたしたちが孤児だったころ』ではコントロールが不可能な世界の中で自分の運命

と向き合う主人公バンクスが描かれている。運命とコントロール不可能性という問題を扱ったイシグロが次作『わたしを離さないで』において新たな課題として設定したのは、運命の「受容」というテーマである。最近行われたインタヴューでイシグロは、人間が運命をどの程度受け入れるかに関心を持っている、と語っている。

私は人々がどの程度運命を受け入れるのかということにいつも関心を持ってきました。［……］人は驚くほど自分たちの運命を受け入れるものです。受け入れるだけでなく、それを価値あるものにしようとします。意味のあるものにしようとするのです。（Interview, 2011, Hammond）

つまるところ、狭隘なパースペクティヴ、次いでコントロール不可能性の検証を経たこの段階では、イシグロは運命に抗えない状態をいわば人生のデフォルトと見做《みな》している。運命によってコントロールされた状態をデフォルトと見做しているがゆえに、イシグロは人間が「どの程度」自分の運命を「受け入れ」、それを「価値あるものにしよう」とするかという問題に関心を移しているのである。

イシグロは、クローンの受動的態度について語りながら、そうした受動性、さらには運命の受容が人間全般にも見られるものだと言う。長い引用になるが、『わたしを離さないで』について述べたイシグロの言葉を引いてみたい。

私が思うに、『わたしを離さないで』の重要な点は、彼らがけっして抵抗しない、読者が期待するようなことはしない、ということです。臓器のために彼らを殺すプログラムをクローンは受動的に受け入れます。私たちの多くが受動的な傾向にあるということを描くのに一つの強烈なイメージが必要でした。私たちは自分の運命を受け入れます。おそらくクローンほど受動的に受け入れないでしょうが、それでも私たちは自分で考えている以上にずっと受け身です。自分たちに与えられたかのように見える運命を受け入れます。最終的に私がこの作品で書きたかったのは、私たちが死ぬ運命にあり、その運命から逃れられず、いつかはみな死に、永遠には生きられない事実をいかに受け入れるかということだと思います。そうした運命に憤る方法はいろいろありますが、結局はそれを受け入れるしかない。さまざまな反応はあるでしょうが。ですから、私たちが老いて、ばらばらになり、死んでいくという人間としての境遇を受け入れるように、『わたしを離さないで』の作中人物たちにも彼らに定められている残酷なプログラムに対して同じように反応させようとしたのです。（Interview, 2009, Matthews 124、傍点引用者）

イシグロによれば、クローンの運命に対する受動的態度は、人間が老化、寿命、死を受け入れる態度を表したものだという。死という不可避の運命を受け入れる人間のありようこそが『わたしを離さないで』を書く動機になったとイシグロは述べている。右の引用の中でイシグロが言う「ばらばらになり（falling to bits）」は、ノーフォークのフェンスに絡みついたゴミ、さらにはクローンの臓器を想起させる。与えられた生を受け入れるしかない、というイシグロの認識は、エミリ先生がキャシーとトミーに向かって語る次のような科白《せりふ》に表れている。

「わかりますよ、トミー。それじゃチェスの駒と同じだと思っているでしょう。確かに、そういうふうに見えるかもしれません。でも、考えてみて。あなた方は、駒だとしても幸運な駒ですよ。追い風が吹くかに見えた時期もありましたが、それは去りました。世の中とは、ときにそうしたものです。受け入れなければね。人の考えや感情はあちらに行き、こちらに戻り、変わります。あなた方は、変化する流れの中のいまに生まれたということです」（四〇六―四〇七、傍点引用者）

しかし、エミリ先生にとってヘイルシャムの学校が一つの事業に過ぎなかったのに対して、そこで育てられたキャシーにとって、それは人生そのものだった。キャシーはエミリ先生に向かって次のように抵抗する。「『追い風か、逆風か。先生にはそれだけのことかもしれません』とわたしは言いました。『でも、そこに生まれたわたしたちには人生の全部です』」（四〇七）。このキャシーの抵抗に対して、エミリ先生は恵まれた環境で育てられたことを自覚するように促すだけである。だが、前節で見たように、エミリ先生たちもまた時代の潮流に「流されてしまいました」と語っていたことを思い返せば、ここで読者が意識させられるのは、クローンと人間の差異よりも、むしろともに大きな力に翻弄される存在として描かれているという両者の共通点であろう。実際、物語の結末においてキャシーはクローンとして定められた自らの死を受け入れる。ノーフォークの畑のフェンスに絡みついたゴミを見て、少しの間だけトミーの姿を思い浮かべる「空想」（四三九）に浸ると（キャシーによる最後の小さな抵抗である）、キャシーは次のように語りを終える――「しばらく待って車に戻り、エンジンをかけて、行くべきところへ向かって出発しました」（四三九）。『わたしを離さないで』の原題 *Never Let Me Go* には文字通り「わたしを行かさないで」の意味も含まれており、キャシーの全存在が読者に向かって歌いかける大きな抵抗の声がこだましている。しかし、この最後の文において運命への抵抗はもはや見られない。「行くべきところ」は外部の人間によって決められた場所であり、その場所へとキャシーは向かう。このように『わたしを離さないで』は、クローンとして生を受けたキャシーたちが自らに定められた運命を知り、もろく儚《はかな》い空想を膨らませることで抵抗を試みながらも、最終的に自らの死を受け入れる物語である。[12]

　前作『わたしたちが孤児だったころ』のバンクスは、幼少期へのノスタルジー、彼の言葉で言えば「消えてしまった両親の影を何年も追いかけ」ることを自らの運命と認識するが、その認識は他者によって強制されたものではない。だが、『わたしを離さないで』のキャシーたちは、自分たちが臓器を提供する運命にあることをエミリ先生たちによって突きつけられる。レベッカ・スーター（Rebecca Suter）が指摘するように、その「運命はコントロールを超えた力によって初めから決められて」（405、傍点引用者）いる。クローンの運命をコントロールするのは人間であり、人間はクローンの生死を一方的に決める。臓器提供という人間が作成したプログラムを運命としてクローンに課し、それを受け入れざるをえない状況にクローンを置くことで、死の受容を要求する。だから、クローンには別の人生を選択する可能性は一切残されていない。決められた人生を生き、決められた死を受け入れるだけである。むろん、キャシーたちの運命の受容を強調しすぎれば、彼らの抵抗や選択といった能動的行為を矮小化する恐れがあろう。[13] クローンは確かに抵抗している。しかし、彼らは最後に臓器提供（＝死）を受け入れる。たとえ理不尽な運命だとしても。ここにイシグロの運命観の到達点を見ることができる。

クローンは人間なのだろうか。作中の人間はクローンを「人間以下」（四〇〇）と見做している。それゆえに人間はクローンの運命を一方的に支配する。しかし、わずか三十年という寿命の中で生を全《まっと》うするクローンは、定められた生の中で愛を確認し、延命を望み、最後に死を受け入れる。それは敷衍《ふえん》すれば人間の運命に他ならない。イシグロにとってクローンは人間の象徴なのである。

おわりに

以上見てきたように、イシグロは、狭隘なパースペクティヴ、コントロール不可能性、死の受容という三つの角度から自身の運命観を提示してきた。初期作品や一九八〇年代後半のインタヴューに見られる、個人が大きなパースペクティヴを獲得することが困難であるというイシグロの運命主義的な認識は、一九九五年以降コントロールの不可能性という新たな運命論的な認識へと深化し、二〇〇〇年以降はコントロール不可能性が固定的なものとして捉えられて、そこから死の受容という新たな課題が浮上している。『わたしを離さないで』においてイシグロが死の受容という問題を扱ったのも、パースペクティヴやコントロールといった概念を突きつめた帰結なのであろう。狭いパースペクティヴの中にいるために正しい価値判断ができず運命に翻弄されてしまう緒方さんや小野、運命主義的なパースペクティヴを一時的に獲得しつつも別の選択ができたのではないかという可能性に固執するスティーブンス、状況や感情のコントロールを失っていくライダー、両親によってコントロールされた幼少期の世界を回復することが自分の運命だと認識するバンクス、そしてコントロール不可能な死を最終的に受け入れるキャシーたち――かれらを通してイシグロは運命をめぐる人間模様を描いてきた。したがって、以上の考察からイシグロの運命観の形成について一つの結論を述べるとすれば、彼の運命観は「狭隘なパースペクティヴ」から「コントロール不可能性」を経て「死の受容」へと至る概念の重層的検証の過程で形成された、と言えるのではないだろうか。

註

▼1　本稿は二〇一七年八月二十七日に千葉工業大学（津田沼キャンパス）で行われた新英米文学会第四十八回大会シンポジウム“Kazuo Ishiguro, *Never Let Me Go*”で発表した原稿を補筆修正し、その後北海学園大学の紀要『年報　新人文学』に投稿し掲載された原稿を改稿したものである。『年報　新人文学』の査読者からperspectiveやfateといった用語の使い方について有益な助言を頂いたことを記しておきたい。

▼2　Hensher 32; Jennings 40; Kakutani.

▼3　ジャーングはクローンが逃避しないことを問題にする読者の反応には人間全般を運命に抵抗する存在と見做《みな》す認識が内包されていると指摘する。ジャーングは、こうした反応には「人間性を主体と独立によって定義しようとする欲求」（以下、英語文献からの引用はすべて拙訳による）が隠されており、こうした欲求が駆動することで、読者は運命に抵抗しないヘイルシャムの生徒たちを「非人間的」だと捉えている、と主張する。

しかし、ジャーングによれば、クローンに抵抗を期待する読者の欲求は「文化や国家に特有の慣例」(383)に基づいたものであり、本作におけるイシグロの意図はそうした読者の「期待を転覆する」ことにあり、「クローンは反逆しないからこそ『人間になる』」(382)と論を展開している。シムもまた、クローンが自分たちの運命を受け入れる点に着目し、「この運命主義がわれわれ［読者］の関心を引き、好奇心をそそる」と述べ、「クローンがわれわれを動揺させ、困惑させるのは、彼らが意志と主体性を欠いているからであり、自分たちの置かれた社会秩序を完全に受け入れるからである」と指摘する。意志と主体性の欠如が読者を不安にさせるというシムの指摘は、まさしく右に見た書評家たちの反応を指しているであろう。さらにシムは意志と主体性を欠くクローンの存在のあり方が人間のあり方を暗示するとともに、「現代社会がわれわれに与える圧力」(81)(それが何かはシム自身は明示していない)を想起させると述べている。荘中もクローンの「あまりにも受動的な」態度に言及し、イシグロの運命的態度をやや批判的に捉えている——「このようにただイシグロは非常に受動的な登場人物たちの態度や運命論的な人生観を描写するだけで、新たなビジョンや変革の契機を提示することはない。その点にイシグロ自身の限界があるとも考えられる［……］」(一七二)。この批判は先に見た書評家たちの疑問に通じるものだが、オルターナティブな選択肢を一切提示しないイシグロの態度に切り込んでいる点でそうした書評家よりも批判の切れ味が鋭い。もっとも、荘中は右の引用に続いて、イシグロの「［新たなビジョンや変革の契機の］不在ゆえに、逆説的ながら、『虚構』の本作品において、その部分にこそ痛切な哀感と、そしてすべてが急激に強固にシステム化されていく、そこから逃れることも打ち壊すこともできない、利己的な『本物』の現代社会に対する批判もあると言えるのではないだろうか」(一七二—七三)と指摘する。つまり、イシグロの徹底した運命観は逆説的に現代社会の「システム化」に対する批判を内包していると荘中は解釈している。ジャーング、シム、荘中の論に共通して見られるのは、クローンの受動性に作者イシグロの運命観を見出し、クローンと現実世界の人間をパラレルに捉えようとする批評態度である。本稿の筆者も同じ態度を踏襲する。

▼4　ウォンは、イシグロの初期作品の主人公たちが過去の出来事に直面するときに逃避へと走る傾向にある

のに対して、『わたしたちが孤児だったころ』と『わたしを離さないで』の主人公たちは「変更できない自分たちの運命を静かに、しかし痛みと哀しみを伴って受け入れている」(83) と指摘する。後期作品の主人公には前期作品の語り手に見られた自己韜晦は見られず、運命を進んで受け入れる態度が強調されているという。

▼5　本稿では、イシグロのインタヴューに言及する際、インタヴューが行われた年（不明の場合は出版年）を明示する。Interview, 1986, Mason 9 の 1986 は、インタヴューが行われた年を指す。引用文献では、インタヴューが行われた年が原典で明示されている場合、インタヴューのタイトルの直後にその年を丸括弧で表記する。ただし、不明の場合は省略する。また英語によるインタヴューからの引用もすべて拙訳による。

▼6　必要に応じて引用中に原文の一部を筆者が挿入する。以下、作品から引用する場合も同じである。

▼7　イシグロの作品から引用する場合、原則として既訳を用いたが、部分的に改訳したところもある。括弧内の漢数字は訳書の該当頁を指す。

▼8　パースペクティヴを本質的に狭いものと見るイシグロの認識は彼の作品に共通して見られる一人称の語り手という設定に反映されていると考えられる（最新作『忘れられた巨人』を除く）。『日の名残り』のスティーブンスの語りとその文体を分析した松田麻利子は次のような指摘をしている――「一人称の語りが選ばれる時、物語は登場人物の一人である人間によって語られるため［……］制限された視点、視野を持つことになる」(二)。

▼9　Interview, 1995, Smith 17; Interview, 1995, Wachtel 29-30; Interview, 2001, Wong 188.

▼10　Interview, 1995, Wachtel 32; Interview, 1995, Jaggi 112; Interview, 1998, Krider 133; Interview, 1999, Gallix 137, 142, 152; Interview, 2003, Gallix, Guignery, Veyret 19; Interview, 2008, Hunnewell 50.

▼11　最後の場面におけるキャシーの感情の抑制（コントロール）について、新英米文学会第四十八回大会シンポジウムの質疑応答で小林広直氏より指摘があり、本稿ではその指摘を踏まえて議論を再構成した。

▼12　こうした運命の受容という態度は、もとをたどればイシグロが日本人を両親に持つ家庭環境で育ったこと、子ども時代に日本映画を好んで観たことに起因している可能性がある。日本人によるインタヴューの中で

イシグロは日本映画に触れてこう述べている。

私の世界観は、若いころに見た日本映画に大きな影響を受けている。一一歳のとき、英国のテレビで小津安二郎の「東京物語」を見て以来、小津映画にのめりこみ、続いて成瀬巳喜男や五所平之助の映画を見た。運命を受け入れて生きる、というコンセプトは、彼らの庶民劇によく登場する。おそらく日本人の両親に育てられたことが関係して、私にはとても受け入れやすい物語だった。(インタヴュー、二〇一一、白木、一六、傍点引用者)

ここでイシグロは、自らの世界観が小津に代表される日本映画のコンセプト(「運命を受け入れて生きる」)の影響を受けていることに触れている。そして「日本人の両親に育てられたこと」がそうしたコンセプトを受け入れる土壌を形成したのではないかと推測している。ほかにも、イシグロ自身は明言していないが、ロックミュージシャンとしての挫折やソーシャルワーカーとしてホームレスの支援にかかわったことも彼の運命観の形成に影響を与えている可能性があると思われる。

▼13 この懸念は右のシンポジウムの質疑応答で池園宏氏より示された。池園氏は本作冒頭の数頁において「選ぶ」という言葉が繰り返し用いられていると指摘する。作品冒頭を読み返してみると、確かに語り手キャシーは、一部の介護人(carer)が提供者(donor)を「選ぶ」権利を持つ点を強調している。作品の後半でも、セックスメイトを選べることや(一五二、一九六)、介護人になる時期を進んで選べること(三〇四)に触れている。

参考文献

一次資料

作品

Ishiguro, Kazuo. *An Artist of the Floating World*. 1986. Faber and Faber, 1987.

———. *The Buried Giant*. Faber and Faber, 2015.

———. *Never Let Me Go*. 2005. Faber and Faber, 2006.

———. *Nocturnes: Five Stories of Music and Nightfall*. Faber and Faber, 2009.

———. *A Pale View of Hills*. 1982. Faber and Faber, 1991.

———. *The Remains of the Day*. 1989. Faber and Faber, 1990.

———. *The Unconsoled*. 1995. Faber and Faber, 1996.

———. *When We Were Orphans*. 2000. Faber and Faber, 2005.

インタヴュー

Bigsby, Christopher. "In Conversation with Kazuo Ishiguro."（1987）Shaffer and Wong, pp. 15-26.

Chapel, Jessica. "A Fugitive Past." *Atlantic Unbound*, 5 Oct. 2000. Accessed 7 Feb. 2009.

Gallix, François. "Kazuo Ishiguro: The Sorbonne Lecture."（1999）Shaffer and Wong, pp. 135-55.

Gallix, François, Vanessa Guignery, and Paul Veyret. "Kazuo Ishiguro at the Sorbonne, 20th March 2003." *Études britanniques contemporaines*, no. 27, Dec. 2004, pp. 1-22.

Hammond, Wally. "Kazuo Ishiguro on *Never Let Me Go*." *Sydney Time Out*, 1 Apr. 2011. Accessed 19 Apr. 2011.

Hunnewell, Susannah. "Kazuo Ishiguro: The Art of Fiction No. 196." *The Paris Review*, vol. 184, Spring 2008, pp. 23-54.

Inverne, James. "Strange New World." *The Times*, 28 Mar. 2005, p. 67.

Jaggi, Maya. "Kazuo Ishiguro with Maya Jaggi."（1995）Shaffer and Wong, pp. 110-19.

Krider, Dylan Otto. "Rooted in a Small Space: An Interview with Kazuo Ishiguro."（1998）Shaffer and Wong,

pp. 125-34.
Mason, Gregory. "An Interview with Kazuo Ishiguro." (1986) Shaffer and Wong, pp. 3-14.
Matthews, Sean. "'I'm Sorry I Can't Say More': An Interview with Kazuo Ishiguro." *Kazuo Ishiguro*. Edited by Sean Matthews and Sebastian Groes, Continuum, 2009, pp. 114-25.
Shaffer, Brian W., and Cynthia F. Wong, editors. *Conversations with Kazuo Ishiguro*. UP of Mississippi, 2008.
Shaikh, Nermeen. "Asia Source: Interview with Kazuo Ishiguro." *Asia Source* n.d. Accessed 26 Aug. 2008.
Smith, Julian Llewellyn. "A Novel Taste of Criticism." *The Times*, 3 May 1995, p. 17.
Wachtel, Eleanor. "Kazuo Ishiguro." (1995) *More Writers and Company: New Conversations with CBC Radio's*. Vintage Canada, 1996, pp. 17-35.
Wong, Cynthia F. "Like Idealism Is to the Intellect: An Interview with Kazuo Ishiguro." (2001) Shaffer and Wong, pp. 174-88.
白木緑「誇りこそ人間の証し」『日本経済新聞』二〇一一年二月十九日付夕刊、一六面。

二次資料

Hensher, Philip. "School for Scandal." Rev. of *Never Let Me Go*. *Spectator*, 26 Feb. 2005, p. 32.
Jennings, Jay. "Clone Home: Jay Jennings on Kazuo Ishiguro." Rev. of *Never Let Me Go*. *Art Forum International*, vol. 43, no. 8, 2005, p. 44.
Jerng, Mark. "Giving Form to Life: Cloning and Narrative Expectations of the Human." *Partial Answers*, vol. 6, no. 2, 2008, pp. 369-93.
Kakutani, Michiko. "Books of the Times; Sealed in a World That's Not As It Seems." Rev. of *Never Let Me Go*. *The New York Times*, 4 Apr. 2005. Accessed 27 Feb. 2008.
Sim, Wai-chew. *Kazuo Ishiguro*. Routledge, 2010.

Suter, Rebecca. "Untold and Unlived Lives in Kazuo Ishiguro's *Never Let Me Go*: A Response to Burkhard Niederhoff." *Connotations*, vol. 21, no. 2-3, 2011/2012, pp. 397-406.

Takatsu, Masahiro. "Through the Magnifying Glass-Reading Kazuo Ishiguro's *When We Were Orphans*." *Kitasato Review: Annual Report of Studies in Liberal Arts and Sciences*, vol. 6, 2001, pp. 1-14.

Wong, Cynthia F. *Kazuo Ishiguro*. 2nd ed. Northcote House, 2005.

荘中孝之『カズオ・イシグロ――〈日本〉と〈イギリス〉の間から』春風社、二〇一一年。

長柄裕美「カズオ・イシグロ作品における子どもの役割」『神戸英米論叢』第二十七号（二〇一三）一―一八頁。

平井杏子『カズオ・イシグロ――境界のない世界』水声社、二〇一一年。

松田麻利子「*The Remains of the Day* にみる弁解の文体」『桜美林大学短期大学部紀要』第四号（二〇〇四）一―一六頁。

カズオ・イシグロ作品紹介

カズオ・イシグロの作品を出版年順に紹介する。作品のタイトルは邦題を用い、未邦訳の作品は筆者が訳した。人物名も邦訳に従ったが、未邦訳作品については、日本人でもカタカナで姓名を表記した。なお、他の作家の作品に言及する際も邦題を掲げたが、未邦訳作品は原題のまま表記した。

「奇妙な折々の悲しみ」（一九八〇年）

“A Strange and Sometimes Sadness” ***Bananas*** **(1980)** に掲載される。*Introduction 7: Stories by New Writers*（Faber and Faber, 1981）に再録される。

未邦訳。UEA在籍時の習作。

語り手ミチコは、渡英後に産んだ娘に長崎時代の親友ヤスコの名をつける。産後の肥立ちが悪く入院中のミチコは、自宅で泣き喚《わめ》く赤子の声が聞こえたことを、現在は成人し結婚を控えた娘ヤスコに語る。それを機に、ミチコの回想は長崎時代に遡《さかのぼ》り、「最初のヤスコ」とその父キノシタさんと過ごした戦争の日々を思い出す。原爆投下の前日に自らの死を予感するかのように、親友ヤスコは奇妙な表情を見せた。ヤスコの婚約者ナカムラさんに秘《ひそ》かに想いを寄せるミチコのヤスコへの嫉妬が、ヤスコの顔に転写されて奇妙な表情を浮かばせたと読むこともできよう。記憶の鮮明さと曖昧さとが随所で言及され、イシグロの記憶への関心が窺《うかが》える。また本作は、『遠い山なみの光』の試作版でもある。二人の女性の絆と対照的な性格は悦子と佐知子に引き継がれ、母娘の距離は二組の母娘の距離へと移行する。本短篇の出版後、イシグロの母静子は息子に初めて原爆体験を語ったという。

「ある家族の夕餉」（一九八〇年）

"A Family Supper" *Quarto* (1980) に掲載される。T. J. Binding編 *Firebird 2* (Penguin, 1983)、Malcolm Bradbury編 *The Penguin Book of Modern British Short Stories* (Penguin, 1988)、*Esquire* (March 1990) に再録される。出淵博訳「夕餉」が『すばる』（一九八四年二月号）に掲載され、『集英社ギャラリー［世界の文学］5 イギリスⅣ』（集英社、一九九〇年）に再録される。田尻芳樹訳「ある家族の夕餉」が阿部公彦編『しみじみ読むイギリス・アイルランド文学』（松柏社、二〇〇七年）に収められる。

久しぶりに米国から帰国した日本人青年は、鎌倉の実家で父と妹の喜久子と再会する。青年が留守の間に、母は河豚《ふぐ》料理の毒があたって亡くなっていた。夜に提灯《ちょうちん》の下で父が用意した魚料理を食べる。父の友人が倒産後に切腹し一家心中したこと、かつて庭の井戸から離れたところで青年が白い着物姿の老女（幽霊）を目撃したことが語られる。河豚、一家心中、切腹、提灯、井戸、幽霊など、いかにも日本的なイメージを本作に散りばめることで、イシグロは西洋人読者の期待に「つけ込んだ」と語っている。父の用意した魚が河豚だったのかどうか、父は一家心中を図ったのかどうか——謎の多い不気味な短篇である。

「Jを待ちながら」（一九八一年）

"Waiting for J" *Introduction 7: Stories by New Writers* (Faber and Faber, 1981)

未邦訳。イースト・アングリア大学（以下、UEA）創作科入学前に執筆される。

大学に勤める彫刻家の語り手は、四十歳の誕生日を迎え、武器を用意してJを待つ。かつて四歳年長のJは、世界を旅したい、父のように年を重ねたくない、と友人の語り手に話した。Jは四十歳になったら殺し合いをしようと提案して十七歳で村を出る。Jが四十歳の誕生日を迎えた日、彫刻家はJを訪ねるが、Jに往年の輝きはない。Jの誕生日の祝いに用意したトルコ製ナイフを手にした彫刻家は……。自身が四十歳を迎えた今宵、彫刻家はJを待つ。サミュエル・ベケットの『ゴドーを待ちながら』を連想させる本作は、最後まで現れないJに関する回想が中心となる。『ガウェイン卿と緑の騎士』の約束への引喩を読み取ることもできよう。

「毒を盛られて」（一九八一年）

"Getting Poisoned" ***Introduction 7: Stories by New Writers*** (Faber and Faber, 1981)

未邦訳。「Jを待ちながら」と同時期に執筆される。

日記形式で少年の視点から、息子を放置し愛人から暴力を受ける母、少年の飼い猫ナオミへの虐待、性病に罹《かか》った友人の兄、自分の性器を確認しポルノ雑誌に耽《ふけ》る日々、母が連れ込んだ愛人の娘キャロルとの性的戯《たわむ》れについて語られる。毒と知りながら除草剤をキャットフードに混ぜてナオミに食べさせ、死んでいく様子を観察する。同じ毒を入れたコーヒーをキャロルにも飲ませる。孤独な少年が冷徹な殺人鬼へと変貌する過程が、少年の未熟な英語で日記に淡々と綴《つづ》られる。イアン・マキューアンの『セメント・ガーデン』の影響が指摘されている。

『遠い山なみの光』（一九八二年）

A Pale View of Hills (Faber and Faber, 1982)

長篇第一作。一九八二年、王立文学協会よりウィニフレッド・ホルトビー賞を受賞する。一九八四年、小野寺健訳『女たちの遠い夏』が筑摩書房から刊行される。一九九四年、同タイトルの改訳がちくま文庫に収められる。二〇〇一年、同訳者による改題・改訳『遠い山なみの光』が早川書房から刊行される。作品の前半は、イシグロがUEA創作科に提出した修了制作に基づいたものとされる。フェイバー社と出版契約を結んだイシグロは、後半を書き上げて一九八二年に上梓する。本作の執筆経緯についてイシグロは、長崎時代の記憶を「保存」するために、「記憶と想像と推測」を頼りに書いたと証言している。

戦後の長崎と一九八〇年代初頭の英国が舞台である。英国で暮らす語り手悦子は、戦後の長崎を主に回想する。戦後の混乱の中で家族や子供を守らなければならないという義務感と、自分らしく生きたいという欲求との葛藤が描かれる。読者はジェイムズ・ジョイスの短篇「エヴリン」を思い起こすだろう。語り手悦子は日本人の夫二郎と別れ、幼い景子と渡英するが、景子は英国に馴染《なじ》めず成人後に自殺する。娘の自死に罪悪感を覚える悦子は、ロンドンから訪ねてきた次女ニキとの会話に慰められながら、長崎時代に出会った佐知子と万里子の母娘を回想する。

本作の特徴は、断片的な記憶と人物投影である。語り手自身がどのような経緯で二郎と別れたのかについては語られず、その記憶は「薄明」の中にある。一方、戦争で夫を亡くした佐知子と娘万里子については微細に語られる。記憶の不確かさを強調しながら、次第に自身と景子との母娘関係を佐知子と万里子に投影していく。本作の結末において、万里子に語りかけていたはずの悦子の科白《せりふ》が、実際には景子に向けられたものであることが示唆される場面はよく知られている。
悦子の義理の父である緒方さん（二郎の父）は、戦前の儒教的価値観を体現した元教育者として登場する。戦後に押し寄せたアメリカの民主主義的価値観に当惑し、かつて反戦を唱えた教員たちを当局に密告したとして、教え子の松田重夫から糾弾されて言葉に窮する。価値観の変動に翻弄される緒方さんは、長篇第二作の元画家小野益次や第三作の老執事スティーブンスの原型となる。

「戦争のすんだ夏」（一九八三年）
"Summer after the War" *Granta 7* (1983)
小野寺健訳「戦争のすんだ夏」が『Esquire日本語版』（一九九〇年十二月、第三十六号）に掲載される。
七歳の頃に戦後の鹿児島で祖父と暮らした日々を、成人した語り手一郎が回想する。丈夫な体の祖父は、柔道の練習を毎朝欠かさない。祖父のように強くなりたい一心で動きを真似る少年一郎は、祖父と一緒に追剝ぎを退治する空想に浸る。ある日、祖父の元弟子が訪ねてくる。男は戦中の芸術活動のことで元画家の祖父と口論になる。その口論を上の階にいた一郎は耳にする。後日、祖父が風呂場で倒れて一郎は心配するが、無事に回復する。本作で子供の視点から大人の世界を断片的に浮かび上がらせたイシグロは、長篇第二作『浮世の画家』で同じ世界を元画家の内面を通して描き直す。『浮世の画家』でも元画家の老人と孫（一郎）の交流が描かれる。少年と祖父が悪を退治するという空想は長篇第四作『充たされざる者』で活用される。

『浮世の画家』（一九八六年）
An Artist of the Floating World (Faber and Faber, 1986)

長篇第二作。一九八六年、ブッカー賞のショートリストに選ばれる。同年、ウィットブレッド賞を受賞する。一九八八年、飛田茂雄訳『浮世の画家』が、中央公論社から刊行され、一九九二年に中公文庫に収められる。二〇〇六年に早川書房から文庫化される。

『遠い山なみの光』の元教育者の緒方さんを画家に設定し直し、戦前戦後の価値観の変動に晒《さら》されることで、過去の栄光と現在の没落との狭間で当惑する日本人の元画家小野益次が描かれる。小野が回想する過去は、絵を描くことを父に反対された幼少時代、武田工房で欧米向けに大量の日本画を生産した修業時代、その後画家森山誠治の弟子として浮世絵の制作に励むも、轟然たる軍国主義の掛け声が鳴り響く中で、次第に森山の浮世絵的世界観に反発していく時代、そして画家として社会に影響力を持ったと自負する戦中時代である。画壇で立身出世を果たした小野であるが、戦後は過去の活動が批判の的になり、現在は廃業して隠居生活を送っている。

本作の勘所は、小野の自己認識と他者による小野の評価との乖離にある。結婚適齢期を迎えた次女紀子の縁談に自身の戦中の活動が影を落としていると判断した小野は、縁談の席で見合い相手の斎藤家を前に、自身の活動について滔々《とうとう》と反省の弁を述べる。小野にすれば、画家として絶頂期にあった自らの活動を否定することは、自身の立身出世を否定することにつながる。苦渋の決断だったが、娘の縁談を円滑に進めるために、小野は過去の過ちを認め、その潔さを自画自賛する。ところが、作品の後半で長女節子が、父は一介の画家に過ぎずあのような反省の弁は不要だったと諭すとき、小野は動揺する。かつて影響力を持っていたという自己認識があるからこそ、小野は斎藤家の面前で反省の弁を振るったのであり、自らにそもそも影響力がなかったということになれば、彼の反省の前提が崩れるだけでなく、彼の自己認識それ自体も崩れることになる。この狭隘な自己認識こそが本作のテーマである。戦中に画壇で知り合った松田知州と再会する結末の場面で、小野は自らの狭い視野に言及し、等身大の自己評価に到達する。師森山の厭世的態度に反発し、軍国主義に傾く国家の価値観と共振させるように、画家としての理想を掲げて立身出世の道を邁進した小野は、戦後の民主主義の到来によって過去の価値観との断絶を余儀なくされる。彼もまた価値観の変動という浮世の必然に翻弄されたのである。

『日の名残り』（**一九八九年**）

The Remains of the Day (Faber and Faber, 1989)

長篇第三作。一九八九年、ブッカー賞を受賞する。同年、渡英後初めて日本を訪れる。一九九〇年、土屋政雄訳『日の名残り』が、中央公論社から刊行され、二〇〇一年に早川書房から文庫化される。二〇一八年、『日の名残り――ノーベル賞記念版』が早川書房より刊行される。同書には村上春樹の解説「カズオ・イシグロを讃える」が付されている。一九九三年、映画『日の名残り』（監督ジェイムズ・アイヴォリー、脚本ルース・プラワー・ジャブヴァーラ）が公開される。

前二作で戦後の日本を舞台にしたことと、作者が日本の出自をもつことが相まって、批評家たちはイシグロの文学を日本的なるものの表象として理解しようとした。この流れに逆らうように、本作でイシグロは、舞台を大戦間と大戦後の英国に移し、英国貴族の屋敷に勤める老執事の人生の苦悩を描いた。つまり、自身の文学が日本的な枠組みには収まらない普遍性を目指したものだ、というメッセージをイシグロは批評家に向けて送ったのである。

ダーリントン卿の死後、ダーリントン・ホールを買い取った米国人実業家ファラディ氏にスティーブンスは仕えている。彼の回想は、目まぐるしく変わる政治的状況に翻弄されたダーリントン卿と、同時代に屋敷で働いていた女中頭のミス・ケントンとの淡い恋を軸に語られる。

若かりし頃のスティーブンスは、感情を抑制する「品格」ある執事を目指し、道徳心の高いダーリントン卿に仕えることで、間接的に人類に貢献しようとした。しかし、ベルサイユ条約により連合国がドイツに賠償を求めた結果、ドイツ人が困窮に瀕していることを知ったダーリントン卿は、宥和政策を裏政治で画策し、台頭しつつあったドイツ・ファシズムに一時的に傾斜する。その現場を目撃しながら、スティーブンスは自らの疑念を押し殺す。戦後ダーリントン卿は批判の矢面に立たされる。

語りの現在（一九五六年）において、スティーブンスは屋敷を少人数の使用人で切り盛りするようファラディ氏から指示を受け、かつての同僚ミス・ケントンに会いに行くのだが、その道中で自分が過去にダーリントン卿に仕えていた事実を幾度も否定する。またミス・ケントンに会いに行く旅の動機が「職業的（プロフェッショナル）」なものであることをことさらに強調するが、その裏にはミス・ケントンに対するロマンチックな追慕が隠れている。このあたりが、スティーブンスを信頼できない語り手たらしめるところである。しかし、ミス・ケントンに屋敷に戻る意思がないことを知らされると、スティーブンスは意外にも自分の心が痛んだと読者に告白する。感情を押し殺してきたはずの老執事が自らの感情に向き合うとき、読者は思わず老執事に同情してしまう。もっとも、結末で軽口の技術を磨けばファラデイ氏を喜ばせられるだろうと楽観視するところは、読者を呆れさせてしまうのだが。

　前作の画家小野が戦中の活動を自らの意志で選択し、後に否定したのに対して、スティーブンスにはそうした選択の余地が与えられていない。自らの運命をダーリントン卿の政治活動に全面的に委ねた点にこそ彼の悲哀がある。執事として自分のどこに品格があるというのか、と結末で自らに問いかけるのも、感情を抑制し、道徳心の高い主人に仕えるという職業観を徹底させたことで、自らの感情と向き合う機会を逸してしまったからである。しかし重要なのは、運命を主人に委ねるしかなかったというスティーブンスの諦観に、イシグロが人間の普遍的感情を重ねている点であろう。老執事は人間全般の「メタファー」だとイシグロは語っている。

　スティーブンスに限らず、感情を過剰に抑制する男性はイギリス・アイルランド小説の定番である。「事実」を連呼し情緒を否定するトマス・グラドグラインド（チャールズ・ディケンズの『ハード・タイムズ』）、感傷を徹底して嫌う帝国主義者の申し子ともいえるヘンリー・ウィルコックス（E・M・フォースターの『ハワーズ・エンド』）、人妻との感情的結びつきを自ら忌避するジェイムズ・ダフィー（ジェイムズ・ジョイスの短篇「痛ましい事故」）などがその典型である。

「ザ・グルメ」（一九九三年）
"The Gourmet" *Granta*, 43 (1993)

　テレビドラマ脚本。一九八二年に脚本執筆の依頼を受ける。一九八六年五月八日に英国チャンネル4で放映される。二〇一六年、柴田元幸訳「ザ・グルメ」が『Monkey』（第十号）に掲載される。

　大柄な五十代の英国人貴族マンリー・キングストンは、今やグルメ界の重鎮である。地球上のあらゆるもの（人肉さえ）を食べつくしたマンリーは、新奇の食に「飢えて」いる。その彼が唯一食していないものが幽霊だった。長年の夢を実現するために、小さな深鍋をベルトに固定し、中華鍋を背中に括《くく》りつけたマンリーは、調理に必要な用具一式を入れた鞄《かばん》を抱えて、ロールス・ロイスで教会に向かう。教会の前では、飢えたホームレスが列を作り、倦怠の表情で炊き出しを待っている。列の最後尾に並んだマンリーは、ホームレスのデイヴィッドと話し始める。貴族とホームレスとの会話が、「食」と「飢餓」を話題に、対照的な文体で展開される場面は笑いを誘う。教会に入ったマンリーとデイヴィッドは幽霊が現れるのを待つ。八十年前の同じ夜、ある科学実験のために、人間の「臓器」が必要とされ、その教会で一人の困窮者が殺害されていた。ロバート・ルイス・スティーヴンソンの短篇「死体泥棒」を連想させる本作は、現代の飽食をゴシック風にパロディー化した秀作である。

『充たされざる者』（一九九五年）
The Unconsoled (Faber and Faber, 1995)

長篇第四作。一九九五年、チェルトナム賞を受賞する。同年、文学への貢献で大英帝国勲章（ＯＢＥ）を授与される。一九九七年、古賀林幸訳『充たされざる者』が、中央公論社から刊行され、二〇〇七年に早川書房から文庫化される。

これまで日本や英国を舞台にしてきたイシグロは、本作でヨーロッパのある町に舞台を移し、そこに招かれた著名なピアニストであるライダーの奔走ぶりを描く。町に降り立ったライダーは住人たちの欲求に振り回される。音楽を通して共同体を再生してもらいたい、三十年以上一言も会話を交わしていない父娘の間を取り持ってもらいたい、ライダーの記事を切り抜いたアルバムを見てもらいたい、両親を喜ばせるためにピアノの演奏を聴いてもらいたい、亡くなった飼い犬を弔う曲を弾いてほしい。さまざまな欲求に応えようとするうちに、ライダーは次第に状況をコントロールできなくなっていく。

本作の主要なテーマは、仕事と家族との均衡、人間関係の修復である。町の住人のうち主要な人物は、ライダーの幼少期（ボリス）、青年期（シュテファン）、老年期（ブロッキー）の投影として機能している。つまり、ライダーの人生における過去と未来が投影された人間が登場し、ライダーの現在を攪乱《かくらん》していく。ソフィーはあたかもライダーが自分の夫であるかのように振る舞い、音楽にかまけて息子ボリスに構ってくれないと言ってライダーを責める。ライダー自身は、両親が演奏を観に来てくれるかどうかを気にしている。両親の関係を修復したいという個人的欲求が、彼の音楽活動を支えているからである。木曜の夕べに行われる演奏会で、ライダーの前座を務めるシュテファンは、両親にピアノ演奏を聴いてもらうことで彼らの関係を修復しようと試みるし、老指揮者ブロッキーは、音楽によって元妻ミス・コリンズとの関係の修復を試みる。しかし、彼らは悉《ことごと》くその試みに失敗し、ライダー自身もソフィーとボリスを残して次の町に向かう。壊れた人間関係を修復しようとする主人公の過去へのオブセッションは、次作『わたしたちが孤児だったころ』のテーマにもなっている。

演奏の時間が迫る中ライダーがホールに向かおうとするも、大きな壁が立ち塞《ふさ》がってホールにたどり着けない場面は、フランツ・カフカの『城』を連想させる。それまでのリアリズムから一転して非現実的な夢物語のような世界（離れた場所にいる人間の会話が聞こえるなど）が広がる本作は、出版当初、毀誉褒貶の評価を受けた。

批評家の中には「劣悪という独自の新カテゴリーを築いた」と嘲笑する者もいた。一方、作家たちはこのイシグロの新たな試みを高く評価した。イシグロ作品の中でも最も大部であり、イシグロ文学の主要なテーマが凝縮された作といえる。

『わたしたちが孤児だったころ』（二〇〇〇年）
When We Were Orphans **(Faber and Faber, 2000)**

長篇第五作。二〇〇〇年、ブッカー賞とウィトブレッド賞のショートリストに選ばれる。二〇〇一年、入江真佐子訳『わたしたちが孤児だったころ』が、早川書房より単行本として刊行され、二〇〇六年に文庫化される。

英国人クリストファー・バンクスは、幼少期を上海租界で過ごすが、ある日父が失踪する。幼なじみの日本人少年アキラと父の救出劇を作るが、今度は母も失踪し、英国の伯母のもとに引き取られて成人する。探偵になったバンクスは「ヨーロッパの危機」の中心が上海にあると信じ、同時に失踪した両親を救出するために上海に舞い戻る。そこで、幼少期に可愛がってくれたフィリップ叔父さん（父の同僚）から、父が愛人と駆け落ちしていたこと、経済基盤を失った母がバンクスの養育費を捻出するために中国人マフィアの愛人になったことを初めて知らされる。後に施設に入った母と再会するも、幼少期を取り戻すことを自らの運命だと考えるバンクスは、失踪した両親を探す旅を終えようとはしない。

上海と英国、上海と日本との狭間で自らのアイデンティティを模索するバンクスとアキラの姿は、日本と英国の狭間で自らのアイデンティティを確立しようとしたイシグロ自身の生い立ちと重ね合わせて読むこともできよう。前作『充たされざる者』で夢物語のような世界を構築したイシグロは、本作の前半部（租界での幼少時代）をリアリズムに則《のつと》って書き、上海に戻って以降の後半部を主人公の感情世界の論理に従って書いたと語っている。悪を根絶し両親を救出しようとするバンクスの幼少期への強烈なノスタルジーが充満した感情世界を描き出すために、イシグロはすべての悪が明るみに出て解決に向かう探偵物語という文学ジャンルを援用した。また原題の類似から、ルイス・マクニースの詩 *When We Were Children* の影響を指摘する批評家もいる。

「日の暮れた村」（二〇〇一年）

"A Village after Dark" ***New Yorker*****, 21 May 2001.**

柴田元幸訳「日の暮れた村」が柴田元幸編訳『紙の空から』（晶文社、二〇〇六年）に収められ、『池澤夏樹＝個人編集　世界文学全集Ⅲ―06短編コレクションⅡ』（河出書房新社、二〇一〇年）に再録される。本作は『充たされざる者』を執筆する前に「下準備として書いた」もので、当初出版の予定はなかったが、ある経緯で『ニューヨーカー』に掲載された。

老齢の語り手フレッチャーは、かつてとある村で影響力を誇っていた。日の暮れた後、久しぶりにその村を訪れて道に迷う。村人を見ても誰ひとり思い出せない。偶然入ったコテージが昔住んでいた部屋だと気づく。部屋の隅で眠りにつく。目を覚ますと、村人の一人はフレッチャーがかつて自分の人生を台無しにしたと言って責める。フレッチャーは旅をすることで罪を償っていると弁解する。村人の間に倦怠感が漂う。外に出ると若い女性が立っていて、仲間がフレッチャーに会いたがっていると言う。女性に案内されて歩いていると、カナダでの幼少時代に自分がいじめていたロジャー・バトンと再会する。ロジャーは過去のいじめを許すと言う。そのうち女性の姿を見失い、ロジャーにバス停に連れて行ってもらう。バスを待つ間、自分に期待している若者たちのことを思い、希望を持つ。個人の影響力、既視感、方向感覚の喪失、期待と失望、罪悪感、倦怠感は『充たされざる者』に受け継がれる。

『わたしを離さないで』（二〇〇五年）*Never Let Me Go* (Faber and Faber, 2005)

長篇第六作。二〇〇五年、マン・ブッカー賞のショートリストに選ばれる。二〇〇六年、土屋政雄訳『わたしを離さないで』が早川書房より単行本として刊行され、二〇〇八年に文庫化される。二〇一〇年、映画『わたしを離さないで』（監督マーク・ロマネク、脚本アレックス・ガーランド）が公開され、日本でも二〇一四年に故・蜷川幸雄による演出で舞台化、二〇一六年にはTBS系列でテレビドラマ『わたしを離さないで』（出演・綾瀬はるか、三浦春馬、水川あさみほか）が放映される。

人間に臓器を提供するために人工的に作られたクローンは、隔離された施設で育てられ、十代後半で介護人、その後提供者となり、わずか三十年ほどの短い人生を終える。主人公キャシー・H、トミー・D、ルースは、ヘールシャムという寄宿学校で、文芸・工作・地理・保健などを学びながら幼少時代を過ごす。そこでは、とりわけ健康体であることが重視される。生徒たちは、ヘールシャム内の出来事や自分たちの将来について、空想し、解釈し、仮説を立てる。その後はコテージと呼ばれる施設に移り、「ベテラン」と呼ばれる年長者たちと共同生活を始める。そこで初めて、臓器提供までの猶予期間がヘールシャム出身の生徒たちだけに与えられるという噂を聞く。二人の男女が自分たちの愛を証明できれば猶予が与えられるというこの噂に、当初キャシーたちは半信半疑だったが、提供者になったルースがヘールシャムの経営者と思《おぼ》しきマダムの住所を入手し、キャシーとトミーに猶予を申請するように促すことで、キャシーたちもこの噂を信じる。しかし、マダムの家を訪れたキャシーとトミーは、閉鎖したヘールシャムの学校長だったエミリ先生の口から、猶予が空想に過ぎないことを知らされる。帰路でトミーは怒りの感情を爆発させるが、二人はやがて自らの運命を受け入れる。

キャシーは謎の解明者、ルースは空想の構築者、トミーは解釈者というように、登場人物の物語上の役割は明確である。空想自体も、物語が進むにつれて幼い者のそれから実存的内容（猶予）へと成長する。猶予こそ三人が共有する唯一の空想であり、運命への最後の抵抗である。その空想が弾けるとき、彼らは定められた運命に向き合うことになる。あまりにも運命主義的な本作の結末に多くの書評家は当惑した。

運命の不可避性に焦点を当てて読めば、トマス・ハーディの『ダーバヴィル家のテス』や『日陰者ジュード』における運命の無慈悲さを連想させるし、本作をディストピア小説として読めば、オルダス・ハクスリーの『すばらしい新世界』やジョージ・オーウェルの『一九八四年』で描かれる洗脳を想起させる。

『夜想曲集――音楽と夕暮れをめぐる五つの物語』（二〇〇九年）
Nocturnes: Five Stories of Music and Nightfall **(Faber and Faber, 2009)**

二〇〇九年、土屋政雄訳『夜想曲集――音楽と夕暮れをめぐる五つの物語』が、早川書房より単行本として刊行され、二〇一一年に文庫化される。

音楽と夕暮れをモチーフに、人生の節目を迎えた様々な世代の人物が描かれる短篇集である。音楽業界で再起を図る老歌手、女友達と音楽の趣味を共有できた時代を懐かしむ中年男、音楽によって名声を得ようともがく青年、現実の壁にぶち当たって音楽に絶望する三十代男、才能を信じて音楽の道を諦める女性など。各短篇は、一枚のアルバムに収められた曲のように響き合う。

「**老歌手**」かつて流行歌手だった六十代の米国人トニー・ガードナーは、新婚旅行で訪れたベネチアを妻リンディと二十七年ぶりに再訪する。夕暮れ後、ホテルの窓辺に立つリンディに向かってガードナーは、ゴンドラから語り手ヤネクのギター伴奏で、往年のセレナーデを歌う。夫婦は旅行後別れることになっていた。元共産主義国家出身のヤネクには自分たち夫婦の愛を理解できないとガードナーは呟《つぶや》く。

「**降っても晴れても**」長年外国で英語教師をしている四十七歳のレイモンドは、大学時代に音楽の趣味を共有していた友人エミリとその夫チャーリーに招かれる。壊れかけた夫婦関係を修復するミッションをチャーリーから託されたレイモンドは、抱腹絶倒の行動に出る。最後は夕暮れのテラスで懐かしの曲に合わせてレイモンドとエミリが踊る。

「**モールバンヒルズ**」モールバンヒルズにある姉マギーのカフェでアルバイトを始めたミュージシャン志望の青年は、プロミュージシャンのスイス人旅行客夫婦と出会う。夫婦間の軋轢《あつれき》、音楽の夢と現実、才能の有無、楽観と悲観、息子との距離などが夫婦の口から語られる。青年は自作の歌を夫婦に披露する。彼は大学を中退し「名声と金」を求めて音楽業界に飛び込んだものの挫折を繰り返していた。かつてミュージシャンを目指した作者自身の哀愁が作品に漂う。

「夜想曲」 老歌手トニー・ガードナーと別れたリンディは整形手術を受け、顔に包帯を巻いてホテル暮らしをしている。同じホテルの隣室に整形手術後滞在しているスティーブと親しくなる。才能に恵まれながら醜い顔のために音楽業界で評価されず妻にも逃げられた語り手スティーブは、三十九歳の自称ジャズ演奏者である。リンディとスティーブは深夜のホテルを探検し、翌日予定されている音楽賞の受賞式会場に足を踏み入れる。セレブリティーの階段を駆け上がるリンディと軽薄な音楽業界にうんざりしたスティーブが繰り広げるコミカルな冒険譚である。

「チェリスト」 ハンガリー人のチェロ奏者ティボールは、イタリアのある町でアメリカ人エロイーズ・マコーマックに演奏の才能を見込まれて指導を受ける。しかし、指導を始めて数日が経っても、彼女は一度たりとも自ら演奏しようとしなかった。自らの才能を疑わないミス・マコーマックは子供時代にチェロの演奏をやめていた。その事実を知ったティボールは、彼女のもとを去り、ホテル専属の楽団に入る。自らの才能を信じるがゆえに演奏者への道を断念した中年女性と、若いチェロ奏者との短い交友が語られる。

『忘れられた巨人』（二〇一五年）

The Buried Giant **(Faber and Faber, 2015)**

長篇第七作。二〇一五年、土屋政雄訳『忘れられた巨人』が早川書房より単行本として刊行され、二〇一七年に文庫化される。

アーサー王伝説を下敷きに「鬼」が跋扈《ばっこ》するファンタジー世界の構築という新たな挑戦に踏み出した渾身の力作である。イシグロは本作において、個人の記憶と民族の記憶とを並置させる。中世のイギリスを舞台に記憶を奪われた老夫婦と二つの民族が、憎悪を内に秘めながらいかに愛と赦《ゆる》しへと至るかが描かれる。前作『わたしを離さないで』においてキャシーとトミーが到達したと信じた真実の愛のテーマが深められている。

かつてブリトン人とサクソン人との間に繰り広げられた虐殺の歴史を人々の記憶から消すために、アーサー王は魔術師マーリンに命じて、雌竜クエリグの息を国全体に霧として覆わせ人々の記憶を奪った。ブリトン人のアクセルとベアトリスの老夫婦は、自分たちに息子がいたことは覚えているが、その息子がいまどこで何をしているのか分からない。二人は息子を探す旅に出る。アクセルは妻ベアトリスに向かって自分に対する「愛」の感情を保持するように何度も約束させる。旅の途中で、老夫婦はサクソン人戦士ウィスタンと出会う。ウィスタンは幼少期にブリトン人に育てられていた。ガウェイン卿も登場し、記憶の忘却を維持するために丘の上で眠る雌竜を守る。しかし、かつてサクソン人を虐殺したブリトン人に対する憎悪を忘れていないウィスタンは、サクソン人青年エドウィンにブリトン人に対する「憎しみ」の感情を保持するように約束させる。ウィスタンは、雌竜が眠る丘の上でガウェイン卿と対峙する。もうしばらく雌竜を生かしておけば民族間の古い傷は癒えると主張するガウェイン卿の訴えもむなしく、ウィスタンは躊躇なく雌竜の首を刎《は》ねる。その結果、人々の間に「埋められた」記憶が甦る。しかしウィスタンは、自身がブリトン人とサクソン人の二つの文化を背負うために、憎悪の感情に自らは背を向けざるを得ないと老夫婦に語る。アクセルとベアトリスの間にも「埋められた」過去（ベアトリスが不貞を働き、アクセルにも別の女がいたこと、そのために息子が親のもとを去っていたこと）が甦り、かつて互いに憎み合っていたことを思い出す。しかし、アクセルは、夫婦として長年過ごしたことで古い傷がゆっくりと癒され、忘却の霧の中に置かれていたからこそ、自分たちの愛はこれほどまで深く育まれた、と最後の場面で渡し守に語る。忘却の中で民族間の憎悪だけは世代を越えて継承されつつも、個人の間では憎悪によって深くえぐられた傷が忘却の中で時の経過とともに癒され、真実の愛と赦しに至る可能性が模索されている。民族間の憎悪の記憶と個人間の友愛という現代的テーマは、アミナータ・フォーナの *The Hired Man* にも見られる。イシグロとフォーナが複数の文化圏で育ち、複数の文化を背負っているのは単なる偶然ではないだろう。

最後に、イシグロのノーベル文学賞受賞記念講演も紹介しておこう。

『特急二十世紀の夜と、いくつかの小さなブレークスルー——ノーベル文学賞受賞記念講演』（二〇一七年）

***My Twentieth Century Evening and Other Small Breakthroughs: The Nobel Lecture* (Faber and Faber, 2017)**

二〇一七年十二月に行われたノーベル文学賞受賞記念講演。二〇一八年二月に土屋政雄訳『特急二十世紀の夜と、いくつかの小さなブレークスルー——ノーベル文学賞受賞記念講演』が早川書房より刊行される。

講演の中で、UEA創作科時代に日本を舞台にした作品を書いた経緯について語っている箇所は、「奇妙な折々の悲しみ」、「ある家族の夕餉」、「戦争のすんだ夏」の三篇を収めた *Early Japanese Stories* （Belmont Press, 2000）に付された序文とほぼ同じ内容である。この序文は、後にUEAの創作科出身者が中心となって寄稿したGiles Foden編 *Body of Work: 40 Years of*

Creative Writing at UEA（Full Circle Editions, 2011）に“My Japan”のタイトルで再録される。

受賞記念講演では、創作活動においてイシグロが過去に経験したいくつかのブレイクスルーや、影響を受けた作家や歌手について語られている。

ＵＥＡ創作科に入学して間もないある夜のこと、ふと戦争末期の長崎を舞台にした作品を取りつかれたように書き始めたのは、それまで「記憶と想像と推測」によって頭の中で構築していた個人的な「日本」が薄れゆくのを感じ、その「日本」を小説という形で再構築して保存したいと思ったからではないかと自己分析する。『遠い山なみの光』出版後の一九八三年の春、風邪で寝込んでいたとき、マルセル・プルーストの『失われた時を求めて』の第一巻を何気なく読んだところ、予測のつかない記憶の動きや連想によって一つのエピソードから別のエピソードへと移動する語りの手法を目の当たりにして、時空の異なるエピードを並置させることで、語り手の自己欺瞞と否認を小説ならではの方法で表現できると感じた。この手法は『浮世の画家』で採用される。

『日の名残り』を書き終えた一九八八年三月、ある夜にトム・ウェイツの「ルビーズ・アームズ」を聴いていると、歌の中で平静を装っていた男が突如「心が張り裂けそうだ」と感情を吐露する箇所に深い感動を覚え、老執事スティーブンスも一瞬だけ感情抑制の鎧《よろい》を外すように書き直した。それは物語の結末近くでミス・ケントンの言葉に「私の心は張り裂けんばかりに痛んでおりました」と語るスティーブンスの感情表現となる。

一九九九年、アウシュビッツの強制収容所を訪れ、記憶の保持と忘却という問題に突き当たる。戦争を体験した世代の子どもとして、戦争の記憶を語り継いでいく義務が自分にはあるのではないかと問いかける。その後ある講演で、国家や共同体が記憶の保持と忘却にどう向き合うかを書いてみたいと思わず語った。このテーマは『忘れられた巨人』に結実する。

二〇〇一年のある夜のこと、ハワード・ホークス監督の映画『特急二十世紀』を観ているときに、映画にのめり込めない自分に気づき、その理由が人物同士のつながりの欠如にあることに思い至って、立体的な人物関係を『わたしを離さないで』で描くことになる。

こうしたブレイクスルーは、作家の創作活動で不意に訪れるものであり、作家はそれを逃さず捕まえることが重要である。また自分にとって作品を書き、それを読者に届けるのは、感情を伝えるためである。

かつてはリベラルヒューマニズム的価値観を当たり前のものと考えていたが、現在はそれが幻想だったのではないかと思うようになっている。国内外の不平等、テロリズム、経済恐慌、ナショナリズムの高揚など、世界は分断されつつある。そのような世界の中で六十歳を超えた自分に何ができるのか。若い作家に希望を託すことで未来を楽観視できる。このあたりの語り方は『浮世の画家』の小野を彷彿させる。最後に、われわれは多様でなければならず、エリート文化の外からより多くの声を聞き取り、ジャンルや様式にこだわらず最良のものを育むべきだ、と述べて講演を締めくくる。

作成：森川慎也

＊本稿は、「ユリイカ」二〇一七年十二月号「特集　カズオ・イシグロの世界」所収の「カズオ・イシグロ作品解題」に加筆したものである。

カズオ・イシグロ年譜

一九五四年　十一月八日、長崎県長崎市新中川町に石黒鎮雄、静子夫妻の長男として誕生する。姉が一人。

一九六〇年　父鎮雄、主に北海の研究に従事するため、イギリスの国立海洋研究所に主任研究員として招聘される。一家でサリー州ギルフォードに渡る。

一九六六年　ギルフォードにあるストートン小学校を卒業。

一九七三年　ウォーキング・カウンティ・グラマー・スクールを卒業。その後、スコットランドにあるバルモラル城のグラウス・ビーター（狩猟のために道具を使って野鳥を追い払う仕事）など、さまざまな職業を経験。

一九七四年　ボブ・ディランやニール・ヤングに憧れ、ミュージシャンになる夢を抱く。アルバイトをしながら、自らが作った曲をカセットに録音し、デモ・テープをレコード会社に送る。アメリカ、カナダを数か月にわたって旅する。同年、カンタベリー州にあるケント大学に入学。英文学と哲学を専攻。

一九七六年　スコットランドにある、地域活動を主とした福祉施設のソーシャル・ワーカーとなる。

一九七八年　ケント大学を優等で卒業。学士号を取得する。

一九七九年　ウエスト・ロンドンでホームレスや移民の定住、就労を支援するソーシャル・ワーカーとなる。そこでローナ・アン・マクドゥーガルと出会う。同年、イースト・アングリア大学大学院の創作（クリエイティブ・ライティング）コースに入学。マルコム・ブラッドベリとアンジェラ・カーターに師事する。

一九八〇年　イースト・アングリア大学大学院を修了。修士号を取得する。ウェールズのカーディフへ引っ越す。短編「奇妙な折々の悲しみ」（'A Strange and Sometimes Sadness'）が雑誌「バナナ」（*Bananas*）に掲載され作家としての道が開かれる。

一九八一年　Faber and Faber社の*Introduction 7: Stories by New Writers*に短編小説三篇（「奇妙な折々の悲しみ」、「毒を盛られて」'Getting Poisoned'、「Jを待ちながら」'Waiting for J'）が収録され、出版される。南ロンドン、シドナムに引っ越す。

一九八二年　*A Pale View of Hills*が出版される（小野寺健による邦訳『女たちの遠い夏』は一九八四年に筑摩書房より出版。二〇〇一年に『遠い山なみの光』と改題され早川書房より出版）。イギリス国籍を取得する。

一九八三年　雑誌「グランタ」（*Granta*）からイギリスの最も優れた二十人の若手作家に選抜され、最も優れた地域小説に与えられる、ウィニフレッド・ホルトビー・メモリアル賞を受賞する。

一九八四年　イギリスのテレビ局チャンネル4で「アーサー・J・メイソンの横顔」（*A Profile of Arthur J. Mason*）が放映される。

一九八六年　『浮世の画家』（*An Artist of the Floating World*）が出版される（飛田茂雄による邦訳は一

九八八年に出版)。イギリスで最も権威のあるブッカー賞にノミネートされる。受賞を逃すが、同作でウィットブレッド・ブック・オブ・ザ・イヤーを受賞する。五月九日、ローナ・アン・マクドゥーガルと結婚。チャンネル4で「ザ・グルメ」(*The Gourmet*)が放映される。

一九八七年 短編「ある家族の夕餉」'A Family Supper'(初出*Quarto*, 1980)が、マルコム・ブラッドベリ監修の*The Penguin Book of Modern British Short Stories*に収録、出版される。

一九八九年 『日の名残り』(*The Remains of the Day*)がイギリス、アメリカで出版される(土屋政雄による邦訳は一九九〇年に出版)。同作でブッカー賞を受賞。ハロルド・ピンターが映画の権利を取得する。国際交流基金から日本に招待される。

一九九二年 三月、娘ナオミ誕生。

一九九三年 アンソニー・ホプキンスとエマ・トンプソン主演の映画『日の名残り』がアカデミー賞八部門にノミネートされる。

一九九四年 カンヌ映画祭の審査員に選ばれる。

一九九五年 『充たされざる者』(*The Unconsoled*)が出版される(古賀林幸による邦訳は一九九七年に出版)。イースト・アングリア大学から名誉博士号が授与される。イタリアでイタリア・プレミオ・スカンノ文学賞、イギリスで文学の貢献に対する大英帝国勲章(OBE)が授与される。

一九九八年　フランスで芸術文化勲章が授与される。

二〇〇〇年　『わたしたちが孤児だったころ』（*When We Were Orphans*）が出版される（入江真佐子による邦訳は二〇〇一年に出版）。ブッカー賞にノミネートされるが受賞ならず。

二〇〇三年　映画『世界で一番悲しい音楽』（*The Saddest Music in the World*）の脚本を手掛ける。セント・アンドリューズ大学より名誉博士号を授与される。

二〇〇五年　『わたしを離さないで』（*Never Let Me Go*）が出版される（土屋政雄による邦訳は二〇〇六年に出版）。再びブッカー賞候補となるが受賞には至らず。イタリアでイタリア・セローノ賞、ドイツでコリン・インターナショナル・ブック賞を受賞する。

二〇〇六年　脚本を手がけた映画『上海の伯爵夫人』（*The White Countess*、レイフ・ファインズ、ナターシャ・リチャードソン、真田広之ほか出演、ジェームズ・アイボリー監督）がイギリスで公開される。

二〇〇七年　父鎭雄死去。

二〇〇八年　『NINAGAWA十二夜』のロンドン公演で蜷川幸雄と対面。これを機に『わたしを離さないで』の日本での舞台化が進む。「タイムズ」紙で「一九四五年以降の最も重要な五十人の作家」の一人に選ばれる。

二〇〇九年　短編集『夜想曲集』（*Nocturnes: Five Stories of Music and Nightfall*）が出版される（土屋政雄による邦訳も同年出版）。

二〇一四年　多部未華子、三浦涼介、木村文乃ほか出演、蜷川幸雄演出による舞台『わたしを離さないで』が上演される。

二〇一五年　東出昌大、安田成美ほか出演、小川絵梨子演出による舞台『夜想曲集』が上演される。

二〇一六年　『忘れられた巨人』（*The Buried Giant*）が出版される（土屋政雄による邦訳も同年出版）。綾瀬はるか、三浦春馬、水川あさみほか出演のドラマ『わたしを離さないで』がTBSで放映される。

二〇一七年　ノーベル文学賞を受賞する。ノーベル文学賞受賞記念講演『特急二十世紀の夜と、いくつかの小さなブレークスルー』（*My Twentieth Century Evening and Other Small Breakthroughs*）が出版される（土屋政雄による邦訳は二〇一八年に出版）。

二〇一八年　日本政府から旭日重光章、英政府からナイトの勲位を授与される。

カズオ・イシグロをより深く知るための文献案内

【日本語文献】

平井杏子『カズオ・イシグロ――境界のない世界』水声社、二〇一一年

『夜想曲集』までの作品論を集めたもので、各章で一つの作品を論じている。二〇一七年十一月には新版も出版された。伝記的なアプローチというオーソドックスな方法を用いて作品を読み解いていくが、記憶とその歪曲というイシグロのテーマは、五歳で渡英した経験に基づくものでもあるからか、何度読み返しても教えられることが多い。巻末に日英の書誌情報あり。

荘中孝之『カズオ・イシグロ――〈日本〉と〈イギリス〉の間から』春風社、二〇一一年

日英間の文学文化を往還しながら独特の世界を紡《つむ》ぎあげるイシグロの作品を、比較文学文化的な手法を用いて分析した論集である。イシグロの日本文学文化受容、日本における翻訳と受容、といった日本との関係に関わるものと、国際的な作家として外部者の目をもちながら執筆するイシグロのイギリスとの関係を検討している。イシグロの日本文化受容に関心のある者には必読の書。巻末に日英の書誌情報あり。

日吉信貴『カズオ・イシグロ入門』立東社、二〇一七年

親しみやすい口調で書かれた入門書。第三章の「テーマで読み解くイシグロの謎」はイシグロの作品で頻繁に問題となるテーマを要領よくまとめている。第四章「イシグロと日本」は現代において作家という職業を生きるイシグロの作品とキャリアを、第五章「イシグロと音楽」はイシグロの小説と芸術との関係を扱った論考として興味深い。

別冊宝島編集部編『カズオ・イシグロ読本――その深淵を暴く』宝島社、二〇一七年

四部構成をとっており、イシグロの来歴、作品解説（ただしテレビ台本と映画『上海の伯爵夫人』は除く）、読解のポイント、翻案作品を紹介している。写真や画像を多数収録しているほか、イシグロ作品を読むためのキーワード集を備え、エッセイには注が丁寧に付されているため、非常に読みやすい。また、翻訳者である土屋政雄のインタビューが収録されており、翻訳者の立場からイシグロ作品を分析している。

平井杏子『カズオ・イシグロの長崎』長崎文献社、二〇一八年

生まれ故郷の長崎に作家としての原風景があり、その記憶のほとんどはイメージによるものだとイシグロは述べている。それでは、イシグロ少年はどのような風景を見たのか。本書は作家の記憶と創造力を涵養することになった一九五〇年代の長崎を豊富な画像資料と関係者への取材により明らかにするとともに、長崎におけるイシグロ一家の足跡をたどる。著者の平井杏子は長崎県出身で、イシグロの両親と個人的な交流がある。

大野和基「愛はクローン人間の悲しみを救えるか――カズオ・イシグロ」、『知の最先端』PHP新書、二〇一三年、一七一―二一一頁／川内恵子「カズオ・イシグロが語る――記憶と忘却、そして文学」、「三田文學」二〇一五年秋季号（第九十四巻第百二十三号）一五八―一九三頁

日本語で読めるインタビュー集はまだ刊行されていないが、比較的入手しやすい最近のインタビューとして、この二点をお勧めしたい。

「ユリイカ」特集カズオ・イシグロの世界、二〇一七年十二月号、青土社／「水声通信」特集カズオ・イシグロ、二〇〇八年九／十月号、水声社

文芸誌のイシグロ特集である。研究論文ではないが、いずれの特集に収められた論考も当代一流の執筆陣によるもので、議論の切り口は鋭くレベルも高い。知的な刺激に満ち溢れた特集である。

【英語文献】

Matthew Beedham. *The Novels of Kazuo Ishiguro*. Palgrave Macmillan, 2010.

小説のみを取り上げた入門書。小説出版当初の反応をまとめた上でその後の学術的な批評を紹介しているので、批評の流れをたどることができる。また、重要な文献やコンセプトに関しては別項目を設けて解説しており、英語で文献を読む際の参考になる。『日の名残り』に関しては三種類の異なる読解を試みており、イシグロの小説がさまざまな読みに開かれていることを示している。

Wai-chew Sim. *Kazuo Ishiguro*. Routledge, 2010.

小説の他に短編小説およびテレビ・映画脚本も含めた入門書。三部構成となっており、第一部はイシグロの生い立ちと作家としての背景、第二部は作品の読解と批評の紹介、第三部は文学理論ごとに文献を整理しており、批評のマッピングを知りたい人には大いに参考になるだろう。

Sebastian Groes and Barry Lewis (eds.) *Kazuo Ishiguro: New Perspectives of the Novel.* Palgrave Macmillan, 2012.

　二〇〇七年六月にイギリスのリバプール・ホープ大学で行われた国際学会「カズオ・イシグロと国際小説」の成果をまとめた論集で、作品全体にわたるテーマを検討する総論的な論考と『わたしを離さないで』までの作品論を収める。専門的で高度な内容だが、各論文ともコンパクトな長さである。巻末には編者とイシグロとのインタビューあり。

Brian W. Shaffer and Cynthia F. Wong (eds). *Conversations with Kazuo Ishiguro.* UP of Mississippi, 2008.

　一九八六年から二〇〇六年までに英語で行われた主要なインタビュー十九本を集めたもの。イシグロの創作態度や作品のテーマ、自作解説をまとめて読むことができる非常にハンディな一冊である。学術論文ではないので、英語で文献を読んでみたいが語学力に自信がないという方でも気軽に手に取ることができる。

***Novel: A Forum of Fiction*, Ishiguro's Unknown Community, vol. 40, no. 3. (2007 Summer)**

　米国のデューク大学出版会から刊行されている小説関係の学術誌のイシグロ特集である。どの論考も極めて専門性が高く難解ではあるが、読み応えがある。イシグロの小説だけではなく批評理論にも興味のある読者にお勧めしたい。

作成：菅野素子

あとがき

イシグロのノーベル文学賞受賞は、われわれにとって非常に大きな事件であった。数年前から彼が候補に挙がっているという噂があり、仲間内で集まれば自然とよくその話になった。しかし正直なところ私自身は、イシグロがノーベル文学賞を受賞するかどうかは微妙なところだと思っていたし、そのことにそれほど大きな期待や関心があったわけではない。それだけにかえって彼の受賞はかなりの衝撃だったのである。またそれは必然的にますます多くの人の注目がイシグロに集まるわけで、彼の文学を研究する者にとっては身の引き締まる思いがする出来事であった。

ここで本書を上梓するまでの過程を述べさせていただきたい。遡《さかのぼ》ること約四年、二〇一四年十一月十五日に東京大学で田尻芳樹教授が企画したイシグロの国際シンポジウムが開かれた。そこで国内外から集まった総勢十二名の研究者が様々な角度からイシグロについて論じ、活発な議論が交わされた。それだけで終わってしまってはもったいないという思いが数名の参加者のあいだで共有され、翌年から荘中、菅野、武富、三村、森川の五名（のちに五十嵐が加わり六名）で年に二回の研究会を続けてきた。十分に時間を取って毎回二名ほどが発表するというのが通例であったが、ほぼ全員がイシグロの専門家であるので、いつもかなり緻密な意見交換が行われた。おそらく二年が過ぎたところには、いずれこの研究会での成果を何らかの形で発表したいという考えを全員が持っていたと思う。そこへイシグロのノーベル文学賞受賞という大きなニュースがあり、それを契機として研究書を出版しようという機運が一気に盛り上がった。

まず研究会のメンバーを中心に企画を練り、他の執筆者を探すところから始まった。それは比較的順調に進んだが、出版社の決定までには多少の苦労があり、一時計画は暗礁に乗り上げかけた。しかし作品社が出版を引き受けてくれることになり、再びわれわれの企画は軌道に乗った。森川が出版社との連絡や全体の調整という編集の中心的な役割を担い、三村と荘中がそれをサポートした。執筆者の校正が終わった段階で、編者三名がすべての原稿に目を通し最終校正を行った。そのすべての段階で、作品社の青木氏から適切なアドバイスをいただいた。一部の語句について統一を図るといった調整を行ったが、結局は各執筆者の文体を尊重するという方針で、ある程度記述にばらつきは認められる。その点に関しては読者諸氏のご寛恕を願う次第である。

このように一冊にまとまると、各論考の特徴がより一層際立つように思われる。作品内の綿密な考証によってあるテーマを明らかにしようとするもの、文体の分析によって作品の本質に鋭く切り込むもの、対象とする作品を執筆当時のイギリス社会やその歴史的コンテクストとの関連においてダイナミックに捉えようとするもの、日本の映画や文学との緻密な対比によってイシグロ文学の影響源を探ろうとするもの、あるいは教育現場でのイシグロ作品の活用についての示唆的な事例報告、また彼のこれまでの作品や発言を概観したうえで、ある重要な観念の変遷を辿《たど》ろうとするものなど、それぞれの執筆者の個性が色濃く反映された論集となっている。ある程度執筆や校正にも余裕を持たせたので、各論考には十分に執筆者の力が発揮されていることと思う。その評価については読者諸氏の忌憚のないご意見を請うばかりである。

最後に出版を引き受けていただいた作品社には最大の謝辞を捧げたい。また同社の青木誠也氏には何から何までお世話になった。要所要所での氏の的確な助言があったからこそ、本書がより良いものになったのは間違いない。

本書は専門家や大学院生向けの研究書であるのみならず、イシグロ作品のさまざまな読みが提示されており、またガイド／資料としても有用な情報がふんだんに盛り込まれているので、一般のイシグロファンや海外文学愛好家にも十分楽しんでもらえるにちがいない。また本書を通読することによって、日本のイシグロ研究が質・量ともにそれなりに充実したものとなってきているということを理解してもらえるのではないだろうか。もちろん未だ不十分な点は多々あるだろうが、全体としてそれは国外の研究と比べてもけっして見劣りするものではないと思う。われわれは日本でイシグロを研究する者として、今後はこのイシグロ研究をどんどん海外に発信していかなければならないと考えている。日本生まれのイシグロはわれわれのイシグロであり、世界のイシグロでもあるのだから。その研究はまだ始まったばかりである。

荘中孝之

編者を代表して

【編者・著者略歴】（論文掲載順）

［編者］

荘中孝之（しょうなか・たかゆき）

京都外国語短期大学教授。主要論文「日本語、英語、カズオ・イシグロ」（「ユリイカ」2017年12月号）、著書『カズオ・イシグロ――日本とイギリスの間から』（春風社、2011年）。

三村尚央（みむら・たかひろ）

千葉工業大学准教授。主要論文 "The Potential of Art as a Means to Keep Inner Freedom in Kazuo Ishiguro's *Never Let Me Go*"（『英米文化』第42巻、2012年）、訳書『記憶をめぐる人文学』（アン・ホワイトヘッド著、彩流社、2017年）。

森川慎也（もりかわ・しんや）

北海学園大学講師。主要論文 "'Caressing This Wound' : Authorial Projection and Filial Reconciliation in Ishiguro's *When We Were Orphans*"（*Studies in English Literature* 第51号、2010年）、訳書『図説ディケンズのロンドン案内』（マイケル・パターソン著、共訳、原書房、2010年）。

［著者］

池園宏（いけぞの・ひろし）

山口大学教授。主要論文「カズオ・イシグロ『日の名残り』における時間と記憶」（『ブッカー・リーダー――現代英国・英連邦小説を読む』、共著、開文社出版、2005年）、「人間としての生き方を求めて――カズオ・イシグロ『わたしを離さないで』」（『新世紀の英語文学――ブッカー賞総覧　二〇〇一―二〇一〇』共編著、開文社出版、2011年）。

斎藤兆史（さいとう・よしふみ）

東京大学大学院教授。主要著書『英語達人列伝――あっぱれ、日本人の英語』（中央公論新社、2000年）、訳書『少年キム』（ラドヤード・キプリング著、筑摩書房、2010年）。

菅野素子（すがの・もとこ）

鶴見大学准教授。主要論文 "'Putting One's Convictions to the Test" : Kazuo Ishiguro's *An Artist of the Floating World* in Japan."（Barry Lewis and Sebastian Groes編、*Kazuo Ishiguro: New Critical Visions of the Novels*、Palgrave Macmillan、2011年）、「一九八六年の産業小説」（『鶴見大学文学部紀要第2部外国語・外国文学編』第51号、2014年）。

長柄裕美（ながら・ひろみ）

鳥取大学准教授。主要論文「ヴァージニア・ウルフと尾崎翠――日英二人の女性モダニストにみる『海』と表現をめぐって」（『ヴァージニア・ウルフ研究』第28号、2011年）、「カズオ・イシグロ作品にみる言葉とその余白」（『言葉という謎――英米文学・文化のアポリア』大阪教育図書、2017年）。

中嶋彩佳（なかじま・あやか）

大阪大学大学院博士後期課程在学中。主要論文 “What Stevens Does Not Narrate: Narrative Strategy for Challenging Nostalgia in *The Remains of the Day*”（『英文学研究　支部統合号』第10号、2018年）。

武富利亜（たけとみ・りあ）

岐阜薬科大学教授。主要論文「カズオ・イシグロの作品における『ノスタルジア』についての考察」（2014年）、「カズオ・イシグロの *The Unconsoled* にあらわれる『誤解』と『切断』の考察」（『英語と文学、教育の視座』共著、DTP出版、2015年）。

金子幸男（かねこ・ゆきお）

西南学院大学教授。主要論文「カントリーハウスにみるホームの変遷――ギャスケル夫人、トマス・ハーディ、E. M. フォースターとイングリッシュネス」（『ギャスケル論集』第27号、2017年）、訳書『小説から歴史へ――ディケンズ、フロベール、トーマス・マン』（ピーター・ゲイ著、岩波書店、2004年）。

五十嵐博久（いがらし・ひろひさ）

東洋大学教授。著書 *Comic Madness, or Tragic Mystery, That is the Question: The Loss of Comic Featurs and the Invention of the Tragic Mystery in Shakeseare's “Hamlet”*（英宝社、2013年）、訳書『一八世紀のシェイクスピア』（デイヴィッド・ニコル・スミス著、共訳、大阪教育図書、2003年）ほか。

【初出一覧】

荘中孝之「記憶の奥底の横たわるもの――*A Pale View of Hills* における湿地」
京都外国語大学『研究論叢』第89号、2017年、115-127頁。

池園宏「*An Artist of the Floating World* における主従関係」
『英語と英米文学』第49号、2014年、37-57頁。

荘中孝之「カズオ・イシグロと二つの言語――*Nocturnes* における英語の優勢と密かな抵抗」
京都外国語大学 *SELL* 第32号、2016年、49-64頁。

武富利亜「カズオ・イシグロと小津安二郎」
『比較文化研究』第114号、2014年、143-154頁。

森川慎也「カズオ・イシグロの運命観」
『年報　新人文学』第14号、2017年、46-77頁。

＊一覧に含まれない論考はすべて書き下ろしである。

カズオ・イシグロの視線
記憶・想像・郷愁

2018年7月25日初版第1刷印刷
2018年7月30日初版第1刷発行

編　者　荘中孝之・三村尚央・森川慎也
発行者　和田肇
発行所　株式会社作品社
〒102-0072　東京都千代田区飯田橋2-7-4
TEL.03-3262-9753　FAX.03-3262-9757
http://www.sakuhinsha.com
振替口座00160-3-27183

装　幀　水崎真奈美（BOTANICA）
本文組版　前田奈々
編集担当　青木誠也
印刷・製本　シナノ印刷株式会社

ISBN978-4-86182-710-5 C0098

【作品社の本】

外の世界

ホルヘ・フランコ著　田村さと子訳

〈城〉と呼ばれる自宅の近くで誘拐された大富豪ドン・ディエゴ。

身代金を奪うために奔走する犯人グループのリーダー、エル・モノ。

彼はかつて、“外の世界”から隔離されたドン・ディエゴの可憐な一人娘イソルダに想いを寄せていた。そして若き日のドン・ディエゴと、やがてその妻となるディータとのベルリンでの恋。いくつもの時間軸の物語を巧みに輻輳させ、プリズムのように描き出す、コロンビアの名手による傑作長篇小説！　アルファグアラ賞受賞作。　ISBN978-4-86182-678-8

ウールフ、黒い湖

ヘラ・S・ハーセ著　國森由美子訳

ウールフは、ぼくの友だちだった――オランダ領東インド。

農園の支配人を務める植民者の息子である主人公「ぼく」と、現地人の少年「ウールフ」の友情と別離、そしてインドネシア独立への機運を丹念に描き出し、一大ベストセラーとなった〈オランダ文学界のグランド・オールド・レディー〉による不朽の名作、待望の本邦初訳！

ISBN978-4-86182-668-9

分解する

リディア・デイヴィス著　岸本佐知子訳

リディア・デイヴィスの記念すべき処女作品集！

「アメリカ文学の静かな巨人」のユニークな小説世界はここから始まった。

ISBN978-4-86182-582-8

サミュエル・ジョンソンが怒っている

リディア・デイヴィス著　岸本佐知子訳

これぞリディア・デイヴィスの真骨頂！

強靭な知性と鋭敏な感覚が生み出す、摩訶不思議な56の短編。　ISBN978-4-86182-548-4

話の終わり

リディア・デイヴィス著　岸本佐知子訳

年下の男との失われた愛の記憶を呼びさまし、それを小説に綴ろうとする女の情念を精緻きわまりない文章で描く。「アメリカ文学の静かな巨人」による傑作。待望の長編！

ISBN978-4-86182-305-3

【作品社の本】

ヤングスキンズ　コリン・バレット著　田栗美奈子、下林悠治訳

経済が崩壊し、人心が鬱屈したアイルランドの地方都市に暮らす無軌道な若者たちを、繊細かつ暴力的な筆致で描きだす、ニューウェイブ文学の傑作。世界が注目する新星のデビュー作！　ガーディアン・ファーストブック賞、ルーニー賞、フランク・オコナー国際短編賞受賞！

ISBN978-4-86182-647-4

孤児列車　クリスティナ・ベイカー・クライン著　田栗美奈子訳

91歳の老婦人が、17歳の不良少女に語った、あまりにも数奇な人生の物語。火事による一家の死、孤児としての過酷な少女時代、ようやく見つけた自分の居場所、長いあいだ想いつづけた相手との奇跡的な再会、そしてその結末……。すべてを知ったとき、少女モリーが老婦人ヴィヴィアンのために取った行動とは――。感動の輪が世界中に広がりつづけている、全米100万部突破の大ベストセラー小説！

ISBN978-4-86182-520-0

名もなき人たちのテーブル　マイケル・オンダーチェ著　田栗美奈子訳

わたしたちみんな、おとなになるまえに、おとなになったの――11歳の少年の、故国からイギリスへの3週間の船旅。それは彼らの人生を、大きく変えるものだった。仲間たちや個性豊かな同船客との交わり、従姉への淡い恋心、そして波瀾に満ちた航海の終わりを不穏に彩る謎の事件。映画『イングリッシュ・ペイシェント』原作作家が描き出す、せつなくも美しい冒険譚。

ISBN978-4-86182-449-4

ハニー・トラップ探偵社　ラナ・シトロン著　田栗美奈子訳

「エロかわ毒舌キュート！　ドジっ子女探偵の泣き笑い人生から目が離せません（しかもコブつき）」――岸本佐知子さん推薦。スリルとサスペンス、ユーモアとロマンス――一粒で何度もおいしい、ハチャメチャだけど心温まる、とびっきりハッピーなエンターテインメント。

ISBN978-4-86182-348-0

被害者の娘　ロブリー・ウィルソン著　あいだひなの訳

同窓会出席のため、久しぶりに戻った郷里で遭遇した父親の殺人事件。元兵士の夫を自殺で喪った過去を持つ女を翻弄する、苛烈な運命。田舎町の因習と警察署長の陰謀の壁に阻まれて、迷走する捜査。十五年の時を経て再会した男たちの愛憎の桎梏に、絡めとられる女。亡き父の知られざる真の姿とは？　そして、像を結ばぬ犯人の正体は？

ISBN978-4-86182-214-8

蝶たちの時代　フリア・アルバレス著　青柳伸子訳

ドミニカ共和国反政府運動の象徴、ミラバル姉妹の生涯！　時の独裁者トルヒーリョへの抵抗運動の中心となり、命を落とした長女パトリア、三女ミネルバ、四女マリア・テレサと、ただひとり生き残った次女デデの四姉妹それぞれの視点から、その生い立ち、家族の絆、恋愛と結婚、そして闘いの行方までを濃密に描き出す、傑作長篇小説。全米批評家協会賞候補作、アメリカ国立芸術基金全国読書推進プログラム作品。

ISBN978-4-86182-405-0

【作品社の本】

ゴーストタウン

ロバート・クーヴァー著　上岡伸雄、馬籠清子訳
辺境の町に流れ着き、保安官となったカウボーイ。酒場の女性歌手に知らぬうちに求婚するが、町の荒くれ者たちをいつの間にやら敵に回して、命からがら町を出たものの——。書き割りのような西部劇の神話的世界を目まぐるしく飛び回り、力ずくで解体してその裏面を暴き出す、ポストモダン文学の巨人による空前絶後のパロディ！　ISBN978-4-86182-623-8

ようこそ、映画館へ

ロバート・クーヴァー著　越川芳明訳
西部劇、ミュージカル、チャップリン喜劇、『カサブランカ』、フィルム・ノワール、カートゥーン……。あらゆるジャンル映画を俎上に載せ、解体し、魅惑的に再構築する！　ポストモダン文学の巨人がラブレー顔負けの過激なブラックユーモアでおくる、映画館での一夜の連続上映と、ひとりの映写技師、そして観客の少女の奇妙な体験！ ISBN978-4-86182-587-3

ノワール

ロバート・クーヴァー著　上岡伸雄訳
“夜を連れて”現われたベール姿の魔性の女《ファム・ファタール》「未亡人」とは何者か!?

彼女に調査を依頼された街の大立者「ミスター・ビッグ」の正体は!?

そして「君」と名指される探偵フィリップ・M・ノワールの運命やいかに!?

ポストモダン文学の巨人による、フィルム・ノワール／ハードボイルド探偵小説の、アイロニカルで周到なパロディ！

ISBN978-4-86182-499-9

老ピノッキオ、ヴェネツィアに帰る

ロバート・クーヴァー著　斎藤兆史、上岡伸雄訳
晴れて人間となり、学問を修めて老境を迎えたピノッキオが、故郷ヴェネツィアでまたしても巻き起こす大騒動！　原作のオールスター・キャストでポストモダン文学の巨人が放つ、諧謔と知的刺激に満ち満ちた傑作長篇パロディ小説！
ISBN978-4-86182-399-2

ビガイルド　欲望のめざめ

トーマス・カリナン著　青柳伸子訳
女だけの閉ざされた学園に、傷ついた兵士がひとり。

心かき乱され、本能が露わになる、女たちの愛憎劇。

ソフィア・コッポラ監督、ニコール・キッドマン主演、カンヌ国際映画祭監督賞受賞作原作小説！

ISBN978-4-86182-676-4

【作品社の本】

密告者　フアン・ガブリエル・バスケス著　服部綾乃、石川隆介訳

「あの時代、私たちは誰もが恐ろしい力を持っていた――」名士である実父による著書への激越な批判、その父の病と交通事故での死、愛人の告発、昔馴染みの女性の証言、そして彼が密告した家族の生き残りとの時を越えた対話……。父親の隠された真の姿への探求の果てに、第二次大戦下の歴史の闇が浮かび上がる。マリオ・バルガス＝リョサが激賞するコロンビアの気鋭による、あまりにも壮大な大長篇小説！　ISBN978-4-86182-643-6

ほどける　エドウィージ・ダンティカ著　佐川愛子訳

双子の姉を交通事故で喪った、十六歳の少女。自らの半身というべき存在をなくした彼女は、家族や友人らの助けを得て、アイデンティティを立て直し、新たな歩みを始める。全米が注目するハイチ系気鋭女性作家による、愛と抒情に満ちた物語。　ISBN978-4-86182-627-6

海の光のクレア　エドウィージ・ダンティカ著　佐川愛子訳

七歳の誕生日の夜、煌々と輝く満月の中、父の漁師小屋から消えた少女クレアは、どこへ行ったのか――。海辺の村のある一日の風景から、その土地に生きる人びとの記憶を織物のように描き出す。全米が注目するハイチ系気鋭女性作家による、最新にして最良の長篇小説。

ISBN978-4-86182-519-4

地震以前の私たち、地震以後の私たち
それぞれの記憶よ、語れ

エドウィージ・ダンティカ著　佐川愛子訳
ハイチに生を享け、アメリカに暮らす気鋭の女性作家が語る、母国への思い、芸術家の仕事の意義、ディアスポラとして生きる人々、そして、ハイチ大地震のこと――。生命と魂と創造についての根源的な省察。カリブ文学OCMボーカス賞受賞作。　ISBN978-4-86182-450-0

骨狩りのとき　エドウィージ・ダンティカ著　佐川愛子訳

1937年、ドミニカ。姉妹同様に育った女主人には双子が産まれ、愛する男との結婚も間近。ささやかな充足に包まれて日々を暮らす彼女に訪れた、運命のとき。全米注目のハイチ系気鋭女性作家による傑作長篇。アメリカン・ブックアワード受賞作！　ISBN978-4-86182-308-4

愛するものたちへ、別れのとき

エドウィージ・ダンティカ著　佐川愛子訳
アメリカの、ハイチ系気鋭作家が語る、母国の貧困と圧政に翻弄された少女時代。
愛する父と伯父の生と死。そして、新しい生命の誕生。感動の家族愛の物語。
全米批評家協会賞受賞作！　ISBN978-4-86182-268-1

【作品社の本】

ヴェネツィアの出版人

ハビエル・アスペイティア著　八重樫克彦、八重樫由貴子訳

“最初の出版人”の全貌を描く、ビブリオフィリア必読の長篇小説！　グーテンベルクによる活版印刷発明後のルネサンス期、イタリック体を創出し、持ち運び可能な小型の書籍を開発し、初めて書籍にノンブルを付与した改革者。さらに自ら選定したギリシャ文学の古典を刊行して印刷文化を牽引した出版人、アルド・マヌツィオの生涯。ISBN978-4-86182-700-6

逆さの十字架　マルコス・アギニス著　八重樫克彦、八重樫由貴子訳

アルゼンチン軍事独裁政権下で警察権力の暴虐と教会の硬直化を激しく批判して発禁処分、しかしスペインでラテンアメリカ出身作家として初めてプラネータ賞を受賞。

欧州・南米を震撼させた、アルゼンチン現代文学の巨人マルコス・アギニスのデビュー作にして最大のベストセラー、待望の邦訳！　ISBN978-4-86182-332-9

天啓を受けた者ども　マルコス・アギニス著　八重樫克彦、八重樫由貴子訳

合衆国南部のキリスト教原理主義組織と、中南米一円にはびこる麻薬ビジネスの陰謀。アメリカ政府と手を結んだ、南米軍事政権の恐怖。アルゼンチン現代文学の巨人マルコス・アギニスの圧倒的大長篇。野谷文昭氏激賞！　ISBN978-4-86182-272-8

マラーノの武勲　マルコス・アギニス著　八重樫克彦、八重樫由貴子訳

「感動を呼び起こす自由への賛歌」――マリオ・バルガス＝リョサ絶賛！

16～17世紀、南米大陸におけるあまりにも苛烈なキリスト教会の異端審問と、命を賭してそれに抗したあるユダヤ教徒の生涯を、壮大無比のスケールで描き出す。アルゼンチン現代文学の巨匠アギニスの大長篇、本邦初訳！　ISBN978-4-86182-233-9

ボルジア家　アレクサンドル・デュマ著　田房直子訳

教皇の座を手にし、アレクサンドル六世となるロドリーゴ、その息子にして大司教／枢機卿、武芸百般に秀でたチェーザレ、フェラーラ公妃となった奔放な娘ルクレツィア。

一族の野望のためにイタリア全土を戦火の巷にたたき込んだ、ボルジア家の権謀と栄華と凋落の歳月を、文豪大デュマが描き出す！　ISBN978-4-86182-579-8

メアリー・スチュアート　アレクサンドル・デュマ著　田房直子訳

三度の不幸な結婚とたび重なる政争、十九年に及ぶ監禁生活の果てに、エリザベス一世に処刑されたスコットランド女王メアリー。悲劇の運命とカトリックの教えに殉じた、孤高の生と死。文豪大デュマの知られざる初期作品、本邦初訳。　ISBN978-4-86182-198-1

【作品社の本】

悪しき愛の書　フェルナンド・イワサキ著　八重樫克彦、八重樫由貴子訳

9歳での初恋から23歳での命がけの恋まで——彼の人生を通り過ぎて行った、10人の乙女たち。バルガス・リョサが高く評価する“ペルーの鬼才”による、振られ男の悲喜劇。ダンテ、セルバンテス、スタンダール、プルースト、ボルヘス、トルストイ、パステルナーク、ナボコフなどの名作を巧みに取り込んだ、日系小説家によるユーモア満載の傑作長篇！

ISBN978-4-86182-632-0

誕生日　カルロス・フエンテス著　八重樫克彦、八重樫由貴子訳

過去でありながら、未来でもある混沌の現在＝螺旋状の時間。家であり、町であり、一つの世界である場所＝流転する空間。自分自身であり、同時に他の誰もである存在＝互換しうる私。目眩《めくる》めく迷宮の小説！『アウラ』をも凌駕する、メキシコの文豪による神妙の傑作。

ISBN978-4-86182-403-6

悪い娘《こ》の悪戯《いたずら》　マリオ・バルガス＝リョサ著　八重樫克彦、八重樫由貴子訳

50年代ペルー、60年代パリ、70年代ロンドン、80年代マドリッド、そして東京……。世界各地の大都市を舞台に、ひとりの男がひとりの女に捧げた、40年に及ぶ濃密かつ凄絶な愛の軌跡。ノーベル文学賞受賞作家が描き出す、あまりにも壮大な恋愛小説。

ISBN978-4-86182-361-9

チボの狂宴　マリオ・バルガス＝リョサ著　八重樫克彦、八重樫由貴子訳

1961年5月、ドミニカ共和国。31年に及ぶ圧政を敷いた稀代の独裁者、トゥルヒーリョの身に迫る暗殺計画。恐怖政治時代からその瞬間に至るまで、さらにその後の混乱する共和国の姿を、待ち伏せる暗殺者たち、トゥルヒーリョの腹心ら、排除された元腹心の娘、そしてトゥルヒーリョ自身など、さまざまな視点から複眼的に描き出す、圧倒的な大長篇小説！

ISBN978-4-86182-311-4

無慈悲な昼食　エベリオ・ロセーロ著　八重樫克彦、八重樫由貴子訳

「タンクレド君、頼みがある。ボトルを持ってきてくれ」地区の人々に昼食を施す教会に、風変わりな飲んべえ神父が突如現われ、表向き穏やかだった日々は風雲急。誰もが本性をむき出しにして、上を下への大騒ぎ！　神父は乱酔して歌い続け、賄い役の老婆らは泥棒猫に復讐を、聖具室係の養女は平修女の服を脱ぎ捨てて絶叫！　ガルシア＝マルケスの再来との呼び声高いコロンビアの俊英による、リズミカルでシニカルな傑作小説。

ISBN978-4-86182-372-5

顔のない軍隊　エベリオ・ロセーロ著　八重樫克彦、八重樫由貴子訳

ガルシア＝マルケスの再来と謳われるコロンビアの俊英が、母国の僻村を舞台に、今なお止むことのない武力紛争に翻弄される庶民の姿を哀しいユーモアを交えて描き出す、傑作長篇小説。スペイン・トゥスケツ小説賞受賞！　英国「インデペンデント」外国小説賞受賞！

ISBN978-4-86182-316-9